张—岱—文—集

西湖梦寻

〔明〕张岱 著

邢敏娜 注译

团结出版社

图书在版编目（CIP）数据

西湖梦寻 / (明) 张岱著；邢敏娜注译 . -- 北京：团结出版社，
2023.3

（张岱文集）

ISBN 978-7-5126-9296-1

Ⅰ.①西… Ⅱ.①张… ②邢… Ⅲ.①古典散文—散文集—中
国—明代 Ⅳ.① I264.8

中国版本图书馆 CIP 数据核字 (2022) 第 007692 号

出版：团结出版社

（北京市东城区东皇城根南街 84 号 邮编：100006）

电话：(010) 65228880　65244790　（传真）

网址：www.tjpress.com

Email: zb65244790@vip.163.com

经销：全国新华书店

印刷：天宇万达印刷有限公司

开本：145×210　1/32

印张：37.25

字数：920 千字

版次：2023 年 3 月　第 1 版

印次：2023 年 3 月　第 1 次印刷

书号：978-7-5126-9296-1

定价：136.00 元（全三册）

《谦德国学文库》出版说明

人类进入二十一世纪以来，经济与科技超速发展，人们在体验经济繁荣和科技成果的同时，欲望的膨胀和内心的焦虑也日益放大。如何在物质繁荣的时代，让我们获得内心的满足和安详，从经典中获取智慧和慰藉，或许是我们不二的选择。

之所以要读经典，根本在于，我们应当更好地认识我们自己从何而来，去往何处。一个人如此，一个民族亦如此。一个爱读经典的人，其内心世界必定是丰富深邃的。而一个被经典浸润的民族，必定是一个思想丰赡、文化深厚的民族。因为，文化是民族之灵魂，一个民族如果不能认识其民族发展的精神源泉，必定就会失去其未来的生机。而一个民族的精神源泉，就保藏在经典之中。

今日，我们提倡复兴中华优秀传统文化，当自提倡重读经典始。然而，读经典之目的，绝不仅在徒增知识而已，应是古人所说的"变化气质"，进一步，是要引领我们进德修业。《易》曰："君子以多识前言往行，以畜其德。"实乃读经典之要旨所在。

基于此理念，我们决定出版此套《谦德国学文库》，"谦德"，即本《周易》谦卦之精神。正如谦卦初六爻所言："谦谦君子，用涉大川"，我们期冀以谦虚恭敬之心，用今注今译的方式，让古圣先贤的教诲能够普及到每一个人。引导有心的读者，透过扫除古老经典的文字障碍，从而进入经典的智慧之海。

作为一套普及型的国学丛书，我们选择经典，不仅广泛选录以儒家文化为主的经、史、子、集，也将视野开拓到释、道的各种经典。一些大家所熟知的经典，基本全部收录。同时，有一些不太为人熟知，但有当代价值的经典，我们也选择性收录。整个丛书几乎囊括中国历史上哲学、史学、文学、宗教、科学、艺术等各领域的基本经典。

在注译工作方面，版本上我们主要以主流学界公认的权威版本为底本，在此基础上参考古今学者的研究成果，使整套丛书的注译既能博采众长而又独具一格。今文白话不求字字对应，只在保证文意准确的基础上进行了梳理，使译文更加通俗晓畅，更能贴合现代读者的阅读习惯。

古籍的注译，固然是现代读者进入经典的一条方便门径，然而这也仅仅是阅读经典的一个开端。要真正领悟经典的微言大义，我们提倡最好还是研读原本，因为再完美的白话语译，也不可能完全表达出文言经典的原有内涵，而这也正是中国经典的魅力所在吧。我们所做的工作，不过是打开阅读经典的一扇门而已。期望藉由此门，让更多读者能够领略经典的风采，走上领悟古人思想之路。进而在生活中体证，方能直趋圣贤之境，真得圣贤典籍之大用。

经典，是古圣先贤留给我们的恩泽与财富，是前辈先人的智慧精华。今日我们在享用这一份恩泽与财富时，更应对古人心存无尽的崇敬与感恩。我们虽恭敬从事，求备求全，然因学养所限、才力不及，舛误难免，恳请先贤原谅，读者海涵。期望这一套国学经典文库，能够为更多人打开博大精深之中华文化的大门。同时也期望得到各界人士的襄助和博雅君子的指正，让我们的工作能够做得更好！

团结出版社

2017年1月

前 言

　　《西湖梦寻》是明末清初文学家张岱所著的一部散文作品集，也被称为一部小型的西湖志书。全书共五卷，七十二则，对西湖及其周边的亭台楼阁、佛教寺院、先贤祭祠等重要的山水人文景物都进行了全方位的描述。全书以空间为序，从北路、西路、中路、南路、外景等几个部分，把西湖一带的景物展现无遗。细细品味，在那些壮美的湖光山色背后，充满着张岱对家国变迁所发出的无限感慨。

　　张岱，字宗子，又字石公，号陶庵、陶庵老人、蝶庵居士，浙江山阴（今浙江绍兴）人，明清之际的史学家、文学家。他出身于显赫的仕宦家庭，从高祖到祖父，都是举业出身，富于才学，皆有著述传世。张岱儿时因聪颖善对而被舅父陶崇道称为"今之江淹"。史学上，张岱与谈迁、万斯同、查继佐并称"浙东四大史家"；文学上，张岱以小品文见长，以"小品圣手"名世。著作有《陶庵梦忆》《西湖梦寻》《夜航船》《石匮书》等。

　　《西湖梦寻》在创作背景和意义上，与《陶庵梦忆》有异曲同工之处，它们都是张岱以文学笔法书写的感性回忆录。张岱一生都与西湖有着不解之缘。他从小跟随长辈在此生活，许多人生印迹和记忆都在这里。明朝灭亡后，张岱成为旧朝遗民，不得以离开杭州西湖，隐居山中，内心痛苦不堪。然而"西湖无日不入吾梦中"，他心中对西湖往日的景象念念不忘，多年后两至西湖却是物是人非，正如张岱在本书自序中说到的那样，"则是余梦中所有者，反为西湖所无"。看见眼前残败的西湖，作者更愿逃离到梦中，在梦中找寻秀美的亭台、庙宇、小桥。梦境与现实相对比，一处处西湖风景的背后蕴含着无限的内涵和情感，是张岱借以抒发家国情怀的一种表达方式。

《西湖梦寻》的写作特点可以称得上是文笔传神、清新流畅，文字轻松随意而又极其考究。无论是写景抒情还是记人记事都能娓娓道来，具有很强的阅读性。对于美景，书写不繁，自然传神，如描写湖心亭，"金碧辉煌，规模壮丽，游人望之如海市蜃楼。烟云吞吐，恐滕王阁、岳阳楼俱无甚伟观也。"这里借用滕王阁、岳阳楼作对比，更突显湖心亭的壮美。对于人文景观，张岱虽笔墨不多，却能将建筑的始末清晰梳理出来。如"玉泉寺为故净空院。南齐建元中，僧昙起说法于此，龙王来听，为之抚掌出泉，遂建龙王祠。晋天福三年，始建净空院于泉左。宋理宗书'玉泉净空院'额。"短短几句，便把玉泉寺的缘由交代清楚，写实又不枯燥。全书将自然风光与人文风情有机融合，使得西湖有了灵魂，也成了让人魂牵梦绕的胜地。

《西湖梦寻》不仅仅是一部赏心悦目的览景之书，在地理、人文方面更是一部精神瑰宝。张岱大幅描绘了西湖一带的寺庙以及与之相关的宗教文化，不管是祠堂、陵墓还是道观、佛寺，都尽可能详实地介绍其创建及兴衰的过程、命名、时间、主事者、缘由等等。张岱不惜笔墨，如实记载，为后世研究江南地区尤其是西湖一带的宗教地理提供了珍贵的史料参考。

此外，《西湖梦寻》在各篇后多附有相关的诗文，其中大都出自唐、宋、元、明时期的名家之手，也有不少出自张岱本人，这些诗文不仅对文章是一种补充，同时还有着很高的文学价值，使得《西湖梦寻》也成为一部历代西湖名家诗文选集。

此次出版，我们保留了张岱的"自序"，便于读者更深刻地体会张岱的家国情怀。原文部分采用通行本校对整理，对文中的疑难字词和典故做了简洁的注释，译文以尊重原文为前提，尽量使之准确流畅。囿于水平，疏漏之处在所难免，恳请读者不吝指正！

目　录

卷四　西湖南路

自　序

　　余生不辰①，阔别西湖二十八载，然西湖无日不入吾梦中，而梦中之西湖，实未尝一日别余也。前甲午、丁酉②，两至西湖，如涌金门商氏之楼外楼③，祁氏之偶居④，钱氏、余氏之别墅⑤，及余家之寄园⑥，一带湖庄，仅存瓦砾。则是余梦中所有者，反为西湖所无。及至断桥一望，凡昔日之弱柳夭桃、歌楼舞榭，如洪水淹没，百不存一矣。余乃急急走避，谓余为西湖而来，今所见若此，反不若保吾梦中之西湖，尚得完全无恙也。因想余梦与李供奉异⑦。供奉之梦天姥也⑧，如神女名姝，梦所未见，其梦也幻。余之梦西湖也，如家园眷属，梦所故有，其梦也真。今余僦居他氏已二十三载⑨，梦中犹在故居。旧役小傒⑩，今已白头，梦中仍是总角⑪。夙习未除，故态难脱。而今而后，余但向蝶庵岑寂⑫，蘧榻于徐⑬，惟吾旧梦是保，一派西湖景色，犹端然未动也。儿曹诘问⑭，偶为言之，总是梦中说梦，非魇即呓也⑮。因作《梦寻》七十二则，留之后世，以作西湖之影。余犹山中人，归自海上，盛称海错之美⑯，乡人竞来共舐其眼⑰。嗟嗟！金齑瑶柱⑱，过舌即空，则舐眼亦何救其馋哉！

岁辛亥七月既望⑲，古剑蝶庵老人张岱题。

【注释】①不辰：不得其时。②甲午：清顺治十一年（1654）。丁酉：清顺治十四年（1657）。③涌金门：古代杭州西城门之一，在西湖之南。吴越时曾引西湖水入城，在此开凿涌金池，筑城门。传说为西湖中金牛涌现之地，因而得名。商氏：指明吏部尚书商周祚。④祁氏：指明右佥都御史祁彪佳。⑤钱氏：指明东阁大学士钱象坤。余氏：指明翰林院修撰余煌。⑥寄园：作者祖父在西湖的别墅。⑦李供奉：指唐代诗人李白，因天宝初年唐玄宗令其供奉翰林而得名。⑧天姥：山名，位于浙江省新昌县境内。以唐代诗人李白的《梦游天姥吟留别》而著称。⑨僦居：租屋而居。⑩小傒：小男仆。⑪总角：古代未成年人把头发扎成左右两个髻，借指幼年。⑫蝶庵：作者斋名，题名寓意用"庄周梦蝶"典故。⑬蘧榻：指蘧庐之榻。蘧庐，即旅社。于徐：从容宽舒的样子。⑭儿曹：儿辈，指孩子们。⑮魇：说梦话。⑯海错：海产美味。⑰舐眼：舔眼睛。此处喻指乡邻借作者的眼睛感受其所见山珍海味的美味。⑱金齑瑶柱：泛指美味的食物。金齑，指切成细末的精美食物。瑶柱，即干贝，指贝类海鲜珍品。⑲辛亥：清康熙十年（1671）。既望：中国农历的每月十六。

【译文】我生不得时，遭遇了国破家亡，不得已离开西湖有28年之久，然而西湖却没有一天不在我的梦中出现，梦中的西湖也从未有一天离开过我。我曾于1654年、1657年两次到访西湖，昔时傍湖而建的一带庄园，像涌金门处吏部尚书商周祚家的楼外楼、右佥都御史祁彪佳的宅院、东阁大学士钱象坤和翰林院修撰余煌家的别墅，以及我家的寄园，如今只剩一堆断壁残垣。梦中西湖所有的东西，现实中的西湖却没有了。等到断桥一看，先前那些袅娜多姿的柳树、灿烂盛开的桃花，亭台楼阁、歌舞娱乐场都像被洪水淹没了一般，几乎不见了踪影。于是我迫不及待地逃开，说是为了西湖而来，如今看到这般模样，反倒不如保全梦中的西湖，尚能安然无恙。我的梦与李白的梦有很大不同，他梦到的天姥山，像世外仙妹，世间难见，缥缈而虚幻；我梦里的西湖，如自家的园子与亲人，是记忆中存在的，即便是梦也是真实的。如今我租着别人的房子住已有二十三年，而梦中仍像生活在旧时的宅院。家里的小男仆，现在已经老得白了头，但梦中的他却仍是少年。习惯未改，还是先前的姿态一般无二。从此，我在这清冷寂寥如同旅店的蝶庵，泰然地在梦中游览昔日的西湖，竭尽所能将梦中的西湖景色一点不改地保留住。孩子们追问我，我偶尔会回答他们，也总是说着梦里梦到的东西，无非都是梦话。于是，写了《梦寻》72则，留给后世，作为西湖风景的记录。我就像是个从海上归来的山里人，向乡亲邻里大肆夸赞海鲜的美味，乡亲们竞相来听我侃侃而谈，借我之眼感受个中滋味。哎，再美味的山珍海味，入口即无，这样怎么能解得了馋呢。只看我写的《西湖梦寻》，怎么能真正领略西湖的风情呢！

　　一六七一年七月十六日，古剑蝶庵老人张岱题。

西湖总记

明圣二湖①

自马臻开鉴湖②，而由汉及唐，得名最早。后至北宋，西湖起而夺之，人皆奔走西湖，而鉴湖之澹远，自不及西湖之冶艳矣。至于湘湖则僻处萧然③，舟车罕至，故韵士高人无有齿及之者④。余弟毅孺常比西湖为美人⑤，湘湖为隐士，鉴湖为神仙。余不谓然⑥。余以湘湖为处子，眠娗羞涩⑦，犹及见其未嫁之时；而鉴湖为名门闺淑，可钦而不可狎；若西湖则为曲中名妓，声色俱丽，然倚门献笑，人人得而媟亵之矣⑧。人人得而媟亵，故人人得而艳羡；人人得而艳羡，故人人得而轻慢。在春夏则热闹之至，秋冬则冷落矣；在花朝则喧哄之至⑨，月夕则星散矣⑩；在晴明则萍聚之至，雨雪则寂寥矣。故余尝谓⑪："善读书，无过董遇三余⑫，而善游湖者，亦无过董遇三余。董遇曰：'冬者，岁之余也；夜者，日之余也；雨者，月之余也⑬。'雪巘古梅⑭，何逊烟堤高柳；夜月空明，何逊朝花绰约；雨色溕濛，何逊晴光滟潋。深情领略，是在解人。"即湖上四贤^⑮,余亦谓:"乐天之旷达^⑯,固不若和靖之静深^⑰;邺候之荒诞^⑱,自不若东坡之灵敏也^⑲。"其余如贾似道之豪奢^⑳,孙东瀛之华赡^㉑,虽在西湖数十年,用钱数十万,其于西湖之性情、西湖之风味,实有未曾梦见者在也。世间措大^㉒,何得易言游湖。

苏轼《夜泛西湖》诗:

菰蒲无边水茫茫,荷花夜开风露香。
渐见灯明出远寺,更待月黑看湖光。

又《湖上夜归》诗:

我饮不尽器,半酣尤味长。
篮舆湖上归,春风吹面凉。
行到孤山西,夜色已苍苍。
清吟杂梦寐,得句旋已忘。
尚记梨花村,依依闻暗香。

又《怀西湖寄晁美叔》诗^㉓:

西湖天下景,游者无愚贤。
深浅随所得,谁能识其全。
嗟我本狂直,早为世所捐。
独专山水乐,付于宁非天。
三百六十寺,幽寻遂穷年。
所至得其妙,心知口难传。

至今清夜梦，耳目余芳鲜。

君持使者节，风采烁云烟。

清流与碧巘，安肯为君妍。

胡不屏骑从，暂借僧榻眠。

读我壁间诗，清凉洗烦煎。

策杖无道路，直造意所便。

应逢古渔父，苇间自羹缘。

问道若有得，买鱼弗论钱。

李奎《西湖》诗[24]：

锦帐开桃岸，兰桡系柳津。

鸟歌如劝酒，花笑欲留人。

钟磬千山夕，楼台十里春。

回看香雾里，罗绮六桥新。

苏轼《开西湖》诗：

伟人谋议不求多，事定纷纭自唯阿。

尽放龟鱼还绿净，肯容萧苇障前坡。

一朝美事谁能继，百尺苍崖尚可磨。

天上列星当亦喜，月明时下浴金波。

周立勋《西湖》诗：

平湖初涨绿如天，荒草无情不记年。

犹有当时歌舞地，西泠烟雨丽人船。

夏炜《西湖竹枝词》㉕：

四面空波卷笑声，湖光今日最分明。
舟人莫定游何处，但望鸳鸯睡处行。

平湖竟日只溟濛，不信韶光只此中。
笑拾杨花装半臂，恐郎到晚怯春风。

行觞次第到湖湾，不许莺花半刻闲。
眼看谁家金络马，日驼春色向孤山。

春波四合没晴沙，昼在湖船夜在家。
怪杀春风归不断，担头原自插梅花。

欧阳修《西湖》诗㉖：

菡萏香消画舸浮，使君宁复忆扬州。
都将二十四桥月，换得西湖十顷秋。

赵子昂《西湖》诗㉗：

春阴柳絮不能飞，画足蒲芽绿更肥。
只恐前呵惊白鹭，独骑款段绕湖归。

袁宏道《西湖总评》诗㉘：

龙井饶甘泉，飞来富石骨。

苏桥十里风，胜果一天月。

钱祠无佳处，一片好石碣。

孤山旧亭子，凉荫满林樾。

一年一桃花，一岁一白发。

南高看云生，北高见日没。

楚人无羽毛，能得几游越。

范景文《西湖》诗⑳：

湖边多少游观者，半在断桥烟雨间。

尽逐春风看歌舞，几人着眼看青山。

张岱《西湖》诗：

追想西湖始，何缘得此名。

恍逢西子面，大服古人评。

冶艳山川合，风姿烟雨生。

奈何呼不已，一往有深情。

一望烟光里，沧茫不可寻。

吾乡争道上，此地说湖心。

泼墨米颠画，移情伯子琴。

南华秋水意，千古有人钦。

到岸人心去，月来不看湖。

渔灯隔水见，堤树带烟模。

真意言词尽,淡妆脂粉无。

问谁能领略,此际有髯苏。

又《西湖十景》诗:

一峰一高人,两人相与语。

此地有西湖,勾留不肯去。

(两峰插云)

湖气冷如冰,月光淡于雪。

肯弃与三潭,杭人不看月。

(三潭印月)

高柳荫长堤,疏疏漏残月。

蹩蹩步松沙,恍疑是踏雪。

(断桥残雪)

夜气滃南屏,轻岚薄如纸。

钟声出上方,夜渡空江水。

(南屏晚钟)

烟柳幕桃花,红玉沉秋水。

文弱不胜夜,西施刚睡起。

(苏堤春晓)

颊上带微酡，解颐开笑口。

何物醉荷花，暖风原似酒。

（曲院风荷）

深柳叫黄鹂，清音入空翠。

若果有诗肠，不应比鼓吹。

（柳浪闻莺）

残塔临湖岸，颓然一醉翁。

奇情在瓦砾，何必藉人工。

（雷峰夕照）

秋空见皓月，冷气入林皋。

静听孤飞雁，声轻天正高。

（平湖秋月）

深恨放生池，无端造鱼狱。

今来花港中，肯受人拘束？

（花港观鱼）

柳耆卿《望海潮》词⑩：

东南形胜，三吴都会，钱塘自古繁华。烟柳画桥，风帘翠幕，参差十万人家。云树绕堤沙，怒涛卷霜雪，天堑无涯。市列珠玑，户盈罗绮，竞豪奢。

重湖叠巘清佳，有三秋桂子，十里荷花。羌管弄晴，菱歌泛夜，嬉嬉钓叟莲娃。千骑拥高牙，乘醉听箫鼓，吟赏烟霞。异日图将好景，归去凤池夸。（金主阅此词，慕西湖胜景，遂起投鞭渡江之思。）

于国宝《风入松》词：

一春常费买花钱，日日醉湖边。玉骢惯识西湖路，骄嘶过、沽酒楼前。红杏香中箫鼓，绿杨影里秋千。

暖风十里丽人天，花压鬓云偏。画船载得春归去，余情付、湖水湖烟。明日重扶残醉，来寻陌上花钿。

【注释】①明圣二湖：西湖在古时又称明圣湖。明朝田汝成《西湖游览志·西湖总叙》记载"汉时，金牛见湖中，人言明圣之端，遂称明圣湖。"二湖，西湖分里湖与外湖。②马臻：东汉时会稽太守，致力于农田水利，曾掘镜湖蓄水灌溉。鉴湖，应为"镜湖"之误，相传因皇帝铸镜湖边而得名，在今浙江绍兴西南。③湘湖：在今浙江杭州市萧山区城西。由北宋知县杨时开凿而成。④齿及：提及、谈到。⑤毅孺：张岱族弟张弘，字毅孺。⑥谓然：以……为然，以……为意。⑦眠娗：同腼腆。《列子·力命》记载："眠娗、諈诿、勇敢、怯疑四人，相与游于世，胥如志也。"眠娗是古代寓言中假托的人名，意为腼腆、害羞的样子。⑧媟亵：轻薄，猥亵。⑨花朝：旧俗以农历二月十五日为百花生日，故称此日为"花朝节"。⑩月夕：农历八月十五日，中秋节。⑪尝：曾经。⑫董遇：三国魏明帝时人，字季直。曾言读书以"三余"，则不患无日。三余，裴松之注引《魏略》曰："或曰三馀之意，遇言：'冬者岁之馀，夜者日之馀，阴雨者时之馀也’。"⑬此处应为张岱误记。将"阴雨者时之馀也"记成了"雨者,月之余也"。⑭巘:大山中的小山。⑮湖上四贤:指李泌、白居易、林逋、苏轼四人。⑯乐天:白居易(772-846),字乐天,太原(今属山西)人,唐代诗人。在杭州刺史任上曾疏浚西湖,引水灌溉。西湖白堤即为纪念他而命名。⑰和靖:林逋(967-1028),字君复,宋初钱塘(今杭州)人,谥和靖先生。隐居孤山,以梅、鹤为伴,人称"梅妻鹤子"。⑱邺侯:李泌(722-789),字长源,唐代京兆(长安)人。历仕玄宗、肃宗、代宗、德宗四朝,封邺侯。代宗时任杭州刺史,曾开六井引西湖水为民饮用。⑲东坡:苏轼(1037-1101),字子瞻,号东坡居士,眉山(今属四川)人。北宋文学家,曾任杭州知府,浚湖筑堤。西湖苏堤即为纪念他而命名。⑳贾似道(1213-1275):字师宪,号秋壑,天台(今属浙江)人,南宋奸相。曾居西湖数十年,生活豪奢。㉑孙东瀛:孙隆,生卒年不详,号东瀛,明万历时司礼太监,掌苏杭织造,曾复修西湖旧景。㉒措大:旧指贫寒失意的读书人。㉓晁美叔:晁端彦,字美叔,宋嘉祐年间进士。㉔李奎:号珠山,明代嘉靖年间与李攀龙等创建诗社,曾与茅坤同游西湖。㉕夏炜:浙江乌程人,明万历年间进士。㉖欧阳修(1007—1072):字永叔,号醉翁,晚号六一居士,北宋政治家、文学家。㉗赵子昂:赵孟頫(1254—1322),字子昂,号松雪道人。宋元之际的书画家。㉘袁宏道(1568—1610):字中郎,又字无学,号石公,又号六休,万历十二年进士。文学家。㉙范景文:字梦章,明末东阁大学士。㉚柳耆卿:柳永,原名三变,字景庄,后改名柳永,字耆卿,因排行第七,又称柳七,北宋著名词人,婉约派代表人物。

【译文】东汉时期,会稽太守马臻开掘了鉴湖,影响从汉朝延及唐代,得名算是最早的。到北宋时,西湖后来居上,人们争相到西湖去,从而抢占了鉴湖的风头。鉴湖的淡泊静远自然比不上西湖的妩媚艳丽。至于湘湖，则因地处偏僻萧条，车船难达，人迹罕至，所以古代文人雅士鲜有提到它的。我的族弟毅孺常常把西湖比喻成美人，把湘湖比喻成隐士，把鉴湖比喻成神仙。我倒不以为然。在我看来，湘湖是处子，羞涩腼腆，可以想见她未嫁之时的娇羞姿态；鉴湖是大家闺秀、名门淑女，可以钦敬赞佩却只能态度庄重地亲近；西湖则是曲中名妓，声色俱丽、才貌俱佳，倚着门冲你微笑，人人都可以亲近她。人人可以轻易地亲近，故人人都可以倾慕；人人都能倾慕，故人人又都可以轻慢。春夏时节的西湖热闹至极，秋冬一到便冷冷清清。二月十五花朝节人声喧嚣，八月十五中秋节人群皆散、零零星星；天气晴朗的时候人们如浮萍相聚纷至杳来，雨雪天气西湖则又归于寂寥。所以我曾讲过："会读书，无非是深谙董遇所讲的三余之理；会游湖的人，无非也是懂得把握董遇讲的三余时间。董遇说：'冬天是一年的空余时间；夜晚是一天的多余时间；下雨天是一月的闲余时间。'把这些时间利用起来，可以做很多事情。雪山寒梅与烟堤岸柳，夜月空明与朝花绰约，烟雨蒙蒙与晴空下水波荡漾，这样的美景各有各的特色，哪有什么高下之分。个中精彩，全看人们是否能够用情领略。"即使湖上四贤，我也说过："白乐天的豁达开朗，本不如林和靖的平和深邃；李邺侯的乖张怪诞，自不如苏东坡的机灵敏慧。"其他如贾似道和孙东瀛，他们一个豪华奢侈，一个华美靡丽，虽然在西湖生活数十年，耗费钱财数十万，但对于西湖的性情、西湖的风味，确实有没有真正领略过的地方。世间的寒酸书生、凡夫俗子，哪能轻易说游过西湖呢。

苏轼写有《夜泛西湖》一诗：
菰蒲无边水茫茫，荷花夜开风露香。

渐见灯明出远寺，更待月黑看湖光。

写有《湖上夜归》一诗：
我饮不尽器，半酣尤味长。
篮舆湖上归，春风吹面凉。
行到孤山西，夜色已苍苍。
清吟杂梦寐，得句旋已忘。
尚记梨花村，依依闻暗香。

还写有《怀西湖寄晁美叔》一诗：
西湖天下景，游者无愚贤。
深浅随所得，谁能识其全。
嗟我本狂直，早为世所捐。
独专山水乐，付与宁非天。
三百六十寺，幽寻遂穷年。
所至得其妙，心知口难传。
至今清夜梦，耳目余芳鲜。
君持使者节，风采烁云烟。
清流与碧巘，安肯为君妍。
胡不屏骑从，暂借僧榻眠。
读我壁间诗，清凉洗烦煎。
策杖无道路，直造意所便。
应逢古渔夫，苇间自窜缘。
问道若有得，买鱼弗论钱。

李奎写有《西湖》一诗：

锦帐开桃岸，兰桡系柳津。

鸟歌如劝酒，花笑欲留人。

钟磬千山夕，楼台十里春。

回看香雾里，罗绮六桥新。

苏轼写有《开西湖》一诗：

伟人谋议不求多，事定纷纭自唯阿。

尽放龟鱼还绿净，肯容萧苇障前坡。

一朝美事谁能继，百尺苍崖尚可磨。

天上列星当亦喜，月明时下浴金波。

周立勋写有《西湖》一诗：

平湖初涨绿如天，荒草无情不计年。

犹有当时歌舞地，西泠烟雨丽人船。

夏炜写有《西湖竹枝词》：

四面空波卷笑声，湖光今日最分明。

舟人莫定游何处，但望鸳鸯睡处行。

平湖竟日只溟濛，不信韶光只此中。

笑拾杨花装半臂，恐郎到晚怯春风。

行觞次第到湖湾，不许莺花半刻闲。

眼看谁家金络马，日驼春色向孤山。

春波四合没晴沙，昼在湖船夜在家。

怪杀春风归不断，担头原自插梅花。

欧阳修写有《西湖》一诗：

菡萏香消画舸浮，使君宁复忆扬州。

都将二十四桥月，换得西湖十顷秋。

赵子昂写有《西湖》一诗：

春阴柳絮不能飞，画足蒲芽绿更肥。

只恐前呵惊白鹭，独骑款段绕湖归。

袁宏道写有《西湖总评》一诗：

龙井饶甘泉，飞来富石骨。

苏桥十里风，胜果一天月。

钱祠无佳处，一片好石碣。

孤山旧亭子，凉荫满林樾。

一年一桃花，一岁一白发。

南高看云生，北高见月没。

楚人无羽毛，能得几游越。

范景文写有《西湖》一诗：

湖边多少游观者，半在断桥烟雨间。

尽逐春风看歌舞，几人着眼看青山。

张岱写有《西湖》一诗：

追想西湖始，何缘得此名。

恍逢西子面，大服古人评。

冶艳山川合，风姿烟雨生。

奈何呼不已，一往有深情。

一望烟光里，沧茫不可寻。

吾乡争道上，此地说湖心。

泼墨米颠画，移情伯子琴。

南华秋水意，千古有人钦。

到岸人心去，月来不看湖。

渔灯隔水见，堤树带烟模。

真意言词尽，淡妆脂粉无。

问谁能领略，此际有髯苏。

还有《西湖十景》诗：

一峰一高人，两人相与语。

此地有西湖，勾留不肯去。

（两峰插云）

湖气冷如冰，月光淡于雪。
肯弃与三潭，杭人不看月。
（三潭印月）

高柳荫长堤，疏疏漏残月。
蹩躠步松沙，恍疑是踏雪。
（断桥残雪）

夜气溽南屏，轻岚薄如纸。
钟声出上方，夜渡空江水。
（南屏晚钟）

烟柳幕桃花，红玉沉秋水。
文弱不胜夜，西施刚睡起。
（苏堤春晓）

颊上带微酡，解颐开笑口。
何物醉荷花，暖风原似酒。
（曲院风荷）

深柳叫黄鹂，清音入空翠。
若果有诗肠，不应比鼓吹。
（柳浪闻莺）

残塔临湖岸，颓然一醉翁。

奇情在瓦砾，何必藉人工。

（雷峰夕照）

秋空见皓月，冷气入林皋。

静听孤飞雁，声轻天正高。

（平湖秋月）

深恨放生池，无端造鱼狱。

今来花港中，肯受人拘束？

（花港观鱼）

柳耆卿写有《望海潮》一词：

东南形胜，三吴都会，钱塘自古繁华。烟柳画桥，风帘翠幕，参差十万人家。云树绕堤沙，怒涛卷霜雪，天堑无涯。市列珠玑，户盈罗绮，竞豪奢。

重湖叠巘清佳，有三秋桂子，十里荷花。羌管弄晴，菱歌泛夜，嬉嬉钓叟莲娃。千骑拥高牙，乘醉听箫鼓，吟赏烟霞。异日图将好景，归去凤池夸。（金主阅此词，慕西湖胜景，遂起投鞭渡江之思。）

于国宝写有《风入松》一词：

一春常费买花钱，日日醉湖边。玉骢惯识西湖路，骄嘶过、沽酒楼前。红杏香中箫鼓，绿杨影里秋千。

暖风十里丽人天，花压鬓云偏。画船载得春归去，余情付、湖水湖烟。明日重扶残醉，来寻陌上花钿。

卷一　西湖北路

玉莲亭

白乐天守杭州①，政平讼简。贫民有犯法者，于西湖种树几株；富民有赎罪者，令于西湖开葑田数亩。历任多年，湖葑尽拓，树木成荫。乐天每于此地，载妓看山，寻花问柳，居民设像祀之。亭临湖岸，多种青莲，以象公之洁白。

右折而北，为缆舟亭，楼船鳞集，高柳长堤。游人至此，买舫入湖者，喧阗如市②。东去为玉凫园，湖水一角，僻处城阿，舟楫罕到。寓西湖者，欲避嚣杂，莫于此地为宜。园中有楼，倚窗南望，沙际水明，常见浴凫数百，出没波心，此景幽绝。

白居易《玉莲亭》诗：

湖上春来似画图，乱峰围绕水平铺。

松排山面千层翠，月照波心一点珠。

碧毯绿头抽早麦，青罗裙带展新蒲。

未能抛得杭州去，一半勾留是此湖。

孤山寺北贾亭西，水面初平云脚低。

几处早莺争暖树，谁家新燕啄春泥。

乱花渐欲迷人眼，浅草才能没马蹄。

最爱湖东行不足，绿杨阴里白沙堤③。

【注释】①白乐天：即白居易。②喧阗：喧哗、热闹。③白沙堤：在孤山下，今称白堤。

【译文】白居易在杭州刺史任内时，政治清平，社会安定，没有什么案件发生，上下一派和谐。贫民若犯了法，就去西湖边上种几棵树；富人犯法若要赎罪，就让他到西湖开垦几亩湿地做农田。历任多年，湖中淤泥积聚的地方都开垦成了田地，湖边树木绵延茂密，蓊郁成荫。白居易每到此地，都会驾车带着名妓来欣赏这湖光山色。当地民众为了纪念他，专门给他立了塑像来祭拜。玉莲亭靠近西湖岸边，湖里种了很多莲花，象征着白公精神品格的高洁。

从玉莲亭右转往北走，就到了缆舟亭。缆舟亭边云集了很多楼船，长长的堤岸上种着高高的柳树。游人到此，大都会租船游湖，这里往往像集市一般喧哗热闹。再往东走是玉兔园。由于只是西湖的一个角落，玉兔园地处偏僻，很少有人会划船到这里。在西湖，想避开喧嚣嘈杂，没有比这地儿更惬意的了。玉兔园里有楼，靠着楼上的窗子往南望去，沙洲交会，湖水明艳，常常能看到数百只野鸭在湖中游玩，时而沉入水下，时而露出水面，这番幽美之景，不禁让人称绝。

白居易写有《玉莲亭》一诗：

湖上春来似画图，乱峰围绕水平铺。

松排山面千层翠，月照波心一点珠。

碧毯绿头抽早麦，青罗裙带展新蒲。

未能抛得杭州去，一半勾留是此湖。

孤山寺北贾亭西，水面初平云脚低。

几处早莺争暖树，谁家新燕啄春泥。

乱花渐欲迷人眼，浅草才能没马蹄。

最爱湖东行不足，绿杨阴里白沙堤。

昭庆寺

昭庆寺，自狮子峰、屯霞石发脉①，堪舆家谓之火龙②。石晋元年始创③，毁于钱氏乾德五年④。宋太平兴国元年重建⑤，立戒坛。天禧初⑥，改名昭庆。是岁又火⑦。迨明洪武至成化⑧，凡修而火者再。四年奉敕再建，廉访杨继宗监修⑨。有湖州富民应募，挈万金来。殿宇室庐，颇极壮丽。嘉靖三十四年以倭乱⑩，恐贼据为巢，遽火之。事平再造，遂用堪舆家说，辟除民舍，使寺门见水，以厌火灾。隆庆三年复毁⑪。万历十七年⑫，司礼监太监孙隆以织造助建⑬，悬幢列鼎，绝盛一时。而两庑栉比⑭，皆市廛精肆⑮，奇货可居。春时有香市，与南海、天竺、山东香客及乡村妇女儿童⑯，往来交易，人声嘈杂，舌敝耳聋⑰，抵夏方止。崇祯十三年又火⑱，烟焰障天，湖水为赤。及至清初，踵事增华⑲，戒坛整肃，较之前代，尤更庄严。一说建寺时，为钱武肃王八十大寿⑳，寺僧圆净订缁流古朴、天香、胜莲、胜林、慈受、慈云等㉑，结莲社㉒，诵经放生，为王祝寿。每月朔㉓，登坛设戒，居民行香礼佛，以昭王之功德，因名昭庆。今以古德诸号㉔，即为房名。

袁宏道《昭庆寺小记》：

从武林门而西，望保俶塔，突兀层崖中，则已心飞湖上也。午刻入昭庆，茶毕，即棹小舟入湖㉕。山色似娥㉖，花光如颊，温风如酒，波纹若绫，才一举头，已不觉目酣神醉。此时欲下一语不得，大约如东阿王梦中初遇洛神时也㉗。余游西湖始此，时万历丁酉二月十四日也㉘。晚同子公渡净寺㉙，觅小修旧住僧房㉚。取道由六桥、岳坟、石径塘而归。草草领略，未及遍赏。次早得陶石篑帖子，至十九日，石篑兄弟同学佛人王静虚至，湖山好友，一时凑集矣。

张岱《西湖香市记》：

西湖香市，起于花朝，尽于端午。山东进香普陀者日至，嘉湖进香天竺者日至㉜，至则与湖人市焉，故曰香市。然进香之人市于三天竺，市于岳王坟，市于湖心亭，市于陆宣公祠㉝，无不市，而独凑集于昭庆寺。昭庆寺两廊故无日不市者，三代八朝之古董㉞，蛮夷闽貊之珍异㉟，皆集焉。至香市，则殿中边甬道上下、池左右、山门内外，有屋则摊，无屋则厂，厂外又棚，棚外又摊，节节寸寸。凡胭脂簪珥、牙尺剪刀，以至经典木鱼、孬儿嬉具之类㊱，无不集。此时春暖，桃柳明媚，鼓吹清和，岸无留船，寓无留客，肆无留酿。袁石工所谓"山色如娥，花光如颊，温风如酒，波纹如绫"，已画出西湖三月。而此以香客杂来，光景又别。士女闲都㊲，不胜其村妆野妇之乔画；芳兰荠泽㊳，不胜其合香芫荽之熏蒸；丝竹管弦，不胜其摇鼓欲笙之聒帐㊴；鼎彝光怪，不胜其泥人竹马之行情；宋元名画，不胜其湖景佛图之纸贵。如逃如逐，如奔如追，撩扑不开，牵挽不住。数百十万男男女女、老老少少，日簇拥于寺之前后左右者，凡四阅月方罢。恐大江以东，断无此二地矣。

崇祯庚辰三月㊵，昭庆寺火。是岁及辛巳、壬午洊饥㊶，民强半饿死。壬午虏鲠山东，香客断绝，无有至者，市遂废。辛巳夏，余在西湖，但见城中饿殍异出，扛挽相属。时杭州刘太守梦谦㊷，汴梁人，乡里抽丰者多寓西湖㊸，日以民词馈送㊹。有轻薄子改古诗诮之曰："山不青山楼不楼，西湖歌舞一时休。暖风吹得死人臭，还把杭州送汴州。"㊺可作西湖实录。

【注释】①狮子峰、屯霞石：均在宝石山，位于杭州西湖的北里湖北岸。②堪舆家：俗称风水先生。③石晋：即后晋。936年，石敬瑭灭后唐称帝，国号晋，史称后晋。④钱氏乾德：五代十国吴越国钱氏所奉宋太祖年号（963—968）。⑤太平兴国：宋太宗年号（976—984）。⑥天禧：宋真宗年号（1017-1021）。⑦是岁：这一年。⑧洪武：明太祖年号（1368—1398）。成化：明宪宗年号（1465—1487）。⑨廉访：按察使，明代主管一省司法和监察的政府官员。杨继宗：字承芳，阳城（今山西）人，为官清廉。⑩嘉靖：明世宗年号（1522—1566）。嘉靖三十四年即1555年，日本海盗入侵，劫掠上虞、杭州等地。⑪隆庆三年：即1569年。隆庆，明穆宗年号（1567—1572）。⑫万历十七年：即1589年。万历，明神宗年号（1573—1620）。⑬司礼监：明朝京城设二十四太监衙门，以司礼监居首。织造：指提督织造太监。明朝于江南设专局，由织造掌管其事，为皇室提供丝织品。⑭两庑：寺庙东西两廊。⑮市廛精肆：市场，街市。⑯南海：普陀山等处。天竺：杭州天竺寺。山东：浙东一带。⑰舌敝耳聋：讲的人舌头破了，听的人耳朵聋了。形容声音多而杂。⑱崇祯十三年：即1640年。崇祯，明思宗年号（1628—1644）。⑲踵事增华：在继承前者的基础上有所创新。⑳钱武肃王：钱镠（852—932），五代十国吴越国的创建者。㉑缁流：众僧人。缁，僧衣。㉒莲社：白莲社，东晋高僧慧远等创立于庐山东林寺，因寺中有白莲池而得名。㉓朔：每月农历初一。㉔古德：僧徒对德高望重先辈高僧的敬称。㉕棹：用桨划船。㉖娥：美女，女子姿容美好。㉗"大约如东阿王"句：东阿王，即曹植。相传三国时期曹植过洛水，梦见洛水之神宓妃，惊其美丽，因作《洛神赋》。㉘万历丁酉：即万历二十五年，1597年。㉙子公：方文馔，字子公，新安（今安徽歙县）人，袁宏道的朋友。㉚小修：袁中道（1570—1623），字小修，袁宏道的弟弟。㉛陶石篑：陶望龄，字周望，号石篑，会稽人。袁宏道的朋友。㉜嘉湖：指浙江嘉兴、湖州一带。㉝陆宣公祠：唐朝名臣陆贽，谥忠宣公，西湖孤山山麓有他的祠庙。㉞三代八朝：三代，指夏、商、周。八朝，指汉、魏、晋、宋、齐、梁、陈、隋。㉟蛮夷闽貊：此处泛指少数民族。㊱伢儿：小孩儿，杭州方言。㊲闲都：文雅俊美。㊳芗泽：香气。㊴聒帐：通宵宴饮，管弦齐作。㊵崇祯庚辰：崇祯十三年，即1640年。㊶辛巳：崇祯十四年，即1641年。壬午：崇祯十五年，即1642年。洊饥：接连饥荒。㊷刘梦谦：崇祯年间进士，曾任杭州知府，是个任人唯亲、收受贿赂的贪官。㊸抽丰：俗称"打秋风"，指假借名义、利用关系向人索取财物或赠与的一种社会现象。㊹民词：民间诉讼。㊺古诗：指宋人林升《题临安邸》一诗："山外青山楼外楼，西湖歌舞几时休？暖风熏得游人醉，直把杭州作汴州。"

【译文】昭庆寺，自宝石山的狮子峰、屯霞石发脉，风水先生称之为火龙。后晋元年（936年）创建，五代吴越国钱氏乾德五年，即967年遭毁灭。宋太平兴国元年（976年）重建，立了戒坛。宋代天禧初年，改名为昭庆。这一年，又遭遇了大火。等到明朝洪武至成化年间，凡修建必会遇大火。成化四年（1468年），奉令再建，按察使杨继宗担任监修。湖州有富翁响应募捐，投入万金。于是宫殿房舍都修建得极为华丽壮观。明嘉靖三十四年（1555年），倭寇扰乱，人们担心贼匪占领昭庆寺据为巢穴，于是放火把它烧了。事情得到平息后再建，就采用风水之说，将老百姓的房屋迁移，使寺门对着水，以此来抵制火灾。明代隆庆三年（1569年），又一次被毁。万历十七年（即1589年），司礼监的孙隆担任提督织造太监，协助修建。挂起经幡、陈列鼎器讲经说法，一时盛况空前。寺里密密麻麻排列的厢房，商店云集，奇货可居。春天的时候有香市，普陀山、天竺山、浙东一带的香客以及乡村的妇女儿童都在这里进行交易，人声喧嚣嘈杂，讲话的人舌头都要说破了，听的人耳朵都要聋了，热闹至极，一直到夏天才会消停。崇祯十三年（1640年），昭庆寺又遇大火，烟雾弥漫把天空都给遮住了，火映得湖水都变成了红色。等到清朝初年，对昭庆寺的建设有所继承，也有所创新，整顿了戒坛，使得昭庆寺与前代相比更加庄重严正。昭庆寺得名的缘由，有一说法是建寺的时候，正值五代十国时期吴越国创建者钱缪的八十大寿，寺僧圆净与古朴、天香、胜莲、胜林、慈受、慈云等众僧成立白莲社，诵经放生，为钱王贺寿；农历每月初一，登坛设戒，信众行香礼佛，以昭示钱王的功德，所以得名昭庆。现在把以上诸僧的名号作为各房间的名称。

袁宏道《昭庆寺小记》：

从武林门往西走，远远地望见保俶塔高耸在崇山峻岭之中，我的心思早已飞到了西湖。中午时进入昭庆寺，喝完茶，便划着小船游湖。眼前的山色秀美，如同一位有着倾城貌的美女；阳光下的鲜花如同美女那明艳的脸颊；温柔和煦的微风，像醇酒一般醉人；湖面荡起涟漪，波纹像平滑的绸缎。刚一抬头，便不由得眼花缭乱，如痴如醉了。这个时候想用一句话来描述眼前的美景，却发现总是词穷，大概就如同东阿王曹植初见洛神时的心情吧。这是万历二十五年（1597年），二月十四日这天，我第一次游西湖时的情景。晚上同好友方文僎到净慈寺，找到弟弟中道曾经住过的僧房。途经苏堤六桥、岳坟、石径塘归，草草地游览一番，来不及全部欣赏。第二天一早又收到了陶石篑的帖子，到十九日石篑兄弟和佛学居士王静虚来了，一同游山玩水的好友一时间都凑到一起了。

张岱《西湖香市记》：

西湖的香市，从二月十五花朝节开始，到五月初五端午节结束。在这个期间，每天都有从各地赶来进香的人，有从浙东到普陀寺进香的，有从嘉兴、湖州到天竺寺进香的等等。这些香客一来就和西湖边的人做生意，所以叫做"香市"。进香的人有的在天竺寺、有的在岳王坟、有的在湖心亭、有的在陆宣公祠交易，可以说是无处不交易。这其中，数昭庆寺最为集中。昭庆寺的两侧长廊，没有一天不开市集的，三代八朝的古董、边远地区的奇珍异宝，在这里都可以看到。到了香市，寺内大殿的走廊过道、水池左右、山门内外，有屋的地方就有摊位，没屋的地方就搭棚舍设摊，棚外又有摊位，紧相连接。胭脂、发簪和耳饰，尺子、剪刀以及木鱼和小孩儿的玩具，不一而足，都可以在香市上看到。这个时候春暖花开，桃花天天、柳条婀娜、鼓乐悠扬、清风和畅，岸边没有空船、旅店没有闲客、酒馆没有剩酒。袁宏道所讲的"山色如娥，花光如颊，温风如酒，波纹如绫"，已经描绘出西湖三月的风光。而此时各地香客云集，西湖则是另一番光景。优雅的淑女，比不上那乡村姑娘的扮相；幽兰的清香，比不上那混合着芜荽味的青菜香；琴笛丝竹的乐声，比不上那通宵宴饮的管弦齐作；形色各异的古玩，没有那小孩喜欢玩儿的泥人和竹马走俏；宋元各朝的名画，没有那西湖的风景画和佛画畅销。人们来来往往，追赶奔忙，拉不开，牵不住，数百十万的男男女女、老老少少，每天簇拥在昭庆寺的前后左右，足足热闹四个月才消停。恐怕在长江以东，再也找不出第二个这样的地方来。

1640年3月，昭庆寺遭遇大火。这一年同随后的两年，接连发生饥荒，有过半的老百姓被饿死。1642年，盗贼在浙东横行，断绝了北边香客南来进香的道路，没有人来了，渐渐的，香市就废止了。1641年夏天，我在西湖，只见一具具饿死的尸体被运出城外，抬的抬，拉的拉，接连不断。当时的杭州太守是刘梦谦，汴梁人，同乡人有来这里打秋风的，多寄居在西湖，利用他的关系每天包揽老百姓的诉讼，百姓都向他行贿。有位好开玩笑的文人改了古诗来讥讽他：山不青山楼不楼，西湖歌舞一时休。暖风吹得死人臭，还把杭州送汴州。这首诗，可以说是当时西湖实况的写照。

哇哇宕

哇哇石在棋盘山上①，昭庆寺后，有石池深不可测，峭壁横空，方圆可三四亩，空谷相传，声唤声应，如小儿啼焉。上有棋盘石，耸立山顶。其下烈士祠，为朱跸、金胜、祝威诸人②，皆宋时死金人难者，以其生前有护卫百姓功，故至今祀之。

屠隆《哇哇宕》诗③：

昭庆庄严尽佛图，如何空谷有呱呱。

千儿乳坠成贤劫④，五觉声闻报给孤⑤。

流出桃花缘古宕，飞来怪石入冰壶。

隐身岩下传消息，任尔临崖动地呼。

【注释】①哇哇石："石"疑应作"宕"。②朱跸、金胜、祝威：均为南宋初年抵抗金兵而死的钱塘县官吏。③屠隆（1542—1605）：字长卿，号赤水，浙江鄞县人，晚明文学家，精通曲艺。④乳坠：出生。贤劫：佛教语。劫是佛教的时间观念。据佛经记载，我们这个世界在庄严劫、贤劫和星宿劫三大劫中，各有一千尊佛成。贤劫有千佛出世且多圣贤，故得名。⑤五觉：佛教语，指修行悟道的过程。声闻：佛教语，指由诵经听法而得道者。给孤：佛教语，"给孤独园"的省称，为古印度佛教五大道场之一。亦代指佛寺。

【译文】哇哇宕坐落在棋盘山上，昭庆寺的后面，有深不可测的水池，山崖陡峭仿佛横跨天空，方圆有三四亩地大。置身哇哇宕，可以听到声音在空悠的山谷中回荡。你说话，哇哇宕就给你回应，像娃娃轻声一样。上面有棋盘石，在山顶耸立。下面有烈士祠，为纪念抗金英雄朱跸、金胜、祝威等人而建。他们是南宋初年抵抗金兵而死的钱塘县官吏，因其生前护卫百姓有功，所以至今活在人们心中，一直受百姓祭拜。

屠隆写有《哇哇宕》一诗：

昭庆庄严尽佛图，如何空谷有呱呱。

千儿乳坠成贤劫，五觉声闻报给孤。

流出桃花缘古宕，飞来怪石入冰壶。

隐身岩下传消息，任尔临崖动地呼。

大佛头

大石佛寺，考旧史，秦始皇东游入海，缆舟于此石上。后因贾平章住里湖葛岭①，宋大内在凤凰山②，相去二十余里，平章闻朝钟响，即下湖船，不用篙楫，用大锦缆绞动盘车③，则舟去如驶，大佛头，其系缆石桩也。平章败，后人镌为半身佛像，饰以黄金，构殿覆之，名大石佛院，至元末毁。明永乐间④，僧志琳重建，敕赐大佛禅寺。贾秋壑为误国奸人，其于山水书画古董，凡经其鉴赏，无不精妙。所制锦缆，亦自可人。一日临安失火，贾方在半闲堂斗蟋蟀，报者络绎，贾殊不顾，但曰："至太庙则报。"俄而⑤，报者曰："火直至太庙矣！"贾从小肩舆⑥，四力士以椎剑护，舁舆人里许即易⑦，倏忽至火所，下令肃然，不过曰："焚太庙者，斩殿帅⑧。"于是帅率勇士数十人，飞身上屋，一时扑灭。贾虽奸雄，威令必行，亦有快人处。

张岱《大石佛院》诗：

余少爱嬉游，名山恣探讨。

泰岳既嵬峨，补陀复杳渺⑨。

天竺放光明⑩，齐云集百鸟⑪。

活佛与灵神，金身皆藐小。

自到南明山⑫，石佛出云表。

食指及拇指，七尺犹未了。

宝石更特殊，当年石工巧。

岩石数丈高，止塑一头脑。

量其半截腰，丈六犹嫌少。

问佛几许长，人天不能晓。

但见往来人，盘旋如虱蚤。

而我独不然，参禅已到老。

入地而摩天，何在非佛道。

色相求如来⑬，巨细皆心造。

我视大佛头，仍然一茎草。

甄龙友《西湖大佛头赞》^⑭：

色如黄金，面如满月。

尽大地人，只见一橛^⑮。

【注释】①贾平章：即贾似道。下文"贾秋壑"同。②宋大内：南宋皇宫。见卷五《西湖外景·宋大内》。凤凰山：见卷五《西湖外景·凤凰山》。③锦缆：锦制的精美缆绳。盘车：一种击水使船前进的装置。④永乐：明成祖年号（1403—1424）。⑤俄而：不久，一会儿。⑥肩舆：轿子。⑦舁舆人：轿夫。⑧殿帅：指殿前都指挥使。⑨补陀：同普陀，在今浙江普陀县，为佛教名山。⑩天竺：见卷二《西湖西湖·上天竺》。⑪齐云：今安徽省休宁县道教名山。相传其玄武殿真像由百鸟衔泥所塑。⑫南明山：在浙江省新昌县，山谷中有大佛寺，其大石佛像造于南朝梁代。⑬色相：佛教指物质的外在形式。⑭甄龙友：宋永嘉（今属浙江）人，字云卿，诙谐善辩。⑮橛：一小段。

【译文】大石佛寺，据历史记载，秦始皇当年东游入海时曾将船系在此地一块石头上。后来这块石头又成了贾似道系缆的石桩。当时贾似道家住西湖里湖的葛岭，距离坐落在凤凰山上的皇宫有二十多里地远。听到朝钟响起，贾似道就下湖坐船，不用篙桨等工具，用大锦缆绞动盘车，船就行驶得飞快。大佛头，便成了他的缆石桩。后来贾似道失势，后人将这块石头雕刻成半身佛像，贴上黄金，建了大殿供奉，取名大石佛院，元朝末年被毁。明朝永乐年间，僧人志琳将其重建。皇帝御赐大佛禅寺之名。贾似道虽是误国的奸人，但善于鉴赏山水书画和古董，凡是经他品鉴的，都是精品。他制的锦缆，也很是让人称赞。有一天临安失火，贾似道正在半闲堂别墅斗蟋蟀玩儿，上报起火的人络绎不绝，贾似道没理睬，只说"烧到太庙再报"。不一会儿，就有人前来禀报："火已经烧到太庙了！"贾似道坐上轿，四个大力士持椎剑随从护送，每行一里多路便更换轿夫，不一会儿就了到失火的地方。贾似道严肃地下达命令，只简单的一句"若太庙被烧，就斩殿帅来问罪"。于是殿帅率领数十个勇士，飞身上屋，一会儿就把大火扑灭了。贾似道虽是奸臣，但他令出必行，也有让人称快的地方。

张岱写有《大石佛院》一诗：
余少爱嬉游，名山恣探讨。
泰岳既嵬峨，补陀复杳渺。
天竺放光明，齐云集百鸟。
活佛与灵神，金身皆藐小。
自到南明山，石佛出云表。
食指及拇指，七尺犹未了。
宝石更特殊，当年石工巧。
岩石数丈高，止塑一头脑。
量其半截腰，丈六犹嫌少。
问佛几许长，人天不能晓。
但见往来人，盘旋如虮蚤。
而我独不然，参禅已到老。
入地而摩天，何在非佛道。

色相求如来，巨细皆心造。

我视大佛头，仍然一茎草。

甄龙友的《西湖大佛头赞》

色如黄金，面如满月。

尽大地人，只见一橛。

保俶塔

宝石山高六十三丈，周一十三里。钱武肃王封寿星宝石山，罗隐为之记①。其绝顶为宝峰，有保俶塔，一名宝所塔，盖保俶塔也。宋太平兴国元年，吴越王俶②，闻唐亡而惧③，乃与妻孙氏、子惟濬、孙承祐入朝，恐其被留，许造塔以保之。称名，尊天子也。至都，赐礼贤宅以居，赏赉甚厚④。留两月遣还，赐一黄袱，封识甚固，戒曰："途中甚密观。"及启之，则皆群臣乞留俶章疏也，俶甚感惧。既归，造塔以报佛恩。保俶之名，遂误为保叔。不知者遂有"保叔缘何不保夫"之句。俶为人敬慎，放归后，每视事，徙坐东偏，谓左右曰："西北者，神京在焉，天威不违颜咫尺，俶敢宁居乎！"每修省入贡，焚香而后遣之。未几，以地归宋，封俶为淮海国王。其塔，元至正末毁⑤，僧慧炬重建；明成化间又毁，正德九年僧文镛再建⑥；嘉靖元年又毁，二十二年僧永固再建；隆庆三年大风折其顶，塔亦渐圮，万历二十二年重修。其地有寿星石、屯霞石⑦。去寺百步，有看松合，俯临巨壑，凌驾松杪，看者惊悸。塔下石壁孤峭，缘壁有精庐四五间，为天然图画阁。

黄久文《冬日登保俶塔》诗：

当峰一塔微，落木净烟浦。
日寒山影瘦，霜冽石棱苦。
山云自悠然，来者适为主。
与子欲谈心，松风代吾语。

夏公谨《保俶塔》诗⑧：

客到西湖上，春游尚及时。
石门深历险，山阁静凭危。
午寺鸣钟乱，风潮去舫迟。
清樽欢不极，醉笔更题诗。

钱思复《保俶塔》诗⑨：

金刹天开画，铁檐风语铃。
野云秋共白，江树晚逾青。
凿屋岩藏雨，粘崖石坠星。
下看湖上客，歌吹正沉冥。

【注释】①罗隐：字昭谏，余杭（今属浙江）人，唐末归依吴越王钱镠。诗文多讽刺现实。②吴越王俶：吴越末代国王钱弘俶（948—978

年在位）。③唐亡：指五代十国之南唐为北宋所灭。④赏赉：赏赐。⑤至正：元顺帝年号（1341—1368）。⑥正德：明武宗年号（1506—1521）。⑦寿星石：初名落星子，后为了求长寿，钱王将其改为"寿星石"。屯霞石：石赭如霞，立于崖壁，有明代孙克宏所题"屯霞"二字。⑧夏公谨：夏言（1482—1548），字公瑾，江西贵溪人。嘉靖时首辅，被严嵩所害。⑨钱思复：钱惟善，字思复，钱塘人，号曲江居士，元代文人。

【译文】宝石山有六十三丈高，方圆十三里地。据罗隐记载，吴越国武肃王钱镠曾在此封了寿星石。宝石山山顶有保俶塔，又名宝所塔。宋太平兴国元年（976年），吴越王钱弘俶听闻南唐被宋朝灭了，很惊恐，便带着妻子和儿孙到宋朝的朝廷。他生怕一家人被扣留在京城，于是佛前许愿说如能保其平安归来，归后定造塔还愿。钱弘俶声称以天子为尊，服从统治。到了京城，皇帝对他倒还客气，给了宅子礼待他，赏赐很丰厚。留他一家人住了两个月，就让他们回杭州了。临走时，皇帝赐了一黄皮书卷，封存得很密实，告诫他在路上偷偷地看。到了路上，钱弘俶打开一看，全是大臣们劝皇帝把他留在京城的奏章。钱弘俶又是感慨又是惊恐，回来后，就造塔还愿，感谢佛祖护佑其全家平安回来。此塔便称"保俶塔"。保俶之名，后有误传为"保叔"，不知来由者甚至穿凿附会称"为何不保夫而要保叔"？钱弘俶为人恭敬谨慎，被放回来后，每次议事办公，都把座位往东搬一些，对着随从和属下说："朝廷皇宫在西北方向，天子威严不可违抗，龙颜仿佛就在眼前，我等怎敢坐在西北！"每次进贡都修身反省，焚香朝拜后才派遣人前去。不久，钱弘俶献出土地归顺宋朝，皇帝封他为淮海国王。保俶塔，元顺帝末年被毁，僧人慧炬将其重新修建；明代成化年间又毁，1514年僧人文镛再次修建；1522年，保俶塔再毁，1541年僧人永固又一次修复；1569年，大风将保俶塔的塔顶刮断，塔身也渐渐倒塌，1594年重新修建。此地有寿星石和屯霞石；离寺百步远，有看松台。站在看松台上，俯瞰巨大的山谷，凌空驾于松树梢上，让人不禁心跳加速，油然而生惊恐之感。塔下的石壁突兀峭立，紧挨着石壁有四五间僧舍，是天然的图画阁。

黄久文写有《冬日登保俶塔》一诗：
当峰一塔微，落木净烟浦。
日寒山影瘦，霜泐石棱苦。
山云自悠然，来者适为主。
与子欲谈心，松风代吾语。

夏公谨写有《保俶塔》一诗：
客到西湖上，春游尚及时。
石门深历险，山阁静凭危。
午寺鸣钟乱，风潮去舫迟。
清樽欢不极，醉笔更题诗。

钱思复写有《保俶塔》一诗：
金刹天开画，铁檐风语铃。
野云秋共白，江树晚逾青。
凿屋岩藏雨，粘崖石坠星。
下看湖上客，歌吹正沉冥。

玛瑙寺

玛瑙坡，在保俶塔西，碎石文莹，质若玛瑙，土人采之，以镌图篆。晋时遂建玛瑙宝胜院，元末毁，明永乐间重建。有僧芳洲仆夫艺竹得泉[①]，遂名仆夫泉。山巅有阁，凌空特起，凭眺最胜，俗称玛瑙山居。寺中有大钟，侈弇齐适[②]，舒而远闻，上铸《莲经》七卷[③]，《金刚经》三十二分[④]。昼夜十二时[⑤]，保六僧撞之[⑥]。每撞一声，则《法华》七卷、《金刚经》三十二分，字字皆声。吾想法夜闻钟，起人道念，一至旦昼，无不牿亡[⑦]。今于平明白昼时听钟声，猛为提醒，大地山河，都为震动，则铿鍧一响，是竟《法华》一转、《般若》一转矣。内典云[⑧]：人间钟鸣未歇际，地狱众生刑具暂脱此间也。鼎革以后，恐寺僧惰慢，不克如前[⑨]。

张岱《玛瑙寺长鸣钟》诗：

女娲炼石如炼铜，铸出梵王千斛钟[⑩]。

仆夫泉清洗刷早，半是顽铜半玛瑙。

锤金琢玉昆吾刀[⑪]，盘旋钟纽走蒲牢[⑫]。

十万八千《法华》字，《金刚般若》居其次。

贝叶灵文满背腹[⑬]，一声撞破莲花狱[⑭]。

万鬼桁杨暂脱离[⑮]，不愁漏尽啼荒鸡。

昼夜百刻三千杵，菩萨慈悲泪如雨。

森罗殿前免刑戮，恶鬼狰狞齐退役。

一击渊渊大地惊，青莲字字有潮音⑯。

特为众生解冤结，共听毗庐广长舌⑰。

敢言佛说尽荒唐，劳我阇黎日夜忙。

安得成汤开一面⑱，吉网罗钳都不见⑲。

【注释】①芳洲：玛瑙寺主持。艺：种植。②侈弇：钟口的大小。③《莲经》：《妙法莲华经》的简称，又称《法华经》。④《金刚经》：《金刚般若波罗蜜经》的简称，又称《般若》。分：佛经的章节。⑤昼夜十二时：一天到晚24小时。⑥保：使，分派。⑦牿亡：受遏制而消亡。⑧内典：佛经。⑨不克：不能做到。⑩梵王："大梵天王"的简称，这里代指佛家。⑪昆吾刀：昆吾为《山海经》中的神山。传说山上多赤铜，以之作刀刃，削铁如泥。⑫钟纽：钟底供悬挂的部分。蒲牢：古代神话传说中龙的九子之一，排行第四，吼叫的声音洪亮。⑬贝叶灵文：指佛经。古印度人用贝叶写佛经。⑭莲花狱：佛家谓地狱。⑮桁杨：古代套在囚犯身上的一种枷锁。⑯潮音：比喻诵经声。⑰毗庐：佛名，毗庐舍那的略称。⑱成汤开一面：语出《史记·殷本纪》，即法不苛密，网开一面。⑲吉网罗钳：《新唐书·酷吏传》："吉温与罗希奭，相助以虐，号罗钳吉网。"

【译文】玛瑙坡，在保俶塔的西边，坡上有晶莹美丽的碎石，质如玛瑙，当地人常常采来镌刻图章。晋朝的时候建了玛瑙宝胜院，元朝末年被毁，明朝永乐年间进行了重建。僧人芳洲像农夫一样下地种竹，挖出了一泓清泉，于是便将泉命名为仆夫泉。山顶有楼阁，耸立空中，拔地而起，在这里凭窗远眺视野最佳，俗称玛瑙山居。寺里有一口大钟声名远播，钟口大小适宜，宽而平坦，钟声舒扬，远处都可以听见，钟上铸有七卷《莲经》，三十二分《金刚经》。一天从早到晚，分派六个僧人撞钟。每撞一声，钟上的七卷《法华》，三十二分《金刚经》，似乎每个字都在发出声音。我想起夜晚听钟声，生出早起修道的信念，一到白天往往因各种原因不能成行。今天在白天听到钟声敲响，猛地一下，顿时惊醒，大地山河都为之震动。钟声洪亮，是《法华》和《般若》的经文在传播。佛经讲人间钟声响起的时候，地狱鬼魂的枷锁和刑具会暂时脱落，众生虔诚地感恩佛法。改朝换代之后，大概寺里的僧人变得懒惰怠慢，无法做到先前那样时时撞钟了。

张岱写有《玛瑙寺长鸣钟》一诗：

女娲炼石如炼铜，铸出梵王千斛钟。

仆夫泉清洗刷早，半是顽铜半玛瑙。

锤金琢玉昆吾刀，盘旋钟纽走蒲牢。

十万八千《法华》字，《金刚般若》居其次。

贝叶灵文满背腹，一声撞破莲花狱。

万鬼桁杨暂脱离，不愁漏尽啼荒鸡。

昼夜百刻三千杵，菩萨慈悲泪如雨。

森罗殿前免刑戮，恶鬼狰狞齐退役。

一击渊渊大地惊，青莲字字有潮音。

特为众生解冤结，共听毗庐广长舌。

敢言佛说尽荒唐，劳我阇黎日夜忙。

安得成汤开一面，吉网罗钳都不见。

智果寺

智果寺，旧在孤山，钱武肃王建。宋绍兴间[①]，造四圣观[②]，徙于大佛寺西。先是东坡守黄州，於潜僧道潜[③]，号参寥子，自吴来访，东坡梦与赋诗，有"寒食清明都过了[④]，石泉槐火一时新"之句。后七年，东坡守杭，参寥卜居智果，有泉出石罅间。寒食之明日，东坡来访，参寥汲泉煮茗，适符所梦。东坡四顾坛壝[⑤]，谓参寥曰："某生平未尝至此，而眼界所视，皆若素所经历者。自此上忏堂，当有九十三级。"数之，果如其言，即谓参寥子曰："某前身寺中僧也，今日寺僧皆吾法属耳，吾死后，当舍身为寺中伽蓝[⑥]。"参寥遂塑东坡像，供之伽蓝之列，留偈壁间，有："金刚开口笑钟楼，楼笑金刚雨打头，直待有邻通一线，两重公案一时修。"后寺破败。崇祯壬申[⑦]，有扬州茂才鲍同德字有邻者，来寓寺中。东坡两次入梦，属以修寺，鲍辞以"贫士安办此"。公曰："子第为之，自有助子者。"次日，见壁间偈有"有邻"二字，遂心动立愿，作《西泠记梦》，见人辄出示之。一日至邸[⑧]，遇维扬姚永言，备言其梦。座中有粤东谒选进士宋公兆禴者，甚为骇异。次日，宋公筮仕[⑨]，遂得仁和。永言怂恿之，宋公力任其艰，寺得再葺。时有泉适出寺后，好事者仍名之参寥泉焉。

【注释】①绍兴：宋高宗年号（1131—1162）。②四圣观：即四圣延祥观。见卷三《西湖中路·六一泉》。③於潜：县名，在今浙江。道潜：北宋诗僧，号参寥子，与苏轼诸人交好。④寒食：清明前一二日。是日初为节时，禁烟火，只吃冷食。⑤壝：古代祭坛四周的矮墙。⑥伽蓝：佛教中的护法神。⑦崇祯壬申：即崇祯五年（1632）。⑧邸：此处指京城。⑨筮仕：古人在出仕之前会预占吉凶。此处指初次任职。

【译文】 智果寺，旧址在孤山上，钱武肃王时期建成。宋高宗年间，造四圣延祥观，将智果寺迁徙到大佛寺的西边。苏东坡任黄州太守的时候，於潜县的僧人道潜，号参寥子，从吴地前来智果寺拜访，苏东坡梦到与他赋诗，参寥有"寒食清明都过了，石泉槐火一时新"的句子。七年后，苏东坡任杭州太守，参寥子居住在智果寺，山上的岩石缝里流出一汪汩汩清泉。清明那天，苏东坡来访，参寥子取泉水煮茶，一切都同当年梦到的一样。苏东坡四顾祭坛四周，同参寥子讲："我从来没有到过这里，但所看到的，都像是曾经经历过。从这里上忏堂，台阶应该是九十三级。"一数，果然如他所言。于是苏东坡告诉参寥子："我的前身是寺里的僧人，现在的寺僧都是我的道友。我死后，当舍身为寺里的伽蓝。"参寥子于是为苏东坡塑了像，将塑像供在伽蓝之列，并在墙壁上留下一首偈子："金刚开口笑钟楼，楼笑金刚雨打头，直待有邻通一线，两重公案一时修。"后来，智果寺破落衰败。1632年，扬州有一秀才叫鲍同德，字有邻，寓居智果寺。苏东坡两次潜入他的梦中，嘱咐他将寺修复，鲍同德以贫寒之士哪有能力办此事为由推辞。苏东坡讲："你去找人帮你，自然会有人协助。"第二天，看到墙壁上有偈子"有邻"二字，当即心动立下修寺之愿，作《西泠记梦》一文，见人就展示给别人看。有一天，他到了京城，偶遇维扬人士姚永言，将梦中所见都告诉了他。姚永言有一朋友叫宋兆谪，粤东人，是等候选派的进士，听了之后很是感到惊骇怪异。第二天，宋兆禴预占初次任职的吉凶，结果指向杭州的仁和县。姚永言再三游说他修智果寺，宋兆禴终于动心，排除困难险阻，倾心尽力将寺庙重新修缮。当时正好有泉从寺后流出来，好事者仍将其命名为参寥泉。

六贤祠

宋时西湖有三贤祠两：其一在孤山竹阁①。三贤者，白乐天、林和靖、苏东坡也②。其一在龙井资圣院。三贤者，赵阅道、僧辨才、苏东坡也③。宝庆间④，袁樵移竹阁三贤祠于苏公堤，建亭馆以沽官酒。或题诗云："和靖东坡白乐天，三人秋菊荐寒泉。而今满面生尘土，欲与袁樵趁酒钱。"又据陈眉公笔记⑤，钱塘有水仙王庙，林和靖祠堂近之。东坡先生以和靖清节映世，遂移神像配食水仙王。黄山谷有《水仙花》诗用此事⑥："钱塘昔闻水仙庙，荆州今见水仙花。暗香靓色撩诗句，宜在孤山处士家。"则宋时所祀，止和靖一人。明正德三年⑦，郡守杨孟瑛重浚西湖⑧，立四贤祠，以祀李邺侯、白、苏、林四人，杭人益以杨公，称五贤。而后乃祧杨公，增祀周公维新、王公峚州⑨，称六贤祠。张公亮曰⑩："湖上之祠，宜以久居其地，与风流标令为山水深契者，乃列之。周公冷面，且为神明，有别祠矣。峚州文人，与湖非久要，今并四公而坐，恐难熟热也。"人服其确论。

张明弼《六贤祠》诗：

山川亦自有声气，西湖不易与人热。

五日京兆王弇州，冷面臬司号寒铁。

原与湖山非久要，心胸不复留风月。

犹议当时李邺侯，西泠尚未通舟楫。

惟有林苏白乐天，真与烟霞相接纳。

风流俎豆自千秋，松风菊露梅花雪。

【注释】①竹阁：原在孤山寺，宋高宗年间与寺俱迁往北山。②白乐天：即白居易。林和靖：即林逋。苏东坡：即苏轼。③赵阅道：赵抃（1008—1084），字阅道，曾任杭州知州。④宝庆：宋理宗年号（1225—1227）。⑤陈眉公：陈继儒（1558—1639），字仲醇，号眉公，晚明名士，善诗文书画。⑥黄山谷：黄庭坚（1045—1105），字鲁直，号山谷道人，与苏轼并称"苏黄"。⑦正德三年：即1508年。⑧杨孟瑛：明成化年间进士，曾任杭州知府。⑨周公维新：即周新。王公弇州：即王世贞。⑩张公亮：张明弼，字公亮，号琴张居士，崇祯年间进士。

【译文】宋朝的时候，西湖有两个三贤祠。一个在孤山寺的竹阁，三贤指白乐天、林和靖和苏东坡。另一个在龙井的资圣院，三贤指赵阅道、僧人辩才和苏东坡。宋理宗年间，袁樵将竹阁的三贤祠移到了苏堤，建亭台馆舍来卖官府酿的酒。有人题诗："和靖东坡白乐天，三人秋菊荐寒泉。而今满面生尘土，欲与袁樵趁酒钱。"意思是林和靖、苏东坡和白乐天，三人品性高洁，只可以寒泉秋菊祭祀。而今竟然满面都是尘土，被袁樵借来卖酒致富。根据陈眉公的笔记记载，钱塘曾有水仙王庙，林和靖的祠堂与水仙王庙离得很近。苏东坡考虑到林和靖清风亮节，便将林和靖的神像移到了水仙王庙，共享世人的祭祀。黄山谷写的《水仙花》一诗用了这个典故。"钱塘昔闻水仙庙，荆州今见水仙花。暗香靓色撩诗句，宜在孤山处士家。"意思是曾经听说钱塘有水仙庙，今天在荆州看到水仙花。想来它更适合有隐士林和靖作伴，暗香阵阵清新淡雅惹人诗兴大发。这意味着宋时所祭祀的就只有林和靖一人。1508年，杭州知府杨孟瑛重新治理西湖，立了四贤祠，用来祭祀李邺候、白乐天、苏东坡和林和靖四人。杭州老百姓感念杨孟瑛此举，把他的塑像安放在四贤祠来纪念他，称为五贤。后来，迁杨公去他庙，加入周新和王世贞二人，称六贤祠。张公亮讲："湖上的祠庙，适合供奉久居此地且其功绩与这里的山水息息相关的人。周新有'冷面寒铁'之称，且是城隍神，在别处有祠堂；王世贞任杭州知府为期甚短，与西湖的关系不大，现将二人与四公并坐，恐怕有些不妥。"这个说法得到了很多人的认可。

张明弼《六贤祠》诗：
山川亦自有声气，西湖不易与人热。
五日京兆王弇州，冷面枭司号寒铁。
原与湖山非久要，心胸不复留风月。
犹议当时李邺候，西泠尚未通舟楫。
惟有林苏白乐天，真与烟霞相接纳。
风流俎豆自千秋，松风菊露梅花雪。

西泠桥

西泠桥一名西陵，或曰：即苏小小结同心处也①。及见方子公诗有云②："'数声渔笛知何处，疑在西泠第一桥。'陵作泠，苏小恐误。"余曰："管不得，只西陵便好。且白公断桥诗'柳色青藏苏小家'，断桥去此不远，岂不可借作西泠故实耶！"昔赵王孙孟坚子固常客武林③，值菖蒲节④，周公谨同好事者邀子固游西湖⑤。酒酣，子固脱帽，以酒晞发⑥，箕踞歌《离骚》⑦，旁若无人。薄暮入西泠桥，掠孤山，舣舟茂树间，指林麓最幽处，瞠目叫曰："此真洪谷子、董北苑得意笔也。⑧"邻舟数十，皆惊骇绝叹，以为真谪仙人。得山水之趣味者，东坡之后，复见此人。

袁宏道《西泠桥》诗：
西泠桥，水长在。松叶细如针，不肯结罗带。
莺如衫，燕如钗，油壁车，砍为柴，青骢马，自西来。
昨日树头花，今日陌上土。恨血与啼魂，一半逐风雨。

又《桃花雨》诗：
浅碧深红大半残，恶风催雨剪刀寒。
桃花不比杭州女，洗却胭脂不耐看。

李流芳《西泠桥题画》^⑨：

余尝为孟旸题扇^⑩："多宝峰头石欲摧，西泠桥边树不开。轻烟薄雾斜阳下，曾泛扁舟小筑来。"西泠桥树色，真使人可念，桥亦自有古色。近闻且改筑，当无复旧观矣。对此怅然。

【注释】①苏小小：南朝齐时期著名歌伎，钱塘第一名伎。卷三有《西湖中路·苏小小墓》。②方子公：方文馔，字子公，新安（今安徽黄山市歙县）人。穷困落拓，由袁中道荐给袁宏道，为袁宏道料理笔札。③赵王孙孟坚子固：赵孟坚（1199—1295），字子固，擅长作诗绘画，宋亡后隐居。因为宋宗室，故称"赵王孙"。武林：杭州旧称。④菖蒲节：即端午节。⑤周公瑾：周密（1232—1308），字公瑾，号草窗。著有《武林旧事》。⑥晞发：晒发使干。常指高洁脱俗的行为。⑦箕踞：两脚张开，两膝微曲地坐着，形状像箕。表示不拘礼节。⑧洪谷子：荆浩，字浩然，号洪谷子。五代后梁画家，为北方山水画派之祖。董北苑：董源，字舒达。五代南唐画家，南派山水画开山鼻祖。⑨李流芳（1575—1629），字长蘅，一字茂宰，号檀园、香海、古怀堂、沧庵、晚号慎娱居士、六浮道人。明代诗人、书画家。⑩孟旸：程嘉燧（1565—1643），字孟旸。工诗善画，通晓音律，著有《浪涛集》。

【译文】西泠桥还有一个名字叫西陵桥，有人说这就是苏小小当年结同心的地方。等到看到方子公在诗中写道："'数声渔笛知何处，疑在西泠第一桥。''陵'写作'泠'，恐怕是苏小小写错了。"我说："不用管它。写成'西陵'也好。况且白居易在断桥诗中写着'柳色青藏苏小家'，断桥离这里不远，难道不能借作西泠的典故么？"以前赵孟坚常来杭州做客，当时正赶上端午节，周公谨和一些朋友邀请赵孟

坚同游西湖。喝酒喝得正香，赵孟坚脱下帽子，就着酒晾干头发，伸着
两腿坐在地上吟诵《离骚》，仿佛旁边没有人一样。傍晚的时候到西
泠桥，赏孤山，把船停靠在茂密的树林间，赵孟坚指着树林最幽深的
地方，睁大眼睛感叹："这真是山水画家荆浩、董源的得意之笔啊。"
有数十只船相邻，船上的人都感到惊叹，以为赵孟坚是谪仙人。能够
真正领略山水趣味的人，苏轼之后，才又见到了他。

　　袁宏道写有《西泠桥》一诗：
　　西泠桥，水长在。松叶细如针，不肯结罗带。
　　莺如衫，燕如钗，油壁车，砍为柴，青骢马，自西来。
　　昨日树头花，今日陌上土。恨血与啼魂，一半逐风雨。

　　还写了《桃花雨》一诗：
　　浅碧深红大半残，恶风催雨剪刀寒。
　　桃花不比杭州女，洗却胭脂不耐看。

　　李流芳《西泠桥题画》，大意如下：
　　我曾经给孟旸在扇面上题了首诗："多宝峰头石欲摧，西泠桥边
树不开。轻烟薄雾斜阳下，曾泛扁舟小筑来。"西泠桥树木的景色，真
让人怀念，桥也古色古香。近来听说要改建成小筑，当不会再有往日
的景观了。想到这里，不禁感到怅然。

岳王坟

岳鄂王死①，狱卒隗顺负其尸，逾城至北山以葬。后朝廷购求葬处，顺之子以告。及启棺如生，乃以礼服殓焉。隗顺，史失载。今之得以崇封祀享，胙毳千秋②，皆顺力也。倪太史元璐曰③："岳王祠，泥范忠武，铁铸桧、嵩④，人之欲不朽桧、嵩也，甚于忠武。"按：公之改谥忠武，自隆庆四年⑤。墓前之有秦桧、王氏、万俟卨三像，始于正德八年⑥，指挥李隆以铜铸之，旋为游人挞碎。后增张俊一像，四人反接，跪于丹墀⑦。自万历二十六年⑧，按察司副使范涞易之以铁⑨，游人椎击益狠，四首齐落，而下体为乱石所掷，止露肩背。旁墓为银瓶小姐，王被害，其女抱银瓶坠井中死。杨铁崖乐府曰⑩："岳家父，国之城；秦家奴，城之倾。皇天不灵，杀我父与兄。嗟我银瓶为我父，缇萦生不赎父死⑪，不如无生。千尺井，一尺瓶，瓶中之水精卫鸣⑫。"墓前有分尸桧。天顺八年⑬，杭州同知马伟锯而植之，首尾分处，以示磔桧状。隆庆五年⑭，大雷击折之。朱太史之俊曰："一秦桧耳，铁首木心，俱不能保至此。"天启丁卯⑮，浙抚造祠媚珰⑯，穷工极巧，徙苏堤第一桥于百步之外，数日立成，骇其神速。崇祯改元，魏珰败，毁其祠，议以木石修王庙，卜之王，王弗许。

岳云，王之养子，年十二从张宪战，得其力，大捷，号曰"嬴官人"，军中皆呼焉。手握两铁锤，重八十斤。王征伐，未尝不与，每立奇功，王辄隐之。官至左武大夫、忠州防御使。死年二十二，赠安远军承宣使。所用铁锤犹存。

张宪为王部将，屡立战功。绍兴十年[17]，兀术屯兵临颖[18]，宪破其兵，追奔十五里，中原大振。秦桧主和，班师。桧与张俊谋杀岳飞，诱飞部曲能告飞事者，卒无人应。张俊锻炼宪，被掠无完肤，强辩不伏，卒以冤死。景定二年[19]，追封烈文侯。正德十二年[20]，布衣王大祐发地得碣石，乃崇封焉。郡守梁材建庙，修撰唐皋记之[21]。

牛皋墓在栖霞岭上。皋字伯远，汝州人，岳鄂王部将，素立战功。秦桧惧其怨己，一日大会众军士，置毒害之。皋将死，叹曰："吾年近六十，官至侍从郎，一死何恨，但恨和议一成，国家日削。大丈夫不能以马革裹尸报君父[22]，是为叹耳！"

张景元《岳坟小记》[23]：

岳少保坟祠，祠南向，旧在阛阓。孙中贵为买民居，开道临湖，殊惬大观。祠右衣冠葬焉。石门华表，形制不巨，雅有古色。

周诗《岳王坟》诗[24]：

将军埋骨处，过客式英风。

北伐生前烈，南枝死后忠。

干戈戎马异，涕泪古今同。

目断封丘上，苍苍夕照中。

高启《岳王坟》诗㉕：

大树无枝向北风，千年遗恨泣英雄。
班师诏已成三殿，射房书犹说两宫。
每忆上方谁请剑，空嗟高庙自藏弓。
栖霞岭上今回首，不见诸陵白雾中。

唐顺之《岳王坟》诗㉖：

国耻犹未雪，身危亦自甘。
九原人不返，万壑气长寒。
岂恨藏弓早，终知借剑难。
吾生非壮士，于此发冲冠。

蔡汝南《岳王墓》诗：

谁将三字狱，堕此一长城。
北望真堪泪，南枝空自荣。
国随身共尽，君恃相为生。
落日松风起，犹闻剑戟鸣。

王世贞《岳坟》诗：

落日松杉覆古碑，英风飒飒动灵祠。
空传赤帝中兴诏，自折黄龙大将旗。
三殿有人朝北极，六陵无树对南枝。
莫将乌喙论勾践，鸟尽弓藏也不悲。

徐渭《岳坟》诗㉗：

墓门惨淡碧湖中，丹膜朱扉射水红。

四海龙蛇寒食后，六陵风雨大江东。

英雄几夜乾坤博，忠孝传家俎豆同。

肠断两宫终朔雪，年年麦饭隔春风。

张岱《岳王坟》诗：

西泠烟雨岳王宫，鬼气阴森碧树丛。

函谷金人长堕泪，昭陵石马自嘶风。

半天雷电金牌冷，一族风波夜壑红。

泥塑岳侯铁铸桧，只令千载骂奸雄。

董其昌《岳坟柱对》㉘：

南人归南，北人归北，小朝廷岂求活耶。

孝子死孝，忠臣死忠，大丈夫当如是矣。

张岱《岳坟柱铭》：

呼天悲铁像，此冤未雪，常闻石马哭昭陵。

拓地饮黄龙，厥志当酬，尚见泥兵湿蒋庙。

【注释】①岳鄂王：岳飞（1103—1142），字鹏举，宋相州汤阴县（今属河南）人。抗金名将，南宋中兴四将之首，被秦桧谗杀。1211年，被追封鄂王。②肸蚃千秋：神灵感念，百世流芳。③倪太史元璐：倪元璐（1593—1644），字玉汝，号鸿宝，官至户部尚书。④桧、卨：桧指秦桧（1090—1155），字会之，宋高宗时宰相、奸臣，主和派的代表人物。
禼指万俟禼（1083—1157），字元忠，依附秦桧，秉承秦桧之意打击主
战派，主治岳飞之狱，诬陷岳飞虚报军情及逗留淮西等罪，致使岳飞父
子和张宪等被害。⑤隆庆四年：即1570年。⑥正德八年：即1513年。⑦丹
墀：指祠庙的台阶。⑧万历二十六年：即1598年。⑨范涞：字原易，号希
阳，曾任福建布政使。⑩杨铁崖乐府：杨维桢（1296—1370），字廉夫，
号铁崖。明初参与修订礼乐，善古乐府，有《铁崖乐府》。⑪缇萦：西汉
人，著名医学家淳于意之女。曾上书汉文帝，痛切陈述父亲廉平无罪，
自己愿意身充官婢，代父受刑。文帝受到感动，不仅宽免淳于意而且废
除肉刑。⑫精卫：上古神话传说中，女娃是炎帝最小的女儿，后溺水而
亡，化作精卫鸟。⑬天顺八年：即1464年。⑭隆庆五年：即1571年。⑮
天启丁卯：即1627年。⑯珰：此处指明末太监魏忠贤。⑰绍兴十年：即
1140年。⑱兀术：即完颜阿宗弼，本名兀术，阿骨打之子，曾率金兵攻
宋。⑲景定二年：即1261年。⑳正德十二年：即1517年。㉑唐皋：曾任翰
林院修撰。㉒马革裹尸：指军人战死于沙场，形容为国作战，决心为国
捐躯的意志。㉓张景元：当作张京元，字思德，号无始，明代江苏人。官
至江西提学副使。㉔周诗：字以言，明代文人。㉕高启（1336—1374）：
字季迪，号青邱子，明初诗人。㉖唐顺之（1507—1560）：字应德，号荆
川，明中叶散文家，曾任右金都御史。㉗徐渭（1521—1593）：字文长，
晚号青藤道人。明代书画家，工诗文。㉘董其昌（1555—1636）：字玄
宰，号思白。明代书画家，官至南京礼部尚书。

【译文】岳鄂王岳飞死后，狱中的差役隗顺背着他的尸体，出城
后到北山安葬。后来朝廷悬赏求岳鄂王的葬身处，隗顺的儿子如实相
告。待到开启棺木，岳鄂王仍像活着一样，于是人们给他穿上礼服下

葬入殓。隗顺，历史上没有记载。如今得以备受尊崇，享受祭祀，神灵感念，百世流芳，都是因为这个善举。太史倪元璐说："岳王祠，岳鄂王的塑像是泥做的，而秦桧、万俟卨的塑像是铁铸的，相比于岳王，人们更想让秦桧、万俟卨被后世铭记。"隆庆四年（1570年），岳王的谥号改为"忠武"。正德八年（1513年），指挥李隆用铜铸造秦桧、王氏、万俟卨三人的塑像，并把它们放在岳王的墓前，随即三人的塑像就被游人击碎了。后来又增加张俊的塑像，四人反绑着两手，跪在岳王的坟前的台阶下。万历二十六年（1598年），按察司副使范涞将铜像改为用铁铸，游人捶打得更厉害了，四人的脑袋都被打了下来，而下身都被投掷了乱石，只露出了肩和背。岳王墓旁边是银瓶小姐的墓，岳王被害，他的女儿抱着银瓶投井而死。杨铁崖在乐府诗中写道："岳家父，国之城；秦家奴，城之倾。皇天不灵，杀我父与兄。嗟我银瓶为我父，缇萦生不赎父死，不如无生。千尺井，一尺瓶，瓶中之水精卫鸣。"意思是说"我的父亲岳王，忠心保卫国家；秦桧这个奸人，要把国家倾覆。皇天不灵，看他杀了我的父亲与长兄。缇萦当年愿入身为官婢以赎父罪，叹我银瓶救不了父亲，不如舍弃生命。井有千尺深，瓶只一尺高，瓶中有精卫鸟长鸣。"银瓶小姐墓前有秦桧被肢解的尸首。天顺八年（1464年），杭州同知马伟将秦桧的塑像锯开竖起来，使其首尾分家，以展示秦桧被斩的情状。隆庆五年（1571年），大雷把它击折了。太史朱之俊说："秦桧，铁做的脑袋木头做的心，都保存不下来。"天启丁卯（1627年），浙江巡抚建造祠堂来献媚魏忠贤，工艺极其精巧。祠堂在苏堤第一桥的百步之外，没几天就建好了，人们都惊讶于它的神速。崇祯改元（1628年），魏忠贤败，人们毁掉他的祠堂。有人提议用魏忠贤祠的木石修建岳王庙，问卜寻求岳王的意见，岳王没有答应。

岳云,岳王的养子,十二岁从军,被父亲编入部将张宪的队伍中。有他在,征战屡屡取胜,军中都称他为"赢将军",意指"常胜将军"。岳云手握两个重达八十斤的大铁锤。岳王征战,他都参与,每次立下战功,岳王就隐瞒不报。岳云官至左武大夫、忠州防御使。死时年仅二十二岁,后来被追赠安远军承宣使。他所用的铁锤至今仍在。

张宪是岳王的部将,多次立下战功。绍兴十年(1140年),兀术在临颍驻扎军队,张宪大破其兵,追奔了十五里,中原为之大振。秦桧主和,将在外打仗的军队调回。秦桧与张俊想谋杀岳王,引诱岳王部下告发,没人响应。张俊罗织罪名诬陷张宪,张宪被打得体无完肤,仍绝不屈服,最终冤死。景定二年,即1261年,张宪被追封为烈文侯。正德十二年(1517年),百姓王大祐挖地得到一块墓碑,于是就祭拜他。根据修撰唐皋的记载,郡守梁材为张宪建了祠庙。

牛皋墓在栖霞岭上。牛皋字伯远,汝州人,是岳王的部将,曾立下很多战功。秦桧担心他怨恨自己,有一天就召集一众军士宴请他们,借机将他毒害。牛皋临死,感叹道:"我将近六十了,官至侍从郎,死了有何遗憾!只恨和议一旦达成,国家就日渐削弱。大丈夫不能马革裹尸报效君主,真是可叹啊!"

张景元的《岳坟小记》,大意如下:

岳王庙,祠堂朝南,旧时在街市上。孙隆买下岳王庙附近百姓的房屋,打开道路,让岳王庙临着西湖,尤为盛大壮观。祠堂的右边是岳飞的衣冠冢。立着石门,竖着华表,体制不大,但典雅有古色。

周诗写有《岳王坟》一诗：

将军埋骨处，过客式英风。

北伐生前烈，南枝死后忠。

干戈戎马异，涕泪古今同。

目断封丘上，苍苍夕照中。

高启写有《岳王坟》一诗：

大树无枝向北风，千年遗恨泣英雄。

班师诏已成三殿，射虏书犹说两宫。

每忆上方谁请剑，空嗟高庙自藏弓。

栖霞岭上今回首，不见诸陵白雾中。

唐顺之写有《岳王坟》一诗：

国耻犹未雪，身危亦自甘。

九原人不返，万壑气长寒。

岂恨藏弓早，终知借剑难。

吾生非壮士，于此发冲冠。

蔡汝南写有《岳王墓》一诗：

谁将三字狱，堕此一长城。

北望真堪泪，南枝空自荣。

国随身共尽，君恃相为生。

落日松风起，犹闻剑戟鸣。

王世贞写有《岳坟》一诗：

落日松杉覆古碑，英风飒飒动灵祠。

空传赤帝中兴诏，自折黄龙大将旗。

三殿有人朝北极，六陵无树对南枝。

莫将乌喙论勾践，鸟尽弓藏也不悲。

徐渭写有《岳坟》一诗：

墓门惨淡碧湖中，丹膔朱扉射水红。

四海龙蛇寒食后，六陵风雨大江东。

英雄几夜乾坤博，忠孝传家俎豆同。

肠断两宫终朔雪，年年麦饭隔春风。

张岱写有《岳王坟》一诗：

西泠烟雨岳王宫，鬼气阴森碧树丛。

函谷金人长堕泪，昭陵石马自嘶风。

半天雷电金牌冷，一族风波夜壑红。

泥塑岳侯铁铸桧，只令千载骂奸雄。

董其昌的《岳坟柱对》：

南人归南，北人归北，小朝廷岂求活耶。

孝子死孝，忠臣死忠，大丈夫当如是矣。

张岱的《岳坟柱铭》：

呼天悲铁像，此冤未雪，常闻石马哭昭陵。

拓地饮黄龙，厥志当酬，尚见泥兵湿蒋庙。

紫云洞

紫云洞在烟霞岭右。其地怪石苍翠，劈空开裂，山顶层层，如厦屋天构。贾似道命工疏剔建庵[①]，刻大士像于其上[②]。双石相倚为门，清风时来，谽谺透出[③]，久坐使人寒栗。又有一坎突出洞中，蓄水澄洁，莫测其底。洞下有懒云窝，四山围合，竹木掩映，结庵其中。名贤游览至此，每有遗世之思[④]。洞旁一壑幽深，昔人凿石，闻金鼓声而止，遂名"金鼓洞"。洞下有泉，曰"白沙"。好事者取以瀹茗[⑤]，与虎跑齐名。

王思任诗[⑥]：

笋舆幽讨遍，大壑气沉沉。

山叶逢秋醉，溪声入午喑。

是泉从竹护，无石不云深。

沁骨凉风至，僧寮絮碧阴。

【注释】①疏剔：清理剔除。②大士：菩萨。③谽谺：山谷空旷貌。④遗世：离世隐居。⑤瀹茗：煮茶。⑥王思任：字季重，号遂东，晚年号谑庵，山阴（今浙江绍兴）人。诗重自然，才情烂漫。

【译文】紫云洞在烟霞岭的右边。这里怪石嶙峋，一片苍翠，像是天空被劈开了一条缝。山顶层层叠叠，仿佛天然构建的大屋。贾似道命令工人清理场地，在此建立庵堂，于墙壁上雕刻观音菩萨像。两块石头相互倚靠就成了一道门，清风徐徐吹来，山谷空旷，坐久了就会感到阵阵寒意，让人禁不住颤栗。洞中有一个坎突出洞外，里面蓄着清澈的水，水底深不可测。紫云洞下有懒云窝，四山环绕围在一起，竹木掩映，其中盖有庵堂。明贤游览到这里，都会生发离世隐居的想法。紫云洞旁有一条幽深的沟壑，前人凿刻石头，听到金石声就停止不挖了，于是给洞起了个名字"金鼓洞"。洞下有清泉，名叫"白沙"。爱好喝茶的人会取来白沙泉的水煮茶，白沙泉与虎跑泉齐名。

王思任的诗：
笋舆幽讨遍，大壑气沉沉。
山叶逢秋醉，溪声入午喑。
是泉从竹护，无石不云深。
沁骨凉风至，僧寮絮碧阴。

卷二　西湖西路

玉泉寺

玉泉寺为故净空院。南齐建元中[1]，僧昙起说法于此[2]，龙王来听，为之抚掌出泉，遂建龙王祠。晋天福三年[3]，始建净空院于泉左。宋理宗书"玉泉净空院"额[4]。祠前有池亩许，泉白如玉，水望澄明，渊无潜甲[5]。中有五色鱼百余尾，投以饼饵，则奋鬐鼓鬛[6]，攫夺盘旋，大有情致。泉底有孔，出气如橐籥[7]，是即神龙泉穴。又有细雨泉，晴天水面如雨点，不解其故。泉出可溉田四千亩。近者曰鲍家田，吴越王相鲍庆臣采地也[8]。万历二十八年[9]，司礼孙东瀛于池畔改建大士楼居。春时，游人甚众，各携果饵到寺观鱼，喂饲之多，鱼皆餍饫[10]，较之放生池，则侏儒饱欲死矣[11]。

道隐《玉泉寺》诗[12]：
在昔南齐时，说法有昙起。

天花堕碧空⑬，神龙听法语。

抚掌一赞叹，出泉成白乳。

澄洁更空明，寒凉却酷暑。

石破起冬雷，天惊逗秋雨⑭。

如何烈日中，水纹如碎羽。

言有橐籥声，气孔在泉底。

内多海大鱼，狰狞数百尾。

饼饵骤然投，要遮全振旅⑮。

见食即忘生，无怪盗贼聚。

【注释】①建元：南朝齐高帝年号（479—482）。②昙起：亦作昙超，南朝齐高僧。③天福：后晋高祖年号（936—943），天福三年即938年。④宋理宗：南宋皇帝赵昀，1225—1264年在位。⑤渊无潜甲：极言水的清澈与澄明。潜甲，指潜游的鱼、虾、鳖之类。⑥奋鬐鼓鬣：奋鬐，亦作"奋鳍"，摆动鱼鳍。鬣，鱼颔旁小鳍。⑦橐籥：古代冶炼时用以鼓风吹火的装置，类似今天的风箱。⑧鲍庆臣：即鲍君福（864—940），唐末五代余姚（今属浙江）人，字庆臣。采地：古代诸侯分封给卿大夫的田地。⑨万历二十八年：即1600年。⑩餍饫：尽量满足口腹需要；感到满足。⑪侏儒饱欲死：语出《汉书·东方朔传》。此处指有很多游人给玉泉寺的鱼投喂食物，鱼吃得很饱。⑫道隐：即金堡，字卫公，一字道隐，浙江仁和人。明亡后为僧，名澹归。⑬"天花"句：指昙起讲佛法妙语连篇。⑭"石破"句：语本李贺《李凭箜篌引》诗"女娲炼石补天处，石破天惊逗秋雨"。⑮"要遮"句：形容游鱼结队而来。振旅，整队班师。

【译文】玉泉寺即原来的净空院。南齐建元年间，僧人昙起在这里说法，龙王前来听他说法，为他鼓掌，随即地上涌出泉水，于是就建了龙王祠。晋天福三年（938年），开始在泉的左边建净空院。宋理宗亲自书写匾额"玉泉净空院"。祠前有几亩地的水池，泉水白得像玉一般，清澈见底，水底的鱼都清晰可见。水中有上百条五色鱼，投进鱼食，鱼争相向前抢夺，很是有趣。泉底有孔，像风箱鼓风一样出气，这就是神龙泉穴。还有细雨泉，晴天的时候水面若落雨点，不明白是何缘故。泉水流出来可以灌溉四千亩田地，离得最近的是鲍家田，即吴越王丞相鲍庆臣的封地。万历二十八年（1600年），司礼孙东瀛在泉的旁边改建楼阁供奉观音菩萨。春天的时候，有很多游人都带着鱼食到寺里来赏鱼，喂得鱼都吃撑了，相比放生池，这里的鱼真的吃得太饱了。

道隐写有《玉泉寺》一诗：

在昔南齐时，说法有昙起。

天花堕碧空，神龙听法语。

抚掌一赞叹，出泉成白乳。

澄洁更空明，寒凉却酷暑。

石破起冬雷，天惊逗秋雨。

如何烈日中，水纹如碎羽。

言有橐籥声，气孔在泉底。

内多海大鱼，狰狞数百尾。

饼饵骤然投，要遮全振旅。

见食即忘生，无怪盗贼聚。

集庆寺

九里松，唐刺史袁仁敬植①。松以达天竺，凡九里，左右各三行，每行相去八九尺。苍翠夹道，藤萝冒涂②，走其下者，人面皆绿。行里许，有集庆寺，乃宋理宗所爱阎妃功德院也③。淳祐十一年建造④。阎妃，鄞县人，以妖艳专宠后宫。寺额皆御书，巧丽冠于诸刹。经始时，望青采研⑤，勋旧不保⑥，鞭笞追逮，扰及鸡豚⑦。时有人书法堂鼓云："净慈灵隐三天竺，不及阎妃好面皮。"理宗深恨之，大索不得。此寺至今有理宗御容两轴⑧。六陵既掘，冬青不生⑨，而帝之遗像竟托阎妃之面皮以存，何可轻诮也。元季毁，明洪武二十七年重建。

张京元《九里松小记》：

九里松者，仅见一株两株，如飞龙劈空，雄古奇伟。想当年万绿参天，松风声壮于钱塘潮，今已化为乌有。更千百岁，桑田沧海，恐北高峰头有螺蚌壳矣，安问树有无哉！

陈玄晖《集庆寺》诗⑩：

玉钩斜内一阎妃⑪，姓氏犹传真足奇。

宫嫔若非能佞佛，御容焉得在招提⑫。

布地黄金出紫薇⑬，官家不若一阎妃。
江南赋税凭谁用，日纵平章泛水嬉⑭。

开荒筑土建坛壝，功德巍峨在石碑。
集庆犹存宫殿毁，面皮真个属阎妃。

昔日曾传九里松，后闻建寺一朝空。
放生自出罗禽鸟，听信阇黎说有功。

【注释】①袁仁敬：字长源，唐开元十三年（725）经玄宗自择而任杭州刺史。行前，玄宗赐诗并诏宰相、诸王送于洛滨。②冒塗：指藤萝长势茂盛。塗同"途"。③功德院：为祈福而捐造的寺院。④淳祐：宋理宗第五个年号（1241—1252）。⑤采斫：砍伐。⑥勋旧：有功勋的旧臣。⑦鸡豚：鸡和猪。⑧御容：皇帝的画像。⑨六陵既掘，冬青不生：元朝僧人杨琏真伽发现宋帝陵墓，将骨殖弃于草莽间，后有义士唐珏、林景熙将宋帝遗骨埋于兰亭天章寺附近，上植冬青树作为标记。⑩陈玄晖：浙江海盐人，万历四十一年（1613）进士，授翰林院编修。⑪玉钩斜：地名，在今扬州。相传是隋葬宫女的地方。⑫招提：寺庙。⑬紫薇：指皇宫。⑭平章：指贾似道。

【译文】九里松，是唐朝刺史袁仁敬种植的。松树的尽头是天竺寺，九里地的松树，左右各种三行，每行距离八九尺远。道路两旁一片翠绿，地上匍匐着藤萝，在松树下行走的人，脸都被映衬得成了绿色。走上几里，有集庆寺，集庆寺是宋理宗的爱妃阎妃为祈福而捐造的寺院，淳祐十一年（1251年）建造。阎妃，鄞县人，妖媚艳丽，后宫之中独占理宗的宠爱。集庆寺的匾额是理宗亲笔，在诸寺院中最是美妙华丽。开始修建的时候，见到树木就砍伐，有功勋的旧臣反对，遭到追捕，惊扰到当地百姓。当时有人在法堂的鼓上写道："净慈灵隐三天竺，不及阎妃好面皮。"意思是说净慈寺、灵隐寺加上三座天竺寺，都比不上阎妃的一副好皮囊。理宗很是痛恨，极力搜索，没找到此人下落。集庆寺现在存有两幅理宗的画像。六陵被挖了之后，冬青都不再长了，理宗的遗像竟然因阎妃的皮囊而留存至今，真是讽刺。集庆寺元代末年遭毁，明洪武二十七年（1394年）重新修建。

张京元写有《九里松小记》，大意如下：

当年的胜景九里松，现在就只能看到一两棵松树。松树就像龙飞舞着把天空劈开，显得雄健苍劲、奇特壮美。遥想当年，万棵松树直入云霄，一片苍翠，风一吹松涛声比钱塘江的潮水还要雄壮，而今已了无踪迹，化为乌有了。再过千百年以后，沧海桑田，恐怕北高峰顶都会出现螺蚌壳，还用问松树还有没有么？

陈玄晖写有《集庆寺》一诗：
玉钩斜内一阎妃，姓氏犹传真足奇。
宫嫔若非能佞佛，御容焉得在招提。

布地黄金出紫薇，官家不若一阎妃。
江南赋税凭谁用，日纵平章恣水嬉。

开荒筑土建坛垓，功德巍峨在石碑。

集庆犹存宫殿毁，面皮真个属阎妃。

昔日曾传九里松，后闻建寺一朝空。
放生自出罗禽鸟，听信阇黎说有功。

飞来峰

飞来峰，棱层剔透，嵌空玲珑，是米颠袖中一块奇石①。使有石癖者见之，必具袍笏下拜，不敢以称谓简亵，只以石丈呼之也②。深恨杨髡③，遍体俱凿佛像，罗汉世尊，栉比皆是，如西子以花艳之肤，莹白之体，刺作台池鸟兽，乃以黔墨涂之也。奇格天成，妄遭锥凿，思之骨痛。翻恨其不匿影西方，轻出灵鹫④，受人戮辱；亦犹士君子生不逢时，不束身隐遁，以才华杰出，反受摧残，郭璞、祢衡并受此惨矣⑤。慧理一叹，谓其何事飞来，盖痛之也，亦惜之也。且杨髡沿溪所刻罗汉皆貌己像，骑狮骑象，侍女皆裸体献花，不一而足。田公汝成锥碎其一⑥；余少年读书岣嵝⑦，亦碎其一。闻杨髡当日住德藏寺，专发古冢，喜与僵尸淫媾。知寺后有来提举夫人与陆左丞化女，皆以色夭，用水银灌殓。杨命发其冢。有僧真谛者，性呆戆，为寺中樵汲，闻之大怒，嗔呼诟谇。主僧惧祸，锁禁之。及五鼓，杨髡起，趣众发掘，真谛逾垣而出，抽韦驮木杵⑧，奋击杨髡，裂其脑盖。从人救护，无不被伤。但见真谛于众中跳跃，每逾寻丈，若隼撇虎腾,飞捷非人力可到。一时灯炬皆灭,耰锄畚插都被毁坏⑨。杨髡大惧,谓是韦驮显圣,不敢往发,率众遽去,亦不敢问。此僧也,洵为山灵吐气。

袁宏道《飞来峰小记》:

湖上诸峰,当以飞来峰为第一。峰石逾数十丈,而苍翠玉立。渴虎奔猊⑩,不足为其怒也;神呼鬼立,不足为其怪也;秋水暮烟,不足为其色也;颠书吴画⑪,不足为其变幻诘曲也。石上多异木,不假土壤,根生石外。前后大小洞四五,窈窕通明,溜乳作花⑫,若刻若镂。壁间佛像,皆杨髡所为,如美人面上瘢痕,奇丑可厌。余前后登飞来者五:初次与黄道元、方子公同登⑬,单衫短后,直穷莲花峰顶。每遇一石,无不发狂大叫。次与王闻溪同登⑭;次为陶石篑、周海门⑮;次为王静虚、陶石篑兄弟⑯;次为鲁休宁⑰。每游一次,辄思作一诗,卒不可得。

又《戏题飞来峰》诗:

试问飞来峰,未飞在何处。
人世多少尘,何事飞不去。
高古而鲜妍,杨班不能赋⑱。
白玉簇其颠,青莲借其色。
惟有虚空心,一片描不得。
平生梅道人⑲,丹青如不识。

张岱《飞来峰》诗:

石原无此理，变幻自成形。

天巧疑经凿，神功不受型。

搜空或泽水⑳，开辟必雷霆。

应悔轻飞至，无端遭巨灵㉑。

石意犹思动，蹖跠势若撑㉒。

鬼工穿曲折，儿戏斫珑玲。

深入营三窟㉓，蛮开倩五丁㉔。

飞来或飞去，防尔为身轻。

【注释】①米颠：即米芾。②石丈：《石林燕语》记载："（米芾）知无为军，初入州廨，见立石颇奇，喜曰：'此足以当吾拜！'遂命左右取袍笏拜之，每呼曰'石丈'。"③杨髡：指元代和尚杨琏真伽，此称呼是对其蔑称。④灵鹫：灵鹫山，相传为释迦牟尼讲经处，在古印度。东晋时有天竺僧慧理至杭，登飞来峰曰："此中天竺国灵鹫山之小岭，不知何年飞来？"⑤郭璞、祢衡：郭璞（276—324），字景纯，东晋河东闻喜县（今属山西）人。博学有高才而讷于言，词赋为中兴之冠，撰有《尔雅注》。祢衡（173—198），字正平，平原郡（今山东临邑）人。东汉末年名士、文学家，曾当众羞辱曹操，被黄祖所杀。⑥田公汝成：田汝成（1503—1557），字叔禾，钱塘人，嘉靖五年（1526）进士。曾任福建提学副使等职，撰有《西湖游览志》。⑦岣嵝：即岣嵝山房，在杭州灵隐韬光山下，明末李芳所建。⑧韦驮：本是婆罗门的天神，后来被佛教吸收为护法诸天之一。在中国寺院通常将之安置在天王大殿弥勒菩萨之后，面对着释迦牟尼佛像。⑨耰锄畚插：耰锄，古代的农具，弄碎土块，平整土地用。畚插，一种挖运泥土的用具。⑩猊：狮子。⑪颠书吴画：草圣张旭的草书和画圣吴道子的画。张旭，字伯高，唐代吴（今江苏苏州）人。善草书，常醉酒狂呼而书，时人号为"张颠"。吴道子，名道悬，唐代阳翟（今河南禹县）人。擅画佛道人物、山水，有"吴带当风"之誉。⑫溜乳：由石灰溶岩形成的钟乳石滴答落下的水滴。⑬黄道元：袁宏道的朋友，能诗文，崇祯三年（1630）任修仁县知县。⑭王闻溪：即王禹声，字文溪，或写为"闻溪"，吴县（今属江苏）人。万历十七年（1589）进士。⑮周海门：周廷参（1550—1599），字文谟，别号诚之，自号建宇，万历二十三年（1595）进士。此人名字《西湖梦寻》诸多版本均作"门"，袁宏道的原文用的是"宁"，时任海宁知县，故应当以"宁"为是。⑯王静虚：王赞化，字静虚，明代山阴人。⑰鲁休宁：鲁点，字子与，号乐同，南彰（今属湖北）人，万历十一年（1583）进士，因官至休宁知县，故称"鲁休宁"。⑱杨班：指杨雄和班固，二人均为汉代著名的文学家，擅长辞赋。⑲梅道人：吴镇（1280—1354），字仲圭，号梅花道人，浙江嘉兴人，元代著名画家。一生隐居未仕。⑳抽空：铲除泥土。浲水：洪水。㉑"无端"句：指飞来峰石壁无故饱受雕凿。㉒躞跰：盘曲蠕动貌。㉓三窟：指兔子有三个洞穴。后以喻多种图安避祸的方法。㉔蛮开倩五丁：开辟荒远之地有赖于五丁。倩，借助。五丁，神话传说中的五个力士。

【译文】飞来峰，山峰险峻，结构奇巧，凹陷处玲珑空阔，简直是米芾袖中的一块奇石。嗜好石头的人看到，定会恭敬地跪下而拜，喊它的名字都会觉得是种亵渎，所以都以"石丈"称呼它。最是痛恨杨髡，在飞来峰上到处凿壁雕刻佛像，罗汉世尊，处处都是，就好比西子本身躯体晶莹洁白，皮肤艳丽，非要给她刺上台池、飞禽和走兽，再用黔墨涂抹。飞来峰奇特的格局是天然形成的，无妄遭受这锥刻斧遭，想想都觉得心痛。只恨它不隐藏行迹到西方，反而轻易跑出灵鹫山，受人侮辱，真替它痛心遗憾。就像君子生不逢时，不隐居起来逃避尘世，反而因才华杰出而备受摧残，郭璞和祢衡就遭受到这样悲惨的境遇。东晋时有天竺僧慧理到杭州，登上飞来峰，感叹道："这是天竺国灵鹫山的一条小山岭，不知道是因为什么飞过来的？"慧理这一叹，问的是为何事飞来，大概是为它感到痛心，也为它感到惋惜。而且杨髡沿溪所刻的罗汉相貌都像他自己，有的骑狮子有的骑大象，一旁的侍女都赤裸身体为他献花，多得无法列举齐全。田汝城锥碎了其中一座塑像。我年少的时候在屿嵝山房读书，也弄碎了一座。听说杨髡当年住在德藏寺，专门挖掘古墓墓冢，喜欢与僵尸淫媾。知道寺后有来提举夫人与陆左丞化女，都因美色而死得早，用水银灌进身体入殓，以保尸身不腐。杨髡下令挖掘她们的墓冢。有僧人真谛，性情憨痴、天真，正在寺中打柴汲水，听说后很是愤怒，大声辱骂他。主管的僧人担心引起祸端，把真谛锁起来禁止他外出。等到五更天，杨髡起身，聚集众人挖墓，真谛跳过墙壁跑出来，拿着韦陀的木杵，用力打杨髡，打破了他的脑壳。随从的人上前营救，都被真谛打伤了。只见真谛在众人前跳来跳去，每一跃都远达八尺到一丈，像是隼在盘旋、老虎在跳跃，走起来很是迅捷，非人力能做到。一时间，灯火都灭了，耰锄畚插各种挖掘工具都被毁掉了。杨髡很是害怕，不敢再前去挖坟，率领众人立即回去，也不敢多问一句。这僧人，实在是为飞来峰出了口气。

袁宏道《飞来峰小记》：

西湖的各山峰，飞来峰应当属第一。飞来峰高度不过几十丈，但是颜色翠绿，像是玉石一样耸立。饥渴的猛虎奔跑的狼兽，不足以形容它发怒的样子；神仙呼喊和鬼怪站立，不足以形容它奇怪的形状；秋天的江水傍晚的炊烟，不足以形容它的姿色；怀素的字吴道子的画，不足以形容它的变换曲折。飞来峰上有许多奇异的草木，根没有在土壤里，而是长在石头外面。前后有四五个大小石洞，里面深邃通畅明澈，石钟乳就像花一样，像是雕刻出来的。石壁上的佛像，都是杨髡所为，就像美女脸上长出瘢痕，奇丑无比，令人生厌。我前后五次登上飞来峰：第一次和黄道元、方子公同行，当时穿着单薄的衣衫衣衫的后襟是短的，一直爬到莲花峰峰顶，每看到一块石头，都兴奋地发狂大喊，激动得不得了。第二次与王闻溪一起登山。第三次则是同陶石篑、周海宁一起。第四次和王静虚、陶石篑兄弟一起。第五次同鲁休宁一起。每来游玩一次，都想着作诗一首，但最终不了了之。

还写有《戏题飞来峰》一诗：
试问飞来峰，未飞在何处。
人世多少尘，何事飞不去。
高古而鲜妍，杨、班不能赋。
白玉簇其颠，青莲借其色。
惟有虚空心，一片描不得。
平生梅道人，丹青如不识。

张岱写有《飞来峰》一诗：
石原无此理，变幻自成形。
天巧疑经凿，神功不受型。
搜空或浡水，开辟必雷霆。

应悔轻飞至，无端遭巨灵。

石意犹思动，躔跙势若撑。
鬼工穿曲折，儿戏斫珑玲。
深入营三窟，蛮开倩五丁。
飞来或飞去，防尔为身轻。

冷泉亭

冷泉亭在灵隐寺山门之左。丹垣绿树，翳映阴森。亭对峭壁，一泓冷然，凄清入耳。亭后西栗十余株①，大皆合抱，冷飔暗樾②，遍体清凉。秋初栗熟，大若樱桃，破苞食之，色如蜜珀，香若莲房。天启甲子③，余读书岣嵝山房，寺僧取作清供。余谓鸡头实无其松脆④，鲜胡桃逊其甘芳也。夏月乘凉，移枕簟就亭中卧月，涧流淙淙，丝竹并作。张公亮听此水声⑤，吟林丹山诗⑥："流出西湖载歌舞，回头不似在山时。"言此水声带金石，已先作歌舞声矣，不入西湖安入乎！余尝谓住西湖之人，无人不带歌舞，无山不带歌舞，无水不带歌舞，脂粉纨绮，即村妇山僧，亦所不免。因忆眉公之言曰⑦："西湖有名山，无处士；有古刹，无高僧；有红粉，无佳人；有花朝，无月夕。"曹娥雪亦有诗嘲之曰⑧："烧鹅羊肉石灰汤，先到湖心次岳王。斜日未曛客未醉，齐抛明月进钱塘。"余在西湖，多在湖船作寓，夜夜见湖上之月，而今又避嚣灵隐，夜坐冷泉亭，又夜夜对山间之月，何福消受。余故谓西湖幽赏，无过东坡，亦未免遇夜入城。而深山清寂，皓月空明，枕石漱流⑨，卧醒花影，除林和靖、李峋嶙之外⑩，亦不见有多人矣。即慧理、宾王⑪，亦不许其同在卧次。

袁宏道《冷泉亭小记》：

灵隐寺在北高峰下，寺最奇胜，门景尤好。由飞来峰至冷泉亭一带，涧水溜玉，画壁流香，是山之极胜处。亭在山门外，尝读乐天记有云："亭在山下水中，寺西南隅，高不倍寻，广不累丈，撮奇搜胜，物无遁形。春之日，草薰木欣，可以导和纳粹⑫；夏之日，风冷泉渟⑬，可以蠲烦析酲⑭。山树为盖，岩石为屏，云从栋生，水与阶平。坐而玩之，可濯足于床下；卧而狎之，可垂钓于枕上。漪溰洁澈，甘粹柔滑，眼目之翳，心舌之垢，不待盥涤，见辄除去。"观此亭记，亭当在水中，今依涧而立，涧阔不丈余，无可置亭者。然则冷泉之景，比旧盖减十分之七矣。

【注释】①西栗：相传由慧理自天竺携来而植的树木。《杭州府志》记载"灵隐西有栗树，慧理自天竺携来种此，实小而叶美"。②冷飔暗樾：冷飔指凉风，暗樾指路旁遮阴的树。③天启甲子：天启四年（1624）。④鸡头实：芡实，一种水生植物，可食用。⑤张公亮：张明弼，字公亮，号琴张居士，江苏金坛人。明代文学家、学者。崇祯进士。⑥林丹山：林稹，号丹山，江苏长洲人。南宋诗人，熙宁九年（1076）进士。

⑦眉公：陈眉公，即陈继儒（1558—1639），字仲醇，号眉公，松江华亭（今属上海）人，晚明名士，隐居山林，善诗文书画。⑧曹娥雪：曹勋，字允大，号娥雪，嘉善人，崇祯元年（1628）进士，入清不仕。⑨枕石漱流：旧时指隐居生活。出自南朝宋·刘义庆《世说新语·排调》："王曰：'流可枕，石可漱乎？'孙曰：'所以枕流，欲洗其耳；所以漱石，欲厉其齿。'"⑩李岣嵝：即李芝，因其创建岣嵝山房而得名。⑪宾王：即骆宾王。⑫导和纳粹：吸纳新鲜空气。⑬渟：水明静清澈。⑭蠲烦析酲：消去烦恼，解脱酒醒后的疲惫。

【译文】冷泉亭在灵隐寺山门的左边。红墙绿树，树林浓密成荫，一片阴凉。亭子对着陡峭的山崖，一条水涧流过，水声凄凉冷清。亭子后边有十多棵栗树，树干都有合抱那么粗，凉风吹过路旁的遮阴树，让人全身都觉得清凉。初秋的时候，栗子熟了，像樱桃般大小，剥开皮品尝，颜色像琥珀，气味像莲子一样香甜。天启甲子年，即1624年，我在岣嵝山房读书，寺里的僧人取来栗子放在案头，为书斋生活增添了情趣。我认为鸡头果没它松脆，鲜胡桃没它香甜。夏天乘凉，把枕头席子拿到亭子里对着月亮躺下，泉水在山涧淙淙作响，就像各种乐器一起弹奏。张公亮听到流水声，随声吟诵林丹山的诗："流向西湖载歌舞，回头不似在山时。"说这流水自带钟磬的乐音，已经先作了歌舞声，不流向西湖流向哪里呢！我曾经说过住在西湖边的人，没有人不带歌舞，没有山不带歌舞，没有水不带歌舞。不要说富贵人家的公子小姐，即使是村中妇女和山里僧人，都在所难免。于是我想起陈眉公说过："西湖有名山，无处士；有古刹，无高僧；有红粉，无佳人；有花朝，无月夕。"大意是说西湖有名山，但没有德才兼备而不愿做官的人；有古刹，但没有德高望重的高僧；有红粉，但没有佳人；有有鲜花的早晨，但没有有明月的夜晚。曹娥雪也写过诗嘲讽："烧鹅羊肉石灰汤，先到湖心次岳王。斜日未曛客未醉，齐抛明月进钱塘。"我在西湖的时候，多寄居在湖船上，每夜都能欣赏湖上的月色。而今又避开喧嚣来到灵隐寺，夜里坐在冷泉亭，每夜又可看到山间的明月，哪来的这福分享受！所以我说欣赏西湖的景色，没人能超过苏东坡，但苏东坡也免不了一到晚上就进城中。而深山冷清寂静，明月挂在当空，枕着山石听水流淌，卧在花丛中在花影中醒来，除了林和靖和李峤嵝体验过之外，也不见有其他人了。即使是慧理和骆宾王，也没能做到如此这般。

袁宏道《冷泉亭小记》：

灵隐寺在北高峰的下面，风景最是奇特优美，尤其寺门的景色，更让人称赞。

由飞来峰到冷泉亭一带，山涧的泉水流淌，像玉一样，画壁飘荡着清香，这里是北高峰风景最佳的地方。冷泉亭在灵隐寺寺门外边，我曾经读过白居易写的游记，大意是说："冷泉亭建在北高峰山下、石门涧中央、灵隐寺西南角，高不到两寻，宽不到两丈，但这里集中了最奇丽的景色，包罗了所有的美景。春天，草香怡人，树木欣欣向荣，在这里可以吸纳纯净新鲜的空气；夏天，清风凉爽，泉水明净清澈，在这里可以消除烦恼，一洗酒醒后的疲惫。山上的树林是亭子的伞盖，四周的岩石是亭子的屏障，朵朵白云从亭子画梁上生出，泉水与亭子的台阶相齐平。坐着玩赏，可用亭椅下的清泉洗脚；卧着玩赏，可在床上垂竿钓鱼。再加上溪水清澈，不停地在眼前缓缓流过。眼睛看到的耳朵听到的那些邪门左道，心里想着的嘴里要说的肮脏话，不用等着洗涤清除，一见冷泉就能除去。"从白居易的记载来看，冷泉亭是在水中，而今立在山涧旁边。山涧宽不够一丈多，无处盖亭子。然而冷泉的风景，相比原先大概得逊色了十分之七。

灵隐寺

明季昭庆寺火，未几而灵隐寺火，未几而上天竺又火，三大寺相继而毁。是时唯具德和尚为灵隐住持①，不数年而灵隐早成。盖灵隐自晋咸和元年②，僧慧理建，山门匾曰"景胜觉场"，相传葛洪所书③。寺有石塔四，钱武肃王所建。宋景德四年④，改景德灵隐禅寺，元至正三年毁。明洪武初再建，改灵隐寺。宣德七年⑤，僧昙赞建山门，良玠建大殿。殿中有拜石，长丈余，有花卉鳞甲之文，工巧如画。正统十一年⑥，玹理建直指堂，堂额为张即之所书⑦，隆庆三年毁⑧。万历十二年⑨，僧如通重建；二十八年司礼监孙隆重修，至崇祯十三年又毁⑩。具和尚查如通旧籍，所费八万，今计工料当倍之。具和尚惨淡经营，咄嗟立办。其因缘之大⑪，恐莲池金粟所不能逮也⑫。具和尚为余族弟，丁酉岁⑬，余往候之，则大殿、方丈尚未起工，然东边一带，閟阁精蓝凡九进⑭，客房僧舍百什余间，棐几藤床，铺陈器皿，皆不移而具⑮。香积厨中⑯，初铸三大铜锅，锅中煮米三担，可食千人。具和尚指锅示余曰："此弟十余年来所挣家计也。"饭僧之众，亦诸刹所无。午间，方陪余斋，见有沙弥持赫蹄送看⑰，不知何事，第对沙弥曰："命库头开仓"，沙弥去。及余饭后，出寺门，见有千余人蜂拥而来，肩上担米，顷刻上廪，斗斛无声，忽然竟去。余问和尚，和尚曰："此丹阳施主某，岁致米五百担，水脚挑钱，纤悉自备，不许饮常住勺水⑱，七年于此矣。"余为嗟叹。因问大殿何时可成，和尚对以："明年六月，为弟六十，法子万人，人馈十金，可得十万，则吾事济矣。"逾三年而大殿、方丈俱落成焉。余作诗以记其盛。

　　张岱《寿具和尚并贺大殿落成》诗：
　　飞来石上白猿立，石自呼猿猿应石。
　　具德和尚行脚来，山鬼啾啾寺前泣。
　　生公叱石同叱羊⑲，沙飞石走山奔忙。
　　驱使万灵皆辟易，火龙为之开洪荒⑳。
　　正德初年有簿对，八万今当增一倍。
　　谈笑之间事已成，和尚功德可思议。
　　黄金大地破悭贪，聚米成丘粟若山。
　　万人团簇如蜂蚁，和尚植杖意自闲。
　　余见催科只数贯，县官敲补加锻炼。
　　白粮升合尚怒呼，如坻如京不盈半㉑。
　　忆昔访师坐法堂，赫蹄数寸来丹阳。
　　和尚声色不易动，第令侍者开仓场。

去不移时阶圮乱^㉒，白粲驮来五百担。

上仓斗斛寂无声，千百人夫顷刻散。

米不追呼人不系，送到座前犹屏气。

公侯福德将相才，罗汉神通菩萨慧。

如此工程非戏谑，向师颂之师不诺。

但言佛自有因缘，老僧只怕因果错。

余自闻言请受记，阿难本是如来弟^㉓。

与师同住五百年，挟取飞来复飞去。

张祜《灵隐寺》诗^㉔：

峰峦开一掌，朱槛几环延。

佛地花分界，僧房竹引泉。

五更楼下月，十里郭中烟。

后塔耸亭后，前山横阁前。

溪沙涵水静，洞石点苔鲜。

好是呼猿父，西岩深响连。

贾岛《灵隐寺》诗^㉕：

峰前峰后寺新秋，绝顶高窗见沃洲。

人在家中闻蟋蟀，鹤于栖处挂猕猴。

山钟夜度空江水，汀月寒生古石楼。

心欲悬帆身未逸，谢公此地昔曾游。

周诗《灵隐寺》诗：

灵隐何年寺，青山向此开。

涧流原不断，峰石自飞来。

树覆空王苑，花藏大士台。

探冥有玄度，莫遣夕阳催。

【注释】①具德和尚：张岱族弟，原名张弘礼，字具德，披剃受具，寂后即塔于灵隐。下文亦称"具和尚"。②咸和：晋成帝年号（326—334）。③葛洪（284—364）：东晋道教学者、著名炼丹家、医药学家，字稚传，号抱朴子。④景德：宋真宗年号（1004—1007）。⑤宣德：明宣宗年号（1426—1435）。⑥正统十一年：即1446年。⑦张即之（1186—1263）：宋代书法家，字温夫，号樗寮，历阳（今安徽和县）人。⑧隆庆三年：即1569年。⑨万历十二年：即1587年。⑩崇祯十三年：即1640年。⑪因缘：佛教术语。因是事物生起的主要条件，缘是事物生起的次要条件，有因有缘，必然成果，此果对因来说称为报，就是"因缘果报"，亦称"因果"。⑫莲池：明代高僧，见卷五《西湖外景·云栖》。金粟：佛教中的维摩居士。⑬丁酉岁：清世祖顺治十四年（1657）。⑭精蓝：伽蓝，"僧伽蓝摩"的略称，译曰"众园"，僧众所住之处，僧舍。⑮不移而具：形容很快置齐。⑯香积厨：寺院的厨房。⑰赫蹄：纸的别称，此处指信件。⑱常住：僧、道称寺舍、田地、什物等为"常住物"，简称"常住"。⑲生公叱石：用传说形容具德和尚的能力非常，典出《莲社高贤传》，传说梁竺道生曾经在虎丘寺讲经，聚石为徒，石皆点头。叱羊：典出《神仙传·皇初平》，传说晋皇初平放羊，进入一石室，只见白石不见羊。初平对石头讲"羊起来"，白石皆变成羊。⑳"火龙"句：指大火为重建寺院开辟了地基。㉑如坻如京：形容谷物堆积如山。㉒阶戺：台阶两旁所砌的斜石。借指堂前。㉓阿难：佛陀十大弟子之一，全称阿难陀，意译为欢喜、庆喜、无染。系佛陀之堂弟，出家后二十余年间为佛陀之常随弟子，善记忆，对于佛陀之说法多能朗朗记诵，故誉为"多闻第一"。张岱以阿难与佛陀的关系来代指自己和具和尚，以示对具和尚的尊敬。㉔张祜：字承吉，唐代清河（今邢台市清河县）人，诗人。家世显赫，被人称作张公子，有"海内名士"之誉。㉕贾岛（779—843）：字阆仙，人称诗奴，与孟郊共称"郊寒岛瘦"，唐代诗人，自号"碣石山人"。

【译文】明代末年，昭庆寺遭遇火灾，没过多久灵隐寺遭遇火灾，又没多久上天竺寺也遭遇大火，三座大寺相继被毁。当时具德和尚做灵隐寺住持，没过几年就把灵隐寺重新修建。灵隐寺在晋代咸和元年（326年），由僧人慧理创建，山门有匾额写有"景胜觉场"，相传是葛洪写的。灵隐寺里有四座石塔，是钱武肃王钱镠建的。宋景德四年（1007年），改名为景德灵隐禅寺，元代至正三年（1343年）被毁。明代洪武初年再次修建，改名为灵隐寺。宣德七年（1432年），僧人昙赞建了山门，良玠建了大殿。殿中有拜石，长一丈多，上面有花卉鳞甲的纹路，精致美妙像画一样。正统十一年（1446年），珏理建了直指堂，堂前匾额由书法家张即之书写。隆庆三年（1569年）被毁。万历十二年，即1587年，僧人如通重新修建。万历二十八年（1603年），司礼监孙隆重新修建，到了崇祯十三年（1640年）又遭毁坏。具和尚查阅如通当年的记录，修建花费了八万，而今工料定当翻倍了。境况困难，具和尚费尽心思辛辛苦苦地经营筹划，想着立即把灵隐寺修好。因缘之大，恐怕莲池、金粟都没法与他相比。具和尚是我的族弟（1657年），我去看望他，大殿和方丈室还没有动工，然而东边一带，已经建好九进僧舍，客房和僧舍加起来有上百间，桌子、藤床、器皿，很快就置办妥当。寺院的厨房里，起初铸了三口大铜锅，锅中能煮三担米，可以满足上千人吃饭。具和尚指着锅跟我说："这是为弟十几年来挣到的所有家当。"吃饭的僧人之多，也是其他诸座寺庙里所不曾见到的。中午的时候，具和尚才陪我一同吃饭，就有沙弥拿来信件给他看，不知道是什么事情，他对沙弥说："让库头把仓门打开。"沙弥随即就走了。等到吃过饭，走出寺门，见有上千人蜂拥而来，肩膀上扛着米，顷刻间进入仓库，安安静静，把米放下后就离开了。我问具和尚，具和尚说："这是丹阳的一位施主，每年给寺里送五百担米，运输费都自己付，不动寺里的一分一毫，七年来都是如此。"我很是感叹，问他大殿什么时候能够建成，他说："明年的六月，为弟六十岁，有弟子万人，每人赠十金，就能得十万金，则事情就可以办成了。"三年后，大殿、方丈室都落成了。我写了诗来纪念当时的盛况。

张岱写了《寿具和尚并贺大殿落成》一诗：
飞来石上白猿立，石自呼猿猿应石。
具德和尚行脚来，山鬼啾啾寺前泣。
生公叱石同叱羊，沙飞石走山奔忙。
驱使万灵皆辟易，火龙为之开洪荒。
正德初年有簿对，八万今当增一倍。
谈笑之间事已成，和尚功德可思议。
黄金大地破悭贪，聚米成丘粟若山。
万人团簇如蜂蚁，和尚植杖意自闲。
余见催科只数贯，县官敲朴加锻炼。
白粮升合尚怒呼，如坻如京不盈半。

忆昔访师坐法堂，赫蹄数寸来丹阳。

和尚声色不易动，第令侍者开仓场。

去不移时阶庀乱，白粲驮来五百担。

上仓斗斛寂无声，千百人夫顷刻散。

米不追呼人不系，送到座前犹屏气。

公侯福德将相才，罗汉神通菩萨慧。

如此工程非戏谑，向师颂之师不诺。

但言佛自有因缘，老僧只怕因果错。

余自闻言请受记，阿难本是如来弟。

与师同住五百年，挟取飞来复飞去。

张祜写有《灵隐寺》一诗：

峰峦开一掌，朱槛几环延。

佛地花分界，僧房竹引泉。

五更楼下月，十里郭中烟。

后塔耸亭后，前山横阁前。

溪沙涵水静，洞石点苔鲜。

好是呼猿父，西岩深响连。

贾岛写有《灵隐寺》一诗：

峰前峰后寺新秋，绝顶高窗见沃洲。

人在定中闻蟋蟀，鹤于栖处挂猕猴。

山钟夜度空江水，汀月寒生古石楼。

心欲悬帆身未逸，谢公此地昔曾游。

周诗写有《灵隐寺》一诗：

灵隐何年寺，青山向此开。

涧流原不断，峰石自飞来。

树覆空王苑，花藏大士台。

探冥有玄度，莫遣夕阳催。

北高峰

　　北高峰在灵隐寺后，石磴数百级，曲折三十六湾。上有华光庙，以祀五圣。山半有马明王庙①，春日祈蚕者咸往焉②。峰顶浮屠七级③，唐天宝中建④，会昌中毁⑤；钱武肃王修复之，宋咸淳七年复毁⑥。此地群山屏绕，湖水镜涵，由上视下，歌舫渔舟，若鸥凫出没，烟波远而益微，仅觌其影⑦。西望罗刹江⑧，若匹练新濯，遥接海色，茫茫无际。张公亮有句："江气白分海气合，吴山青尽越山来"。诗中有画。郡城正值江湖之间，委蛇曲折，左右映带，屋宇鳞次，竹木云翁，郁郁葱葱，凤舞龙盘，真有王气蓬勃。山麓有无著禅师塔⑨。师名文喜，唐肃宗时人也⑩，瘗骨于此⑪。韩侂胄取为葬地⑫，启其塔，有陶龛焉。容色如生，发垂至肩，指爪盘屈绕身，舍利数百粒⑬，三日不坏，竟荼毗之⑭。

苏轼《游灵隐高峰塔》诗：

言游高峰塔，蓐食始野装⑮。

火云秋未衰，及此初旦凉。

雾霏岩谷暗，日出草木香。

嘉我同来人，又便云水乡。

相劝小举足，前路高且长。

古松攀龙蛇，怪石坐牛羊。

渐闻钟磬音，飞鸟皆下翔。

入门空无有，云海浩茫茫。

惟见聋道人，老病时绝粮。

问年笑不答，但指穴梨床⑯。

心知不复来，欲归更彷徨。

赠别留匹布，今岁天早霜。

【注释】①马明王：中国民间影响最大、流传最广的蚕神，马头娘的别称。②祈蚕者：向蚕神祈求丰收的人。咸：都。③浮屠：亦作"浮图"，佛教语，指佛塔。七级浮屠即七层塔。④天宝：唐玄宗年号（742—755）。⑤会昌：唐武宗年号（841—846）。⑥咸淳：宋度宗年号（1265—1274）。⑦觌：见。⑧罗刹江：即钱塘江。因江中有罗刹石而得名。⑨无著禅师：唐末高僧文喜。⑩唐肃宗：唐朝皇帝李亨，756—761年在位。⑪瘗骨：掩埋，埋葬。⑫韩侂胄：字节夫，相州安阳（今河南安阳）人，南宋宰相、权臣、外戚。⑬舍利：泛指得道高僧圆寂后所遗留的头发、骨骼、骨灰等。⑭荼毗：梵语音译，指火葬。⑮蓐食：早晨未起床，在床席上进餐。指早餐时间很早。⑯穴梨床：指梨木床被磨损穿孔。

【译文】北高峰在灵隐寺的后面，有数百级石台阶，曲曲折折三十六道湾。上面有华光庙，里面供奉着五位圣人。半山腰有蚕神马明王庙。春天的时候，祈蚕的人都前来拜祭。北高峰峰顶有七级浮屠塔，唐玄宗天宝年间建造，唐武宗会昌年间遭毁坏。钱武肃王钱镠将它修复，宋咸淳七年（1271年），又被毁。这里群山环绕，湖水像镜子一样映照万物。从上往下看，歌舟渔船，像是水鸟在缥缈的烟波间出没，远处愈发显得渺小，只能看到影子。往西望向罗刹江，罗刹江如一匹新洗的白练，远处与海相接，沧茫一片看不到边。张公亮有句诗写道："江气白分海气合，吴山青尽越山来"。诗中有画。郡城正好在江湖之间，蜿蜒曲折，左右景物互相衬托，房屋错落，竹林茂密，郁郁葱葱，如同凤凰飞舞、游龙盘踞，真是有蓬勃升腾的帝王之气。山麓有无著禅师塔，无著禅师名文喜，唐肃宗时人，塔里掩埋着他的尸骨。韩侂胄要将此处作为自己的葬身之地，打开无著禅师塔，挖出一个陶龛。无著禅师面貌像活着一般，头发长到肩头，手指盘曲绕着身体，有数百粒舍利，三天过去，尸身不坏，韩侂胄竟将他火葬了。

苏轼写有《游灵隐高峰塔》一诗：

言游高峰塔，蓐食始野装。

火云秋未衰，及此初旦凉。

雾霏岩谷暗，日出草木香。

嘉我同来人，又便云水乡。

相劝小举足，前路高且长。

古松攀龙蛇，怪石坐牛羊。

渐闻钟磬音，飞鸟皆下翔。

入门空无有，云海浩茫茫。

惟见聋道人，老病时绝粮。

问年笑不答，但指穴梨床。

心知不复来，欲归更彷徨。

赠别留匹布，今岁天早霜。

韬光庵

韬光庵在灵隐寺右之半山，韬光禅师建。师，蜀人，唐太宗时[①]，辞其师出游，师嘱之曰："遇天可留，逢巢即止。"师游灵隐山巢沟坞，值白乐天守郡[②]，悟曰："吾师命之矣。"遂卓锡焉[③]。乐天闻之，遂与为友，题其堂曰"法安"。内有金莲池、烹茗井，壁间有赵阅道、苏子瞻题名。庵之右为吕纯阳殿[④]，万历十二年建，参政郭子章为之记[⑤]。骆宾王亡命为僧[⑥]，匿迹寺中。宋之问自谪所还至江南[⑦]，偶宿于此。夜月极明，之问在长廊索句，吟曰："鹫岭郁岧峣，龙宫锁寂寥[⑧]"，后句未属，思索良苦。有老僧点长明灯，问曰："少年夜不寐，而吟讽甚苦，何耶？"之问曰："适欲题此寺，得上联而下句不属。"僧请吟上句，宋诵之。老僧曰："何不云'楼观沧海日，门对浙江潮'？"之问愕然，讶其遒丽[⑨]，遂续终篇。迟明访之，老僧不复见矣。有知者曰：此骆宾王也。

袁宏道《韬光庵小记》：

韬光在山之腰，出灵隐后一二里，路径甚可爱。古木婆娑，草香泉渍，淙淙之声，四分五络，达于山厨。庵内望钱塘江，浪纹可数。余始入灵隐，疑宋之问诗不似，意古人取景，或亦如近代词客捃拾帮凑。及登韬光，始知"沧海"、"浙江"、"扪萝"、"刳木"数语，字字入画，古人真不可及矣。宿韬光之次日，余与石篑、子公同登北高峰，绝顶而下。

张京元《韬光庵小记》：

韬光庵在灵鹫后，鸟道蛇盘，一步一喘。至庵，入坐一小室，峭壁如削，泉出石罅，汇为池，蓄金鱼数头。低窗曲槛，相向啜茗，真有武陵世外之想[⑩]。

萧士玮《韬光庵小记》[⑪]：

初二，雨中上韬光庵。雾树相引，风烟披薄，木末飞流，江悬海挂。倦时踞石而坐，倚竹而息。大都山之姿态，得树而妍；山之骨格，得石而苍；山之营卫[⑫]，得水而活；惟韬光道中能全有之。初至灵隐，求所谓"楼观沧海日，门对浙江潮"，竟无所有。至韬光，了了在吾目中矣。白太傅碑可读[⑬]，雨中泉可听，恨僧少可语耳。枕上沸波，竟夜不息，视听幽独，喧极反寂。益信声无哀乐也[⑭]。

受肇和《自韬光登北高峰》诗：

高峰千仞玉嶙峋，石磴攀跻翠蔼分。

一路松风长带雨，半空岚气自成云。

上方楼阁参差见，下界笙歌远近闻。

谁似当年苏内翰^⑮，登临处处有遗文。

白居易《招韬光禅师》诗：

白屋炊香饭^⑯，荤膻不入家。

滤泉澄葛粉，洗手摘藤花。

青菜除黄叶，红姜带紫芽。

命师相伴食，斋罢一瓯茶。

韬光禅师《答白太守》诗：

山僧野性爱林泉，每向岩阿倚石眠。

不解栽松陪玉勒^⑰，惟能引水种青莲。

白云乍可来青嶂，明月难教下碧天。

城市不能飞锡至^⑱，恐妨莺啭翠楼前。

杨蟠《韬光庵》诗^⑲：

寂寂阶前草，春深鹿自耕。

老僧垂白发，山下不知名。

王思任《韬光庵》诗^⑳：

云老天穷结数楹，涛呼万壑尽松声。

鸟来佛座施花去^㉑，泉入僧厨漉菜行。

一捼断山流海气，半株残塔插湖明。

灵峰占绝杭州妙，输与韬光得隐名。

又《韬光涧道》诗：

灵隐入孤峰，庵庵叠翠重。

僧泉交竹驿㉒，仙屋破云封。

绿暗天俱贵，幽寒月不浓。

涧桥秋倚处，忽一响山钟。

【注释】①唐太宗：李世民，年号为贞观（627—649）。下文"值白"句提及的白居易（772—846）与李世民的时代了不相及，不过传言而已。②"值白"句：白乐天即白居易，生活在中唐，不是唐太宗时人。此处所言是传说。③卓锡：卓，植立；锡，锡杖，僧人外出所用。僧人居留为"卓锡"。④吕纯阳：即吕洞宾，道教传说中的八仙之一。⑤郭子章（1543—1618）：字相奎，号青螺，隆庆五年（1571）进士。⑥骆宾王（约627—约684）：字观光，婺州义乌（今浙江义乌）人，唐代诗人，与王勃、杨炯、卢照邻合称"初唐四杰"。徐敬业起兵讨伐武则天的时候他起草了著名的《讨武氏檄》，徐氏兵败，一说被杀，一说落发为僧。⑦宋之问：初唐时期的著名诗人。下文所引诗句及"扪萝"等语皆出自他的诗作《灵隐寺》。⑧龙宫：此处指寺院。⑨遒丽：刚健秀美。⑩武陵：即武陵源，东晋陶渊明《桃花源记》里描述的世外桃源。⑪萧士玮（1585—1651）：字伯玉，明代江西泰和人，万历四十四年（1616）进士，官至光禄少卿。⑫营卫：此处指血脉，生机。⑬白太傅：即白居易。⑭声无哀乐：嵇康提出的观点，指音乐是客观存在的音响，哀乐是人们的精神被触动后产生的感情，两者并无因果关系。⑮苏内翰：指曾任翰林学士的苏轼。⑯白屋：茅屋。古代指平民的住屋。因无色彩装饰，故名。⑰玉勒：此处指贵客的坐骑。⑱飞锡：僧人云游。⑲杨蟠：字公济，宋代浙江章安（今临海）人，庆历六年（1046）进士，曾任杭州铜盘。⑳王思任：字季重，号遂东，晚年号谑庵，山阴（今浙江绍兴）人，万历二十三年（1595）进士。㉑"鸟来"句：唐代法融禅师入牛头山幽栖寺北岩的石室修行，此处有百鸟献花的异象。㉒竹驿：传送山泉的竹筒。

【译文】韬光庵在灵隐寺右半山，由韬光禅师兴建。韬光禅师，蜀地人。唐太宗的时候，韬光禅师辞别他的师傅远游，师傅嘱咐他："遇到乾卦对应的物象，可以留下。遇到巢穴，可以停驻。"韬光禅师云游到灵隐山巢沟坞，当时白居易是郡守，禅师大悟道："我师傅说的就是这个了。"于是就在此处住下来。白居易听说后，就与他做了朋友，在他的堂屋上题写匾额"法安"。庵内有金莲池、烹茗井，墙壁上有赵阅道、苏轼的题字。韬光庵的右边是吕洞宾殿，万历十二年（1584年）建造，参政郭子章做了记录。骆宾王逃亡做了僧人，在寺中藏身。宋之问被贬后从所居之处回到江南，偶尔在此借宿。这天夜里，月色极其明朗，宋之问在长廊里想着写诗，吟诵了一句："鹫岭郁岧峣，龙宫锁寂寥。"下一句思索了很久，也没想到合适的。有年长的僧人点着长明灯，问他："少年晚上不睡觉，而苦苦吟诵诗句，为什么呢？"宋之问说道："我刚想为这座寺庙题写一首诗，想到了前两句，后两句怎么都想不出来怎么写。"僧人让宋之问说出前两句，宋之问照做了。僧人说："何不对上这一句'楼观沧海日，门对浙江潮'？"宋之问很是惊讶，惊异于诗句的刚健秀美，于是把这两句续在自己的诗文后就作完此诗。第二天前去拜访老僧，老僧不再与他相见。有知情人说：这人是骆宾王。

袁宏道的《韬光庵小记》，大意如下：

韬光庵在半山腰，从灵隐寺出来后走上一二里地就到了，山路很可爱。古树枝叶扶疏，草香弥漫，泉水流淌，潺潺的流水声很悦耳，四分五络，到达山野人家的厨房。从韬光庵内望向钱塘江，可以数出波浪的浪纹。我刚开始到灵隐，怀疑宋之问的诗写的不真实，想着是古人取景，或者是近代词人拼凑出来的。等到登上韬光庵，才知道"沧海""浙江""扪萝""刳木"这些词语，字字都可以入画，真是比不上古人啊。在韬光庵借宿一晚，第二天，我同石篑、子公一起登北高峰，爬到山顶才下来。

张京元的《韬光庵小记》，大意如下：

韬光庵在灵鹫山的后边，道路像蛇一样盘旋，好像只有鸟能飞上去，走一步就要喘上一喘。到了韬光庵，进一个小室坐下，陡峭的崖壁像是刀削的一样，泉水从岩石缝里流出来，汇到一起成了一个水池，里边蓄养着几条金鱼。窗户低矮，门槛曲折，对着这风景喝茶，真想隐居到武陵世外桃源啊。

萧士玮的《韬光庵小记》，大意如下：

初二那天，下着雨，登上韬光庵。树林烟雾迷蒙，缥缈如同轻纱，雨水从树梢滴落，好像江和海被悬挂起来。感觉累了，坐在石头上、倚着竹子休息。大多山的姿态，因为有了树而变得美丽；山的架构，因为有了岩石而变得苍劲；山的精气，因为有了水而变得生机勃勃。这些景象只有在韬光庵路上能全都看到。刚到灵隐时，寻找传言中的"楼观沧海日，门对浙江潮"，最终没有见到。到韬光庵，才真正清清楚楚领略到这种景观。在韬光庵，可以读白居易的碑文，可以雨中听泉水叮咚，遗憾的是没有僧人可以交谈。到了晚上，睡在枕上，一整夜都能听到不息的水波声，在幽深而人迹罕至的环境中，大自然的各种声音传到耳朵里，愈发显得环境的幽清、寂静。更加确信声音本身没有哀乐之分这一说法。

受肇和写有《自韬光登北高峰》一诗：
高峰千仞玉嶙峋，石磴攀跻翠蔼分。
一路松风长带雨，半空岚气自成云。
上方楼阁参差见，下界笙歌远近闻。
谁似当年苏内翰，登临处处有遗文。

白居易写有《招韬光禅师》一诗：
白屋炊香饭，荤膻不入家。
滤泉澄葛粉，洗手摘藤花。
青菜除黄叶，红姜带紫芽。
命师相伴食，斋罢一瓯茶。

韬光禅师写有《答白太守》一诗：
山僧野性爱林泉，每向岩阿倚石眠。
不解栽松陪玉勒，惟能引水种青莲。
白云乍可来青嶂，明月难教下碧天。
城市不能飞锡至，恐妨莺啭翠楼前。

杨蟠写有《韬光庵》一诗：

寂寂阶前草，春深鹿自耕。

老僧垂白发，山下不知名。

王思任写有《韬光庵》一诗：

云老天穷结数楹，涛呼万壑尽松声。

鸟来佛座施花去，泉入僧厨漉菜行。

一捺断山流海气，半株残塔插湖明。

灵峰占绝杭州妙，输与韬光得隐名。

还写有《韬光涧道》一诗：

灵隐入孤峰，庵庵叠翠重。

僧泉交竹驿，仙屋破云封。

绿暗天俱贵，幽寒月不浓。

涧桥秋倚处，忽一响山钟。

岣嵝山房

李芨号岣嵝，武林人，住灵隐韬光山下。造山房数楹，尽驾回溪绝壑之上。溪声淙淙出阁下，高崖插天，古木蓊蔚①，大有幽致。山人居此，孑然一身，好诗，与天池徐渭友善②。客至，则呼僮驾小舫，荡桨于西泠断桥之间，笑咏竟日③。以山石自礧生圹④，死即埋之。所著有《岣嵝山人诗集》四卷。天启甲子⑤，余与赵介臣、陈章侯、颜叙伯、卓珂月、余弟平子读书其中⑥。主僧自超，园蔬山蔌，淡薄凄清。但恨名利之心未净，未免唐突山灵，至今犹有愧色。

张岱《岣嵝山房小记》⑦：

岣嵝山房，逼山、逼溪、逼韬光路，故无径不梁，无屋不阁。门外苍松傲睨，翳以杂木，冷绿万顷，人面俱失。石桥低磴，可坐十人。寺僧刳竹引泉⑧，桥下交交牙牙，皆为竹节。天启甲子，余键户其中者七阅月，耳饱溪声，目饱清樾。山上下多西果、鞭笋，甘芳无比。邻人以山房为市，蓏果、羽族日致之，而独无鱼。乃潴溪为壑⑨，系巨鱼数十头。有客至，辄取鱼给鲜。日晴，必步冷泉亭、包园、飞来峰⑩。一日，缘溪走看佛像，口口骂杨髡⑪。见一波斯坐龙象，蛮女四五献花果，皆裸形，勒石志之，乃真伽像也。余椎落其首，并碎诸蛮女，置溺溲处以报之。寺僧以余为椎佛也，咄咄作怪事，及知为杨髡，皆欢喜赞叹。

徐渭《访李岣嵝山人》诗：

岣嵝诗客学全真⑫，半日深山说鬼神。

送到涧声无响处，归来明月满前津。

七年火宅三车客（文长被系七年才释）⑬，

十里荷花两桨人。

两岸鸥凫仍似昨，就中应有旧相亲。

王思任《岣嵝僧舍》诗：

乱苔膏古荫，惨绿蔽新芊。

鸟语皆番异，泉心即佛禅。

买山应较尺，赊月敢辞钱。

多少清凉界，幽僧抱竹眠。

【注释】①蓊蔚：草木茂盛的样子。②天池徐渭：徐渭号天池山人。徐渭（1521—1593），字文长，晚号青藤道人，山阴人。明代书画家，工诗文。③竟日：终日，从早到晚。④自礨生圹：堆砌山石预造墓穴。礨，古同"垒"，堆砌。圹，墓穴。⑤天启甲子：即天启四年（1624）。⑥赵介臣：即赵继抃，字介臣，清初起义被获，不屈而死。陈章侯：即陈洪绶，字章侯，明末著名画家。颜叙伯：明朝遗民，入清后隐居，与黄宗羲有来往。卓珂月：即卓人月，字珂月，擅长诗文词曲。余弟平子：即张岱胞弟张平子，与张岱同读书、学琴，擅长度曲。⑦《岣嵝山房小记》：此文选自张岱《陶庵梦忆》之文，原名为《岣嵝山房》。⑧刳竹：将竹子挖空。⑨潴溪：积聚小溪。⑩包园：明代包涵所在飞来峰下建造的园子。⑪杨髡：指元代和尚杨琏真伽，此称呼是对其蔑称。⑫全真：即全真教，道教的一个派别。⑬"七年"句：袁宏道《徐文长小传》记载徐渭："卒以疑杀其继室，下狱论死，张大使元汴（抃）力解乃得出。"此指其事。张抃为张岱曾祖。火宅：佛教喻指俗界的种种苦痛与灾难。三车：羊车、鹿车、牛车以喻三乘，据说能引人脱离苦痛与灾难。

【译文】李茇，号岣嵝，武林人，即今天的杭州人，住在灵隐韬光山下。在回曲的溪流与深邃的山谷之上，建了很多间房子。潺潺的小溪从楼阁下流出来，回响着淙淙的水声。高高的山崖直插云霄，古树长得茂盛，别有一番幽静雅致。李芳子然一身住在这里，喜欢诗文，和天池山人徐渭是好朋友。客人来了，就让书童驾着小船，在西泠和断桥之间划船游玩，从早到晚谈笑吟咏。他堆砌山石预造墓穴，死后就埋在这里。著有四卷《岣嵝山人诗集》。天启甲子（1624年），我和赵介臣、陈章侯、颜叙伯、卓珂月以及弟弟张平子在岣嵝山房读书。当时，自超是寺院主持，园中种着山间蔬菜，有股淡淡的凄清。遗憾自己仍存名利之心，未免唐突了山间的神灵，至今想来还觉得惭愧。

张岱写了《岣嵝山房小记》，大意如下：

岣嵝山房，靠近山，靠近溪流，靠近韬光路，所以每条路都架着桥，每间房屋都有楼阁。门外松树苍劲挺拔，还有其他品种的树，草木茂盛，到处都是绿色，置身其中，人的面貌都模糊不见了。

石桥的台阶低矮，可以坐十个人。寺里的僧人挖空竹子引来泉水，桥下纵横交错的都是竹节。天启甲子即1624年，我在岣嵝山房闭门待了七个多月，没有出门远游，每天听溪声潺潺，大饱耳福，看树荫清凉，大饱眼福。山中上下有很多西栗、鞭笋，十分甘甜芬芳。邻里在岣嵝山房聚为市集，瓜果、禽类都有供应，唯独没有鱼。于是把溪水积聚更深，在里面困住几条条大鱼。有客人来了，就捉鱼来尝鲜。吃完饭，定会到冷泉亭、包园、飞来峰走走。有一天，沿着小溪往前走，看到佛像，于是口口声声大骂杨髡。见一波斯模样的胡人坐在龙和象上，有四五个赤裸着身体的女子献给他花果，根据碑石上记载，这是杨髡的塑像。我把他的脑袋击落，把女子也捣碎了，并把他们放在便溲处来表达不满。寺里的僧人以为我打了佛像，都责备我这么做，知道打的是杨髡，都拍手称赞。

徐渭写有《访李岣嵝山人》一诗：
岣嵝诗客学全真，半日深山说鬼神。
送到涧声无响处，归来明月满前津。
七年火宅三车客（文长被系七年才释），
十里荷花两桨人。
两岸鸥凫仍似昨，就中应有旧相亲。

王思任写有《岣嵝僧舍》一诗：
乱苔膏古荫，惨绿蔽新芊。
鸟语皆番异，泉心即佛禅。
买山应较尺，赊月敢辞钱。
多少清凉界，幽僧抱竹眠。

青莲山房

　　青莲山房，为涵所包公之别墅也①。山房多修竹古梅，倚莲花峰②，跨曲涧，深岩峭壁，掩映林麓间。公有泉石之癖，日涉成趣。台榭之美，冠绝一时。外以石屑砌坛，柴根编户，富贵之中，又着草野。正如小李将军作丹青界画③，楼台细画，虽竹篱茅舍，无非金碧辉煌也。曲房密室，皆储偫美人④，行其中者，至今犹有香艳。当时，皆珠翠团簇，锦绣堆成。一室之中，宛转曲折，环绕盘旋，不能即出。主人于此精思巧构，大类迷楼⑤。而后人欲如包公之声伎满前，则亦两浙荐绅先生所绝无者也⑥。今虽数易其主而过其门者必曰"包氏北庄"。

陈继儒《青莲山房》诗：

造园华丽极，反欲学村庄。

编户留柴叶，磊坛带石霜。

梅根常塞路，溪水直穿房。

觅主无从入，装回走曲廊。

主人无俗态，筑圃见文心。

竹暗常疑雨，松梵自带琴。

牢骚寄声伎，经济储山林⑦。

久已无常主，包庄说到今。

【注释】①涵所包公：即包应登，字涵所，钱塘（今浙江杭州）人。万历进士，官福建提学副使，后归隐西湖，以声色自娱。包园为其所建。②莲花峰：与飞来峰相连，其形开散如莲花，故得名。③小李将军：即李昭道，唐宗室，画家，因其父李思训官武卫大将军，所以被称小李将军。④储偫：储备，储存以备用。⑤迷楼：隋炀帝所建楼名，位于扬州。门户千百，走廊曲折迂回，外人进入很难辨识。⑥荐绅：缙绅。指有官职或做过官的人。⑦经济：经纶济世的人才。

【译文】青莲山房，是包涵所包公的别墅。别墅里有茂密的竹林和古朴的梅花，倚靠着莲花峰，横跨曲折的山涧，岩石深邃、山壁陡峭，掩映在山林间。包公爱好泉水与山石，每天在泉石之间流连忘返，兴趣盎然。别墅的亭台楼榭称冠一时，很是秀美。外边用石屑垒砌成坛，用木柴做篱笆，富贵中间又平添一份野趣。正如小李将军画画，楼台细细地描画，即使竹篱笆茅草屋，也让人觉得金碧辉煌。内室，则用来住美人。在内室中走，至今犹觉得有香艳的气息。当时，都是珠翠团簇，锦绣堆砌。一室之中，曲曲折折，低回婉转，环绕盘旋，不能立即走出来。主人在此精巧构思，像是效仿隋炀帝建迷楼，门户千百，房廊迂回，外人进入无法辨识。而后人想像包公一样声伎满前，两浙做官的人中再没有出现第二个。现在，青莲山房虽然换了很多次主人，但从门前经过的人都称它为"包氏北庄"。

陈继儒写有《青莲山房》一诗：
造园华丽极，反欲学村庄。
编户留柴叶，磊坛带石霜。
梅根常塞路，溪水直穿房。
觅主无从入，装回走曲廊。
主人无俗态，筑圃见文心。
竹暗常疑雨，松梵自带琴。
牢骚寄声伎，经济储山林。
久已无常主，包庄说到今。

呼猿洞

呼猿洞在武林山。晋慧理禅师，常畜黑白二猿，每于灵隐寺月明长啸，二猿隔岫应之[①]，其声清皦[②]。后六朝宋时，有僧智一仿旧迹而畜数猿于山，临涧长啸，则群猿毕集，谓之猿父。好事者施食以斋之，因建饭猿堂。今黑白二猿尚在。有高僧住持，则或见黑猿，或见白猿。具德和尚到山间，则黑白皆见。余于方丈作一对送之："生公说法，雨堕天花，莫论飞去飞来，顽皮石也会点头；慧理参禅，月明长啸，不问是黑是白，野心猿都能答应。"具和尚在灵隐，声名大著。后以径山佛地，谓历代祖师多出于此，徙往径山[③]。事多格迕，为时无几，遂致涅槃[④]。方知盛名难居，虽在缁流[⑤]，亦不可多取。

陈洪绶《呼猿洞》诗：

慧理是同乡，白猿供使令。

以此后来人，十呼十不应。

明月在空山，长啸是何意。

呼山山自来，麾猿猿不去。

痛恨遇真伽，斧斤残怪石。

山亦悔飞来，与猿相对泣。

洞黑复幽深，恨无巨灵力。

余欲锤碎之，白猿当自出。

张岱《呼猿洞》对：

洞里白猿呼不出，崖前残石悔飞来。

【注释】①岫：山洞。②清皦：分明，清晰。③径山：在浙江余杭西北，有东西两径盘旋而上，故得名。历代高僧多居此。④涅槃：此处指高僧去世。⑤缁流：僧人。僧人身着缁衣，故得名。

【译文】呼猿洞在武林山上。晋代慧理禅师曾经饲养了两只猿猴，一黑一白。每当月明时，慧理禅师在灵隐寺吹出清越的口哨，两只猿猴都会隔着山与他应和，猿声清晰而分明。后来六朝宋时，僧人智一效仿慧理禅师在山上养了好几只猿猴，面对山洞大声呼叫，一群猿猴都会聚集而来，智一就被称为猿父。有好心人给他们投放食物，因此建了饭猿堂。如今，黑白猿猴仍在，高僧主持有的看见过黑猿，有的看见过白猿。具德和尚则黑白猿猴都看到过。我在方丈室作了一幅对联送给他："生公说法，雨堕天花，莫论飞去飞来，顽皮石也会点头；慧理参禅，月明长啸，不问是黑是白，野心猿都能答应。"具和尚在灵隐寺，远近闻名。后来因历代祖师多出自径山，他便迁到了径山。诸事不顺，为时不多，不久便去世了。才知盛名之下不易自处，即使在修行界，也不可多取。

陈洪绶写有《呼猿洞》一诗：

慧理是同乡，白猿供使令。

以此后来人，十呼十不应。

明月在空山，长啸是何意。

呼山山自来，麾猿猿不去。

痛恨遇真伽，斧斤残怪石。

山亦悔飞来，与猿相对泣。

洞黑复幽深，恨无巨灵力。

余欲锤碎之，白猿当自出。

张岱写的《呼猿洞》对联：

洞里白猿呼不出，崖前残石悔飞来。

三生石

三生石在下天竺寺后。东坡《圆泽传》曰：洛师惠林寺①，故光禄卿李憕居第②。禄山陷东都③，憕以居守死之。子源，少时以贵游子，豪侈善歌，闻于时。及憕死，悲愤自誓，不仕，不娶，不食肉，居寺中五十余年。寺有僧圆泽，富而知音。源与之游甚密，促膝交语竟日，人莫能测。一日相约游蜀青城、峨嵋山，源欲自荆州溯峡，泽欲取长安斜谷路。源不可，曰："吾以绝世事，岂可复到京师哉！"泽默然久之，曰："行止固不由人。"遂自荆州路。舟次南浦④，见妇人锦裆负罂而汲者⑤，泽望而叹曰："吾不欲由此者，为是也。"源惊问之，泽曰："妇人姓王氏，吾当为之子，孕三岁矣，吾不来，故不得乳⑥。今既见，无可逃之。公当以符咒助吾速生，三日浴儿时，愿公临我，以笑为信。后十三年中秋月夜，杭州天竺寺外，当与公相见。"源悲悔，而为具沐浴易服。至暮，泽亡而妇乳。三日，往观之，儿见源果笑。具以语王氏，出家财葬泽山下。源遂不果行，返寺中，问其徒，则既有治命矣⑦。后十三年，自洛还吴，赴其约。至所约，闻葛洪川畔有牧童扣角而歌之曰："三生石上旧精魂，赏月吟风不要论。惭愧情人远相访，此身虽异性长存。"呼问："泽公健否？"答曰："李公真信士，然俗缘未尽，慎弗相近，惟勤修不堕，乃复相见。"又歌曰："身前身后事茫茫，欲话因缘恐断肠。吴越山川寻已遍，却回烟棹上瞿唐⑧。"遂去不知所之。后二年，李德裕奏源忠臣子⑨，笃孝，拜谏议大夫⑩，不就，竟死寺中，年八十一。

王元章《送僧归中竺》诗⑪：

天香阁上风如水，千岁岩前云似苔。
明月不期穿树出，老夫曾此听猿来。
相逢五载无书寄，却忆三生有梦回。
乡曲故人凭问讯，孤山梅树几番开。

苏轼《赠下天竺惠净师》诗：

予去杭十六年而复来，留二年而去。平生自觉出处老少，粗似乐天，虽才名相远，而安分寡求亦庶几焉。三月六日，来别南北山诸道人，而下天竺惠净师以丑石赠，作三绝句：

当年衫鬓两青青，强说重来慰别情。

衰鬓只今无可白，故应相对说来生。

出处依稀似乐天，敢将衰朽较前贤。

便从洛社休官去，犹有闲居二十年⑫。

在郡依前六百日，山中不记几回来⑬。

还将天竺一峰去，欲把云根到处栽。

【注释】①洛师：指洛阳。②李憕：唐并州文水（今山西文水）人。天宝初年，出为清河太守，改尚书右丞、京兆尹，转光禄卿、东都留守，迁礼部尚书。安禄山陷长安，遇害，赠司徒，谥"忠烈"。③禄山：指安禄山。④舟次南浦：船停泊在南浦。次，停泊。南浦，地名，在今江西南昌西南。⑤罌：盛水贮粮的工具。⑥乳：此处指生子，生产。⑦治命：生前遗言，遗嘱。⑧瞿唐：即瞿塘峡，长江三峡之一。⑨李德裕（787—850）：唐代政治家、文学家，牛李党争中李党领袖。⑩谏议大夫：古代官名，专掌议论。⑪王元章：王冕（1287—1359），字元章，号煮石山农，亦号"食中翁"、"梅花屋主"等，浙江诸暨枫桥人，元朝著名画家、诗人、篆刻家。⑫"便从"二句：白居易晚年休官闲居洛阳，温酒娱乐二十年。此处指仿效白居易的做法。⑬"在郡"二句：依前指白居易《留题天竺灵隐两寺》诗："在郡六百日，入山十二回。"

【译文】三生石在下天竺寺的后边。苏轼在《圆泽传》里提到："洛阳京师的惠林寺，原是已故光禄卿李憕的住处。安禄山攻下洛阳，李憕因留守洛阳被害。子源，年少时是个富家子，因生活豪华奢侈擅长唱歌而闻名一时。听闻李憕死讯，悲恸愤怒，发誓不做官、不婚娶、不吃肉，在寺中待了五十多年。寺里有个僧人叫圆泽，与子源是知音。子源和他来往甚密，从早到晚促膝长谈，旁人不知他们都说些什么。一天，两人相约同游蜀地的青城山、峨眉山，子源想从荆州溯峡而上，圆泽想从长安走斜谷这条路。子源没有认可，说：'我已经杜绝世事往来，怎么能再回到京师呢！'圆泽沉默了很久，说：'走还是停原本由不得人。'于是答应子源一起从荆州走。船到了南浦，即今江西南昌西南处，看见有个穿着织锦的背心，背着盛水罂的妇人正在打水，圆泽看着她感叹道：'我不想走这条路，原因就在此。'子源很惊讶，问他缘由。圆泽说：'这妇人姓王，我应当是她的儿子。她已经怀孕三年，我不来，所以她不生。今天既然相见，无处可逃。你用符咒帮我早早出生。三天后给孩子洗浴时，希望你能来看我，以笑容为凭。十三年后中秋月圆夜，在杭州天竺寺外，我会与你相见。'子源听了悲痛悔恨，而后为圆泽沐浴更衣。到了傍晚，圆泽去世，妇人生下了孩子。三天后，子源前去探望，孩子见了子源果然笑了。子源把这事都告诉王氏，王氏出钱把圆泽葬在山下。子源不再前行，返回寺中，问圆泽的徒弟，则知圆泽留了遗嘱。十三年后，子源从洛阳回吴地，赴当年之约。到了约定的地方，听到葛洪川畔有牧童拍着牛角唱儿歌：'三生石上旧精魂，赏月吟风不要论。惭愧情人远相访，此身虽异性长存。'子源上前询问：'圆泽，是你么？'对方答道：'李公果然守信，然而俗缘未了，不够审慎，只有勤加修行不堕落，我才会再与你相见。'说完离开不知去向。又过了两年，李德裕向皇上禀报子源是忠臣之子，十分孝顺，推荐他做谏议大夫。子源没当谏议大夫，在寺中死去，享年八十一岁。"

王元章写有《送僧归中竺》一诗：

天香阁上风如水，千岁岩前云似苔。

明月不期穿树出，老夫曾此听猿来。

相逢五载无书寄，却忆三生有梦回。

乡曲故人凭问讯，孤山梅树几番开。

苏轼写有《赠下天竺惠净师》一诗：

我离开杭州十六年又回来，待了两年如今又要离开。这一生，来往于老少之间，我觉得自己稍有一些像白居易，虽然才名与他相差很远，但安于本分、要求不多这点跟他差不多。三月六日，前来与南北山诸位修道之人道别，下天竺寺的慧净大师送给我一块丑石，我写了三首绝句：

当年衫鬓两青青，强说重来慰别情。

衰鬓只今无可白，故应相对说来生。

出处依稀似乐天，敢将衰朽较前贤。

便从洛社休官去，犹有闲居二十年。

在郡依前六百日，山中不记几回来。

还将天竺一峰去，欲把云根到处栽。

上天竺

　　上天竺，晋天福间①，僧道翊结茅庵于此。一夕，见毫光发于前涧，晚视之，得一奇木，刻画观音大士像。后汉乾祐间②，有僧从勋自洛阳持古佛舍利来，置顶上，妙相庄严③，端正殊好，昼放白光，士民崇信④。钱武肃王常梦白衣人求葺其居，寤而有感⑤，遂建天竺观音看经院。宋咸平中⑥，浙西久旱，郡守张去华率僚属具幡幢华盖迎请下山，而澍雨沾足⑦。自是有祷辄应，而雨每滂薄不休，世传烂稻龙王焉。南渡时，施舍珍宝，有日月珠、鬼谷珠、猫睛等，虽大内亦所罕见。

　　嘉祐中⑧，沈文通治郡⑨，谓观音以声闻宣佛力，非禅那所居⑩，乃以教易禅，令僧元净号辨才者主之⑪。凿山筑室，几至万础⑫。治平中⑬，郡守蔡襄奏赐“灵感观音”殿额⑭。辨才乃益凿前山，辟地二十有五寻⑮，殿加重檐。建炎四年⑯，兀术入临安⑰，高宗航海。兀术至天竺，见观音像，喜之，乃载后车，与《大藏经》并徙而北。时有比丘知完者⑱，率其徒以从。至燕，舍于都城之西南五里，曰玉河乡，建寺奉之。天竺僧乃重以他木刻肖前像，诡曰“藏之井中，今方出现”，其实并非前像也。乾道三年⑲，建十六观堂，七年，改院为寺，门匾皆御书。庆元三年⑳，改天台教寺。元至元三年毁。五年，僧庆思重建，仍改天竺教寺。元末毁。明洪武初重建，万历二十七年重修。崇祯末年又毁，清初又建。时普陀路绝，天下进香者皆近就天竺，香火之盛，当甲东南。二月十九日[21]，男女宿山之多，殿内外无下足处，与南海潮音寺正等。

张京元《上天竺小记》：

天竺两山相夹，回合若迷。山石俱骨立，石间更绕松篁。过下竺，诸僧鸣钟肃客，寺荒落不堪入。中竺如之。至上竺，山峦环抱，风气甚固，望之亦幽致。

萧士玮《上天竺小记》：

上天竺，叠嶂四周，中忽平旷，巡览迎眺，惊无归路。余知身之入而不知其所由入也。从天竺抵龙井，曲涧茂林，处处有之。一片云、神运石，风气遒逸[22]，神明刻露[23]。选石得此，亦娶妻得姜矣[24]。泉色绀碧[25]，味淡远，与他泉迥矣。

苏轼《记天竺诗引》：

轼年十二，先君自虔州归，谓予言："近城山中天竺寺，有乐天亲书诗云：'一山门作两山门，两寺原从一寺分。东涧水流西涧水，南山云起北山云。前台花发后台见，上界钟鸣下界闻。遥想吾师行道处，天香桂子落纷纷。'笔势奇逸，墨迹如新。"今四十七年，予来访之，则诗已亡，有刻石在耳。感涕不已，而作是诗。

又《赠上天竺辨才禅师》诗：

南北一山门，上下两天竺。

中有老法师，瘦长如鹳鹄。

不知修何行，碧眼照山谷。

见之自清凉，洗尽烦恼毒。

坐令一都会，方丈礼白足㉖。

我有长头儿㉗，角颊峙犀玉。

四岁不知行，抱负烦背腹。

师来为摩顶，起走趁奔鹿。

乃知戒律中，妙用谢羁束。

何必言法华，佯狂啖鱼肉。

张岱《天竺柱对》：

佛亦爱临安，法像自北朝留住。

山皆学灵鹫，洛伽从南海飞来。

【注释】①天福：后晋高祖石敬瑭的年号（936—944）。②乾祐：
五代后汉高祖年号（948—950）。③妙相：指佛的相貌。④崇信：尊崇
信服。⑤寤：醒来。⑥咸平：宋真宗年号（998—1003）。⑦澍雨：大雨，
暴雨。⑧嘉祐：宋仁宗年号（1056—1063）。⑨沈文通：沈遘，字文通，
北宋钱塘人，曾任杭州知府。⑩禅那：佛教用语，指静思。⑪元净：字
无象，宋代杭州於潜人，通佛理。⑫万础：形容建筑的基石多。础，垫
在房屋柱子底下的基石。⑬治平：宋英宗年号（1195—1200）。⑭蔡襄
（1012—1067）：宋代著名诗人、书法家。⑮寻：计量单位，一寻约等于
八英尺。⑯建咸：当为建炎，宋高宗年号（1127—1130）。⑰兀术：金
朝名将完颜宗弼，本名斡啜，完颜阿骨打第四子。⑱比丘：梵语音译，

佛教出家"五众"之一，俗称"和尚"。⑲乾道：宋孝宗年号（1165—1173）。⑳庆元：宋宁宗第一个年号（1195—1200）。㉑二月十九日：相传是观世音诞辰。㉒道逸：雄健飘逸。㉓刻露：完全显露。㉔娶妻得姜：娶到非常美丽的妻子。姜，指庄姜，春秋时期卫庄公夫人，以美貌著称。㉕绀碧：深蓝色。㉖白足：指高僧。㉗长头儿：《后汉书·贾逵传》讲贾逵好学，号称"问事不休贾长头"。

【译文】上天竺寺，晋朝天福年间，僧人道翊在这里盖了茅草庵。有一天晚上他倏忽之间看到屋前山涧发射出一道微弱的光芒，等过会儿去看，发现一块奇特的木头，于是道翊把木头刻成了观音菩萨像。后汉乾祐年间，僧人从勋从洛阳带着古佛的舍利子前来，把舍利子放到观音菩萨像上面，菩萨的相貌庄重而威严，端庄美好，白天散发白光，百姓都尊崇信服。钱武肃王钱镠曾经梦到有白衣人请求他修葺自己的住处，钱镠醒来后有所感悟，于是就建造天竺观音看经院。宋代咸平年间，浙江西部持续大旱，郡守张去华带领一众属下备上幡幢华盖前去迎请观音菩萨下山，随即天降大雨。自此，只要有祈祷下雨的就会应验，而每每都是滂沱大雨下个不停，世人就说是烂稻龙王所为。宋朝南渡时，菩萨施舍珍奇异宝，有日月珠、鬼谷珠、猫眼等，即使是在皇宫也属罕见。

嘉祐年间，沈文通做郡守，讲观音菩萨是闻声救苦，以讲经论道的方法来宣传佛法的，与参禅不同，这里不应该是修习参禅的禅宗之人居住之所，于是让人们改修教义，不再修习禅宗，令僧人元净负责此事，元净号辨才，他挖山造屋舍，几乎用了上万基石。治平年间，郡守蔡襄上奏请赐大殿匾额"灵感观音"。辨才于是继续挖掘前山，开辟二十五寻的土地，大殿加成两层屋檐。建炎四年（即1130年），兀术,即金朝名将完颜宗弼来临安,宋高宗乘船出逃。兀术到天竺寺,见到观音像很是喜欢,于是装到后车,把观音像与《大藏经》一起运往金国。当时有比丘名知完,率领众徒人一起跟从而去。到达燕国,在离都城西南方五里一个叫玉河乡的地方,知完和一众徒人不再追随,在当地建造寺庙供奉观音像。天竺寺僧人重新刻观音像,声称是原来的观音像"藏到井里,现在才出现",其实并非是先前的那座了。乾道三年(1167年),建造十六观堂,1171年,改院为寺,门匾都是皇帝亲笔。庆元三年,即1197年,改为台教寺。元代至元三年(1266年)遭毁坏。1268年,僧人庆思重新修建,仍改为天竺教寺。元朝末年被毁。明代洪武初年重新修建,万历二十七年(1599年)重新修葺。崇祯末年又遭破坏,清朝初年再建。当时普陀的路不通,天下进香的人都云集天竺寺,香火之盛,当为东南第一。二月十九日观音诞辰,有很多人借宿在山上,以至大殿内外都快下不去脚,繁盛的状况与南海的潮音寺相当。

张京元写有《上天竺小记》,大意如下:

天竺寺夹在两山之间,山一围绕,像是迷宫。山上岩石都瘦削而挺拔,石缝间长有松树和竹子。从下天竺寺经过,诸位僧人敲钟迎接客人,但寺院荒落不堪进入。中竺寺也是如此。到了上天竺,群山环抱,风气稳固,看上去幽深而别致。

萧士玮写有《上天竺小记》,大意如下:

上天竺寺,四周重山叠嶂,中间忽然平坦空旷,巡视一圈,惊觉找不到归去的路。我知道置身其地却不知道从哪里走到此处。从天竺寺到达龙井，处处都是曲折的山涧与茂密的丛林。一片云、神运石，风气雄健飘逸，神明显现。选得这样的山石，就像娶到了庄姜一样的妻子。泉水呈深蓝色，味道冲淡而悠远，与别处的泉完全是两个样子。

苏轼在《记天竺诗引》中写道：

我十二岁那年，父亲从虔州回来，告诉我说："靠近城中的山上有天竺寺，寺里有白居易亲笔写的诗：'一山门作两山门，两寺原从一寺分。东涧水流西涧水，南山云起北山云。前台花发后台见，上界钟鸣下界闻。遥想吾师行道处，天香桂子落纷纷。'笔势奇特飘逸，墨迹就像新的一样。"如今我四十七岁了，前来拜访，而诗早已不见，旁边有刻石。感伤不已，于是写诗。

又写了《赠上天竺辨才禅师》一诗：

南北一山门，上下两天竺。
中有老法师，瘦长如鹳鹄。
不知修何行，碧眼照山谷。
见之自清凉，洗尽烦恼毒。
坐令一都会，方丈礼白足。
我有长头儿，角频崎犀玉。
四岁不知行，抱负烦背腹。
师来为摩顶，起走趁奔鹿。
乃知戒律中，妙用谢羁束。
何必言法华，佯狂啖鱼肉。

张岱写有《天竺柱对》：

佛亦爱临安，法像自北朝留住。

山皆学灵鹫，洛伽从南海飞来。

卷三　西湖中路

秦楼

　　秦楼初名水明楼,东坡建,常携朝云至此游览①。壁上有三诗,为坡公手迹。过楼数百武②,为镜湖楼,白乐天建。宋时宦杭者,行春则集柳洲亭③,竞渡则集玉莲亭④,登高则集天然图画阁⑤,看雪则集孤山寺,寻常宴客则集镜湖楼。兵燹之后⑥,其楼已废,变为民居。

　　苏轼《水明楼》诗:
　　黑云翻墨未遮山,白雨跳珠乱入船。
　　卷地风来忽吹散,望湖楼下水连天。

　　放生鱼鸟逐人来,无主荷花到处开。
　　水浪能令山俯仰,风帆似与月装回。

未成大隐成中隐⑦，可得长闲胜暂闲。

我本无家更焉往，故乡无此好湖山。

【注释】①朝云：苏轼的妾，红颜知己。姓王字子霞，浙江钱塘人。②武：古时以六尺为步，半步为武。③行春：长江南部一些地区的古老习俗，立春的头天，不分男女老少，人们都要像迎接新娘一样迎接春天的来临。柳洲亭：见卷四《西湖南路·柳洲亭》。④竞渡：划船比赛。玉莲亭：见卷一《西湖北路·玉莲亭》。⑤天然图画阁：见卷一《西湖北路·保俶塔》。⑥兵燹：指因战乱而遭受焚烧破坏的灾祸。⑦"未成"句：晋人《反招隐》诗"小隐隐陵薮，大隐隐朝市"。后来白居易发展出"中隐"的概念，他有《中隐》诗："大隐住朝市，小隐入丘樊。丘樊太冷落，朝市太喧嚣。不如作中隐，隐在留司官。"

【译文】秦楼一开始叫水明楼，由苏东坡建，当年苏东坡常常带着朝云到此游览。墙壁上有三首诗，都是苏东坡手迹。过秦楼数百步，就到了白居易建的镜湖楼。宋朝的时候，杭州的官员行春就会聚集在柳州亭，举行划船比赛则到玉莲亭，登高望远汇聚天然图画阁，看雪则到孤山寺，平日里寻常宴请宾客就到镜湖楼。由于战乱，秦楼遭受了焚烧破坏，被废弃，现已变成老百姓的住处。

苏轼写有《水明楼》一诗：

黑云翻墨未遮山，白雨跳珠乱入船。

卷地风来忽吹散，望湖楼下水连天。

放生鱼鸟逐人来，无主荷花到处开。

水浪能令山俯仰，风帆似与月装回。

未成大隐成中隐，可得长闲胜暂闲。
我本无家更焉往，故乡无此好湖山。

片石居

由昭庆缘湖而西，为餐香阁，今名片石居。阒阁精庐①，皆韵
人别墅。其临湖一带，则酒楼茶馆，轩爽面湖②，非惟心胸开涤，
亦觉日月清朗。张谓"昼行不厌湖上山，夜坐不厌湖上月"，则尽
之矣。再去则桃花港，其上为石函桥，唐刺史李邺侯所建，有水
闸泄湖水以入古荡③。沿东西马塍④、羊角埂，至归锦桥，凡四派
焉。白乐天记云："北有石函，南有筧⑤，决湖水一寸，可溉田五十
余顷。"闸下皆石骨磷磷⑥，出水甚急。

徐渭《八月十六片石居夜泛》词：

月倍此宵多，杨柳芙蓉夜色蹉。鸥鹭不眠如昼里，舟过，向前惊
换几汀莎。

筒酒觅稀荷，唱尽塘栖《白苎歌》⑦。天为红妆重展镜，如磨，渐
照胭脂奈褪何。

【注释】①精庐：学舍，读书讲学之所。韵人，指雅人。②轩爽：轩敞高爽。③荡：浅水湖。④马塍：地名。在浙江省余杭县西。宋代以产花著名。⑤笕：引水的长竹管，安在檐下或田间。⑥磷磷：水中石头突立的样子。⑦《白苎歌》：乐府名。其词盛赞舞者的姿态之美。

【译文】由昭庆寺沿西湖往西走，就到了餐香阁，今天名为片石居。幽静的楼阁，精致的学舍，都是文人雅士的别墅。临湖一带，则是酒楼茶馆，面对着西湖，轩敞高爽，即使不但让人心情开阔涤荡心情大好，也让人觉得日月清明，豁然开朗。张谓所言"昼行不厌湖上山，夜坐不厌湖上月"，白天走不厌西湖的山，晚上坐看不厌西湖的月，道尽了个中滋味。再往前走则是桃花港，桃花港上是石函桥，由唐代刺史李邺侯所建，此处还建有水闸用来疏浚西湖的水，可引湖水流入古时的浅水湖。沿着东西两边的马塍、羊角埂，到归锦桥，则成四派。据白居易记载："北边有石函，南边有引水的竹管，开闸泄出一寸湖水，可灌溉五十多顷田地。"闸下水中石头突立，出水很急。

徐渭写有《八月十六片石居夜泛》一词：

月倍此宵多，杨柳芙蓉夜色蹉。鸥鹭不眠如昼里，舟过，向前惊换几汀莎。

筒酒觅稀荷，唱尽塘栖《白苎歌》。天为红妆重展镜，如磨，渐照胭脂奈褪何。

十锦塘

十锦塘①，一名孙堤，在断桥下。司礼太监孙隆于万历十七年修筑②。堤阔二丈，遍植桃柳，一如苏堤。岁月既多，树皆合抱。行其下者，枝叶扶苏③，漏下月光，碎如残雪。意向言断桥残雪，或言月影也。苏堤离城远，为清波孔道④，行旅甚稀。孙堤直达西泠，车马游人，往来如织。兼以西湖光艳，十里荷香，如入山阴道上，使人应接不暇。湖船小者，可入里湖，大者缘堤倚徙，由锦带桥循至望湖亭，亭在十锦塘之尽。渐近孤山，湖面宽广。孙东瀛修葺华丽，增筑露台，可风可月，兼可肆筵设席。笙歌剧戏，无日无之。今改作龙王堂，旁缀数楹，咽塞离披，旧景尽失。再去，则孙太监生祠，背山面湖，颇极壮丽。近为卢太监舍以供佛，改名卢舍庵，而以孙东瀛像置之佛龛之后。孙太监以数十万金钱装塑西湖，其功不在苏学士之下，乃使其遗像不得一见湖光山色，幽囚面壁，见之大为鲠闷。

袁宏道《断桥望湖亭小记》：

湖上由断桥至苏公堤一带，绿烟红雾，弥漫二十余里。歌吹为风，粉汗为雨，罗纨之盛，多于堤畔之柳，艳冶极矣。然杭人游湖，止午、未、申三时⑤，其实湖光染翠之工，山岚设色之妙，全在朝日始出、夕舂未下⑥，始极其浓媚。月景尤为清艳，花态柳情，山容水意，别是一种趣味。此乐留与山僧游客受用，安可为俗士道哉！

　　望湖亭即断桥一带，堤甚工致，比苏公堤犹美。夹道种绯桃、垂柳、芙蓉、山茶之属二十余种。堤边白石砌如玉，布地皆软沙如茵。杭人曰："此内使孙公所修饰也。"此公大是西湖功德主。自昭庆、天竺、净慈、龙井及山中庵院之属，所施不下数十万。余谓白、苏二公，西湖开山古佛，此公异日伽蓝也。"腐儒，几败乃公事！"⑦可厌！可厌！

张京元《断桥小记》：

　　西湖之胜，在近；湖之易穷，亦在近。朝车暮舫，徒行缓步，人人可游，时时可游。而酒多于水，肉高于山，春时肩摩趾错，男女杂沓，以挨簇为乐。无论意不在山水，即桃容柳眼，自与东风相倚，游者何曾一着眸子也。

李流芳《断桥春望图题词》：

　　往时至湖上，从断桥一望，便魂消欲死。还谓所知，湖之潋滟熹微，大约如晨光之着树，明月之入庐。盖山水映发，他处即有澄波巨浸，不及也。壬子正月⑧，以访旧重至湖上，辄独往断桥，裴回终日。翌日为杨讥西题扇云："十里西湖意，都来到断桥。寒生梅萼小，春入柳丝娇。乍见应疑梦，重来不待招。故人知我否，吟望正萧条。"又明日作此图，小春四月，同孟旸、子与夜话，题此。

谭元春《湖霜草序》⑨：

　　予以己未九月五日至西湖⑩，不寓楼阁，不舍庵刹，而以琴尊书札，托一小舟。而舟居之妙，在五善焉。舟人无酬答，一善也。昏晓不爽其候，二善也。访客登山，恣意所如，三善也。入断桥，出西泠，午眠夕兴，四善也。残客可避⑪，时时移棹，五善也。挟此五善，以长于湖。僧上兔下，觞止茗生，篙楫因风，渔笒聚火。盖以朝山夕水，临涧对松，岸柳池莲，藏身接友，早放孤山，晚依宝石，足了吾生，足济吾事矣。

王叔杲《十锦塘》诗⑫：

横截平湖十里天，锦桥春接六桥烟。

芳林花发霞千树，断岸光分月两川。

几度觞飞堤外景，一清棹发镜中船。

奇观妆点知谁力，应有歌声被管弦。

白居易《望湖楼》诗：

尽日湖亭卧，心闲事亦稀。

起因残醉醒，坐待晚凉归。

松雨飘苏帽，江风透葛衣。

柳堤行不厌，沙软絮霏霏。

徐渭《望湖亭》诗：

亭上望湖水，晶光澹不流。

镜宽万影落，玉湛一矶浮。

寒入沙芦断，烟生野鹜投。

若从湖上望，翻美此亭幽。

张岱《西湖七月半记》：

西湖七月半，一无可看，止可看看七月半之人。看七月半之人，以五类看之。其一, 楼船箫鼓, 峨冠盛筵, 灯火优俣⑬, 声光相乱, 名为看月而实不见月者, 看之。其一, 亦船亦楼, 名娃闺秀, 携及童娈, 笑啼杂之, 环坐露台, 左右盼望, 身在月下而实不看月者, 看之。其一, 亦船亦声歌, 名妓闲僧, 浅斟低唱, 弱管轻丝, 竹肉相发, 亦在月下, 亦看月, 而欲人看其看月者, 看之。其一, 不舟不车, 不衫不帻, 酒醉饭饱, 呼群三五, 挤入人丛, 昭庆、断桥, 嚣呼嘈杂, 装假醉, 唱无腔曲, 月亦看, 看月者亦看, 不看月者亦看, 而实无一看者, 看之。其一, 小船轻幌, 净几暖炉, 茶铛旋煮, 素瓷静递, 好友佳人, 邀月同坐, 或匿影树下, 或逃嚣里湖, 看月而人不见其看月之态, 亦不作意看月者, 看之。杭人游湖, 巳出酉归, 避月如仇, 是夕好名, 逐队争出, 多犒门军酒钱, 轿夫擎燎, 列俟岸上。一入舟, 速舟子急放断桥, 赶入胜会。以故二鼓以前, 人声鼓吹, 如沸如撼, 如魇如呓, 如聋如哑, 大船小船一齐凑岸, 一无所见, 止见篙击篙、舟触舟、肩摩肩、面看面而已。少刻兴尽, 官府席散, 皂隶喝道去, 轿夫叫船上人, 怖以关门, 灯笼火把如列星, 一一簇拥而去。岸上人亦逐队赶门, 渐稀渐薄, 顷刻散尽矣。吾辈始舣舟近岸⑭, 断桥石磴始凉, 席其上, 呼客纵饮。此时, 月如镜新磨, 山复整妆, 湖复颒面⑮。向之浅斟低唱者出, 匿影树下者亦出, 吾辈往通声气, 拉与同坐。韵友来, 名妓至, 杯箸安, 竹肉发。月色苍凉, 东方将白, 客方散去。吾辈纵舟, 酣睡于十里荷花之中, 香气拍人, 清梦甚惬。

【注释】①十锦塘: 即白堤。明朝万历年间, 司礼太监孙隆以沙石花草修治白堤, 更名为十锦塘。②万历十七年: 即1589年。③扶苏: 形容枝叶繁茂四布, 高下疏密有致。④清波: 指清波门, 杭州西城门。⑤午、未、申三时：午时，相当于现在的11点到13点。未时，相当于现在的13点到15点。申时，相当于现在的15点到17点。⑥夕春：指夕阳。⑦"腐儒"二句：《史记·留侯世家》："竖儒，几败而公事！"⑧壬子：指万历四十年（1612）。⑨谭元春：字友夏，晚明文学家。⑩己未：指万历四十七年（1619）。⑪残客：不愿意见的客人。⑫王叔杲：嘉靖四十一年进士。⑬优侯：优伶童仆。⑭舣舟：停船靠岸，或者把船停好，类似泊车。⑮颒面：指洗脸。

【译文】十锦塘，又叫孙堤，在断桥下面。万历十七年（1589年）由司礼太监孙隆修建。堤有两丈宽，像苏堤一样遍地种着桃树和柳树。年岁久了，树干都长得有合抱那么粗。走在树下面，枝叶繁茂四布，高下疏密有致，漏下星星点点的月光，细碎得如同尚未化尽的残雪。我曾经说过断桥残雪，或许说的是月影。苏堤距离城中很远，是通往清波门的必经关口，过往的行人稀少。孙堤直通西泠，车马游人，络绎不绝，游人如织。加上西湖的风光，十里荷花香，就像进到了山阴道上，景物繁多，让人来不及观赏。湖上的小船，可以进入里湖，大船则沿着堤岸流连徘徊，从锦带桥巡行到望湖亭，望湖亭在孙堤的尽头。渐渐地靠近孤山，湖面宽阔敞亮。孙东瀛把孙堤修建得很华丽，他增建了露台，可以临风赏月，也可以摆宴设席。每天都有剧目上演。如今改作龙王堂，旁边点缀数根柱子，参差错杂，旧时景观早已不见。再往前走，则建了孙东瀛的生祠，背靠着山迎面对着西湖，宏壮而美丽。最近被卢太监用来供佛的地方，改名为庐舍庵，孙东瀛的塑像被放在佛龛后面。孙东瀛耗费巨资装点塑造西湖，这份功劳不在苏轼之下，如今竟然把他的遗像放在这里，见不得一丝湖光山色，很是替他郁闷。

袁宏道写有《断桥望湖亭小记》，大意如下：

西湖由断桥到苏公堤一带，二十多里地间弥漫着绿烟红雾。众人开口唱歌就像有风吹过，施过粉黛的脸上流下的汗像下雨一样，穿华美衣服的富家子弟比堤边的柳树都多，妖艳至极。然而杭州人游西湖，喜欢选择中午到下午五点这个时间段来，其实湖光与山间云雾相互映衬，色彩之美，全在早上太阳初升、傍晚夕阳还未落下的时候，那时风景才是极其浓丽妖媚。月景尤其清丽脱俗，让人惊艳，鲜花的姿态、柳树的风情、山的面容、水的意境，汇在一起别有一番趣味。这种乐趣只留给山里的僧人和懂得欣赏的游客享用，哪能跟那些凡夫俗子说得通呢！望湖亭，即断桥一带，湖堤甚是精致，比苏堤还美。夹道种着二十多个品种的绿植，有绯桃、垂柳、芙蓉、山茶一类等。堤边砌得的白石像玉一般，地上铺的细沙像垫子一样软。杭州人说："这是内史孙公修建装饰的。"对于西湖的兴建，孙公确实很有功德。从昭庆寺、天竺寺、净慈寺、龙井及山中的庵堂院落，耗费不下数十万。我说白乐天和苏东坡这两位是西湖的开山古佛，孙公算是今天西湖的护法神了。"迂腐，差点坏了你老子的事！"可厌！可厌！

张京元写有《断桥小记》，大意如下：

西湖的优点在于近，湖景容易看尽也在于近。从早到晚，或是乘车、或是坐船、或是徒步慢慢走，人人都可以随时前来游玩。游人喝的酒比湖水还多，吃的肉比山还高，春天的时候人来人往，摩肩接踵，男男女女，都以拥挤为乐。不论大家的心意是不是在这湖光山色，桃花与垂柳自然随着东风而盛开飘荡，游人何曾看过一眼呢！

李流芳写有《断桥春望图题词》，大意如下：

往日到西湖，从断桥一望，便让人觉得销魂。微光下水波荡漾，像晨光打在树上，明月照进房屋。山水交相辉映，别处即使有清波大河，也比不上这里的风光。1612年的正月，我趁着拜访老朋友又重到西湖，独自前往断桥，终日流连徘徊。第二天给杨谳西在扇面上题诗："十里西湖意，都来到断桥。寒生梅萼小，春入柳丝娇。乍见应疑梦，重来不待招。故人知我否，吟望正萧条。"又过了一天画了这幅图，四月的春天，同孟旸、子与夜话，写下这段文字。

谭元春写有《湖霜草序》，大意如下：

我在1619年的九月初五来到西湖，没住旅店，也没住寺院，而是带着琴、酒樽和书，找了一只小船住下。住在船上有五个妙处。一是同船夫不必应酬，二是早是早，晚是晚，想做什么不违晨昏时候。三是访友登山，可随性而为。四是进入断桥，从西冷出来，午觉睡到傍晚起身。五是能避开不想见的客人，可随时调换船向。有这五个妙处，可以长久待在西湖。船上有僧人，船下有野鸭，喝酒饮茶，乘着风划船，停船则一起吃饭。早晚在这湖山之间，临着山涧面对松树，赏岸边柳树与池中莲花，藏身会友，早上去孤山，晚上到宝石山，足以了却我这一生，圆满我的心愿。

王叔杲写有《十锦塘》一诗：
横截平湖十里天，锦桥春接六桥烟。
芳林花发霞千树，断岸光分月两川。
几度觞飞堤外景，一清棹发镜中船。

奇观妆点知谁力，应有歌声被管弦。

白居易写有《望湖楼》一诗：

尽日湖亭卧，心闲事亦稀。

起因残醉醒，坐待晚凉归。

松雨飘苏帽，江风透葛衣。

柳堤行不厌，沙软絮霏霏。

徐渭写有《望湖亭》一诗：

亭上望湖水，晶光淡不流。

镜宽万影落，玉湛一矶浮。

寒入沙芦断，烟生野鹜投。

若从湖上望，翻羡此亭幽。

张岱的《西湖七月半记》，大意如下：

到了七月半，西湖没有什么可看，只可看看那些看七月半的游人。看七月半的游人，可以分为五类。其中一类，坐在楼船上，吹箫击鼓，戴着高冠，穿着华美的衣服，摆席设宴，灯火明亮，优伶、仆从相随，乐声与灯光相杂，名义上是来赏月，实际上却没看月亮的，这是可看的一类人。一类，坐在船上，像在楼中。名门女子、大家闺秀带着娈童，嬉笑中夹杂着打趣的啼哭，围着露台坐在一起，左顾右盼，置身月下而根本不看月，这也是可看的一类人。一类，也坐着船，船上也有音乐和歌声，跟名妓或是闲僧一起，他们慢慢地饮酒，轻轻地歌唱，箫笛的乐音低柔轻缓，丝竹声与歌声相和，也置身月下，也看月，而又希望别人看他们欣赏月色的姿态，这样的人，同样是可看的一类人。一类，既不坐船也不乘车，不穿上衣不戴头巾，酒足饭饱，叫上三五好友，挤到人群中，在昭庆、断桥一带大声喧闹，假装喝醉，唱着不着调的曲子，也看月，也看看月的人，还看不看月的人，但实际上什么也没看见，还是可看的一类人。还有一类，乘着小船，船上挂着细薄的帷幔，茶几洁净、茶炉温热，烧水煮茶，白色茶碗慢慢地传递，他们约了好友佳人，邀请月亮同坐，有时把船停在树影下，有时到里湖躲开这喧闹，尽管看月，但人们看不到他们看月的样子，他们也不刻意看月。这样的人，更是可看的一类人。杭州人游西湖，喜欢上午十点左右出门，下午六点左右回来，像躲避仇怨似的避开月亮。八月十五这天晚上，人们往往贪求那赏月的虚名，成群结队地争相出城看月亮，多给看守城门的人赏些酒钱，轿夫举着火把，在岸上排队等候。一上船，就催着船家迅速把船划到断桥，好赶上那里的盛会。所以，二更以前，西湖上的人声、鼓吹声，像开水沸腾，如房屋撼动，像是梦魇，又如呓语，周围的人既听不到别人的说话声，也没法让别人听清自己说的话。大船小船一齐靠岸，什么景致都看不见，只看到船篙击打船篙，船挨着船，人们肩并着肩，脸对着脸。过了一会儿，游兴尽了，官府摆的赏月筵席散了，差役吆喝着开道，官轿离开。轿夫招呼船上的人，吓唬他们城门马上就要关了。灯笼火把像天上繁星，人们一一簇拥而去。岸上的人也成群结队地赶在关城门前进城，西湖的人渐渐少了，不一会儿就全部散去了。这时，我们才把船靠岸。断桥的石阶开始凉下来，铺上席大家坐在上面，招呼客人纵情畅饮。此刻的月亮就像刚刚磨过的镜子，山峦重新整理了妆容，湖水重新梳洗了面目。原来斟着茶酒低声歌唱、悠然自得的人出来了，藏在荫下的人也出来了，我们前去和他们打招呼，拉来同席而坐。文雅有趣的朋友来了，妙曼的歌妓也到了，酒杯、碗筷放置好了，乐声、歌声也开始传出来。直到月色苍凉，东方即将破晓，客人才渐渐散去。我们把船放在十里荷花之中，畅快地安睡，花香袭人，惬意地做着美梦。

孤山

《水经注》曰：水黑曰卢，不流曰奴；山不连陵曰孤。梅花屿介于两湖之间①，四面岩峦，一无所丽②，故曰孤也。是地水望澄明，皦焉冲照，亭观绣峙，两湖反景，若三山之倒水下③。山麓多梅，为林和靖放鹤之地。林逋隐居孤山，宋真宗征之不就，赐号和靖处士。常畜双鹤，縻之樊中。逋每泛小艇，游湖中诸寺，有客来，童子开樊放鹤，纵入云霄，盘旋良久，逋必棹艇遄归，盖以鹤起为客至之验也。临终留绝句曰："湖外青山对结庐，坟前修竹亦萧疏。茂陵他日求遗稿，犹喜曾无封禅书④。"绍兴十六年建四圣延祥观⑤，尽徙诸院刹及士民之墓，独逋墓诏留之，弗徙。至元，杨连真伽发其墓，唯端砚一、玉簪一。明成化十年⑥，郡守李端修复之。天启间，有王道士欲于此地种梅千树。云间张侗初太史补《孤山种梅序》⑦。

袁宏道《孤山小记》：

孤山处士，妻梅子鹤，是世间第一种便宜人。我辈只为有了妻子，便惹许多闲事，撇之不得，傍之可厌，如衣败絮行荆棘中，步步牵挂。近日雷峰下有虞僧孺，亦无妻室，殆是孤山后身。所著《溪上落花诗》，虽不知于和靖如何，然一夜得百五十首，可谓迅捷之极。至于食淡参禅，则又加孤山一等矣，何代无奇人哉！

张京元《孤山小记》：

孤山东麓，有亭翼然。和靖故址，今悉编篱插棘，诸巨家规种桑养鱼之利，然亦赖其稍葺亭榭，点缀山容。楚人之弓⑧，何问官与民也。

又《萧照画壁》：

西湖凉堂，绍兴间所构。高宗将临观之，有素壁四堵，高二丈，中贵人促萧照往绘山水。照受命，即乞尚方酒四斗，夜出孤山，每一鼓即饮一斗，尽一斗则一堵已成，而照亦沉醉。上至，览之叹赏，宣赐金帛。

沈守正《孤山种梅疏》：

西湖之上，葱蒨亲人，亦爽朗易尽。独孤山盘郁重湖之间，水石草木皆有幽色。唐时楼阁参差，诗歌点缀，冠于两湖。读"不雨山常润，无云水自阴"之句，犹可想见当时。道孤山者，不径西泠，必沿湖水，不似今从望湖折阛阓而入也⑨。此地尚有古梅偃蹇⑩，云是和靖故居。

李流芳《题孤山夜月图》：

曾与印持诸兄弟醉后泛小艇，从孤山而归。时月初上新堤，柳枝皆倒影湖中，空明摩荡，如镜中，复如画中。久怀此胸臆，壬子在小筑⑪，忽为孟旸写出，真画中矣。

苏轼《书林逋诗后》：

吴侬生长湖山曲，呼吸湖光饮山渌。

不论世外隐君子，佣儿贩妇皆冰玉。

先生可是绝俗人，神清骨冷无由俗。

我不识见曾梦见，瞳子瞭然光可烛。

遗篇妙字处处有，步绕西湖看不足。

诗如东野不言寒⑫，书似西台差少肉⑬。

平生高节已难继，将死微言犹可录。

自言不作封禅书，更肯悲吟白头曲。

我笑吴人不好事，好作祠堂傍修竹。

不然配食水仙王⑭，一盏寒泉荐秋菊。

张祜《孤山》诗：

楼台耸碧岑，一径入湖心。

不雨山常润，无云水自阴。

断桥荒藓合，空院落花深。

犹忆西窗月，钟声出北林。

徐渭《孤山玩月》诗：

湖水澹秋空，练色澄初静。

倚棹激中流，幽然适吾性。

举酒忽见月，光与波相映。

西子拂淡妆，遥岚挂孤镜。

座客本玉姿，照耀几筵莹。

暇时吐高怀，四座尽倾听。

却言处士疏，徒抱梅花咏。

如以径寸鱼，蹄涔即成泳。

论久兴弥洽，返棹堤逾迥。

自顾纵清谈，何嫌麈塵柄。

卓敬《孤山种梅》诗：

风流东阁题诗客，潇洒西湖处士家。

雪冷江深无梦到，自锄明月种梅花。

王稚登《赠林纯卿卜居孤山》诗：

藏书湖上屋三间，松映轩窗竹映关。

引鹤过桥看雪去，送僧归寺带云还。

轻红荔子家千里，疏影梅花水一湾。

和靖高风今已远，后人犹得住孤山。

陈鹤《题孤山林隐君祠》诗：

孤山春欲半，犹及见梅花。

笑踏王孙草，闲寻处士家。

尘心莹水镜，野服映山霞。

岩壑长如此，荣名岂足夸。

王思任《孤山》诗：

淡水浓山画里开，无船不署好楼台。

春当花月人如戏，烟入湖灯声乱催。

万事贤愚同一醉，百年修短未须哀。

只怜逋老栖孤鹤，寂寞寒篱几树梅。

张岱《补孤山种梅叙》：

盖闻地有高人，品格与山川并重；亭遗古迹，梅花与姓氏俱香。名流虽以代迁，胜事自须人补。在昔西泠逸老，高洁韵同秋水，孤清操比寒梅。疏影横斜，远映西湖清浅；暗香浮动，长陪夜月黄昏⑮。今乃人去山空，依然水流花放。瑶葩洒雪，乱飘冢上苔痕；玉树迷烟，恍堕林间鹤羽。兹来韵友，欲步前贤，补种千梅，重修孤屿。凌寒三友，早连九里松篁；破腊一枝，远谢六桥桃柳。伫想水边半树，点缀冰花；待将雪后横枝，低昂铁干。美人来自林下，高士卧于山中。白石苍崖，拟筑草亭招放鹤；浓山淡水，闲锄明月种梅花。有志竟成，无约不践。将与罗浮争艳，还期庾岭分香。实为林处士之功臣，亦是苏长公之胜友⑯。吾辈常劳梦想，应有宿缘。哦曲江诗（曲江张九龄有《庭梅咏》），便见孤芳风韵；读广平赋⑰，尚思铁石心肠。共策灞水之驴，且向断桥踏雪；遥瞻漆园之蝶，群来林墓寻梅。莫负佳期，用追芳躅。

张岱《林和靖墓柱铭》：

云出无心，谁放林间双鹤。

月明有意，即思冢上孤梅。

【注释】①梅花屿：指孤山。②丽：依着，依附。③三山：传说中的蓬莱、方丈与瀛洲等三座海上的仙山。④茂陵：汉武帝生前为自己预造的陵墓。封禅书：为汉武帝歌功颂德之作。⑤绍兴十六年：即1146年。⑥成化十年：即1474年。⑦云间：今上海松江。⑧楚人之弓：《孔子家语·好生》："楚王出游亡弓，左右请求之。王曰：'止。楚王失弓，楚人得之，又何求之？'"比喻自己的东西丢了，拾到它的并不是外人。⑨阛阓：街市，街道。⑩偃蹇：高耸。⑪壬子：指万历四十年（1612）。⑫东野：指唐代诗人孟郊，孟郊与贾岛齐名，人称"郊寒岛瘦"。⑬西台：指宋初西台御史李建中。⑭水仙王：指水仙王祠。⑮"疏影"四句：林逋《山园小梅》诗："疏影横斜水清浅，暗香浮动月黄昏。"⑯苏长公：指苏轼。⑰"读广平"二句：唐代宋璟曾作《梅花赋》，赞美孤梅的玉立冰姿，借以寄意。后为一代名相，封广平郡公，秉公执法，人称有铁石心肠。

【译文】《水经注》里记载："水黑曰卢，不流曰奴；山不连陵曰孤。"说的是水呈黑色称为"卢"，水不流动被山形所制约称为"奴"；山陵不相连称为"孤"。梅花屿在里湖和外湖之间，四面的岩石和山峦没有什么可以依靠、附着，所以叫"孤山"。这里的湖水清澈，明亮的阳光似乎能照穿湖底。亭子的景观秀美，倒映在湖里，就像传说中的蓬莱、方丈与瀛洲三座仙山倒着长在水里。山麓上种有很多梅树，是林和靖放鹤的地方。林逋在孤山隐居，宋真宗让他做官他拒不前往，真宗给他赐号和靖处士。林逋常年喂养两只鹤，平常关在笼子里。每当林逋荡着小船到湖中寺庙游玩，家中来客人时，书童就打开笼子放鹤出来，鹤冲入云霄，旋绕着飞很久，林逋看到后就掉转船头马上回家，这大概是世人传说林逋"鹤起客至"的验证。临终前，林逋留下一首绝句："湖外青山对结庐，坟前修竹亦萧疏。茂陵他日求遗稿，犹喜曾无封禅书。"绍兴十六年即1146年，为了建四圣延祥观，皇上下令将诸座寺院和百姓的坟墓迁往别处，唯独留下了林逋的墓没动。到了元代，杨连真伽挖了林逋的墓，只找到一台端砚，一个玉簪。明代成化十年即1474年，郡守李端将其修复。明代天启年间，有个王道士想在此处种上千棵梅树。云间即今天上海松江的张侗初太史补写了《孤山种梅序》。

袁宏道的《孤山小记》，大意如下：

林逋，这位孤山处士，以梅为妻，以鹤为子，真是世间第一种便宜人。我等只因为有了妻子和孩子，便惹下很多闲事，撇不掉，傍着又觉得烦，就像穿着破衣服走在荆棘上，每走一步都有牵挂。近日，雷峰下有个叫虞僧儒的人，也没有成家，大概是孤山的后身。著有《溪上落花诗》，虽然不知道与林逋相比如何，但一晚上能写出一百五十首，真是神速。至于饮食清淡又参禅，则又超孤山一等。哪个年代没有奇人呢！

张京元写了《孤山小记》，大意如下：

孤山东边的山脚处，有亭子像鸟展翅一般立在那里。林逋当年住的地方，如今都编着篱笆插着荆棘，几大家族纷纷在这里种植桑树、养鱼，从中获得利益，当然也依赖于他们把亭台楼榭稍作修葺，点缀了山景。楚人把弓丢了，捡到弓的仍是楚国人。还问什么是官是民呢？

张京元还写了《萧照画壁》，大意如下：

西湖凉堂，绍兴年间所建。宋高宗要亲临参观。有四堵白色的墙，高两丈，高宗近臣敦促萧照在壁上画山水。萧照受命，当即要了四斗尚方酒，晚上出孤山，每一更就喝一斗，一斗喝完就完成一堵墙的画，画完，萧照也喝得沉沉醉去。高宗到了，看后不禁称绝，下令赏赐金帛。

沈守正的《孤山种梅疏》，大意如下：

西湖之上，草木青翠茂盛，惹人亲近，天气明朗，令人舒畅。唯独孤山郁郁盘曲在两湖之间，水石草木都显得幽深。唐代时楼阁错落，人们在此吟诗作歌，冠绝于两湖。读"不雨山常润，无云水自阴"这样的句子，依然可以想见当时的境况。前往孤山，不走西泠，必沿着湖水，不像今天从望湖折回街市然后进入。这里尚有古梅高耸，据说是林和靖的故居。

李流芳《题孤山夜月图》，大意如下：

我曾经与印持等诸兄在酒后泛着小船，从孤山回来。当时月亮刚上新堤，柳枝倒映在空旷澄净的湖中，风一吹，来回摩擦震荡，像是在镜子里，也像是在画中。我心里早就有这样的画面和意境。1612年，我在小筑，忽然被孟旸写出来，真是在画中啊。

苏轼写有《书林逋诗后》：

吴侬生长湖山曲，呼吸湖光饮山渌。

不论世外隐君子，佣儿贩妇皆冰玉。

先生可是绝俗人，神清骨冷无由俗。

我不识见曾梦见，瞳子瞭然光可烛。

遗篇妙字处处有，步绕西湖看不足。

诗如东野不言寒，书似西台差少肉。

平生高节已难继，将死微言犹可录。

自言不作封禅书，更肯悲吟白头曲。

我笑吴人不好事，好作祠堂傍修竹。

不然配食水仙王，一盏寒泉荐秋菊。

张祜《孤山》诗：

楼台耸碧岑，一径入湖心。

不雨山常润，无云水自阴。

断桥荒藓合，空院落花深。

犹忆西窗月，钟声出北林。

徐渭《孤山玩月》诗：

湖水澹秋空，练色澄初静。

倚棹激中流，幽然适吾性。

举酒忽见月，光与波相映。

西子拂淡妆，遥岚挂孤镜。

座客本玉姿，照耀几筵莹。

暇时吐高怀，四座尽倾听。

却言处士疏，徒抱梅花咏。

如以径寸鱼，蹄涔即成泳。

论久兴弥洽，返棹堤逾迥。

自顾纵清谈，何嫌麈尘柄。

卓敬《孤山种梅》诗：

风流东阁题诗客，潇洒西湖处士家。

雪冷江深无梦到，自锄明月种梅花。

王稚登《赠林纯卿卜居孤山》诗：
藏书湖上屋三间，松映轩窗竹映关。
引鹤过桥看雪去，送僧归寺带云还。
轻红荔子家千里，疏影梅花水一湾。
和靖高风今已远，后人犹得住孤山。

陈鹤《题孤山林隐君祠》诗：
孤山春欲半，犹及见梅花。
笑踏王孙草，闲寻处士家。
尘心莹水镜，野服映山霞。
岩壑长如此，荣名岂足夸。

王思任《孤山》诗：
淡水浓山画里开，无船不署好楼台。
春当花月人如戏，烟入湖灯声乱催。
万事贤愚同一醉，百年修短未须哀。
只怜逋老栖孤鹤，寂寞寒篱几树梅。

张岱写有《补孤山种梅叙》，大意如下：
听闻此处有高人林逋，品格像山一样高，如海一般深。这里的亭子保留了当年的模样，林逋种的梅花和他一样百世流芳。名士之辈虽然随着时代的变化而变迁，胜事自是需要后人来补上。从前林逋在西泠隐居终老，品性如同秋水般高洁，节操如同寒梅般孤清。他在

《山园小梅》中写道："疏影横斜水清浅，暗香浮动月黄昏。"疏影横斜，远映着西湖的清浅；暗香浮动，长久陪伴着这夜月与黄昏。如今人去山空，水依然流淌，梅花依然绽放。梅花飘落像是天空下起了雪，落在墓冢的青苔上。树木烟雾缥缈，恍惚间似是白鹤的羽毛掉进了树林。现如今有位与林逋先生情趣相投的朋友想效仿他，在这里补种千棵梅树，将孤山重新修葺一番。凌寒三友，早与九里松林相连；一枝腊梅破蕊绽放，六桥的桃柳早已凋谢。站在水边，看半树有冰花点缀，等到雪后伸展出枝条，定是低昂铁干。月下的梅花如同美人从林间款款而来，雪中的梅花就像高士横卧山间。这位朋友在白石苍崖上拟建草亭来放养白鹤，在浓山淡水中月下举锄种植梅花。有志者事竟成，没有不完成的约定。他种的梅花将与罗浮和庾岭两山的梅花争艳分香。可以说他是林逋的功臣，苏轼的良友。我辈常为了梦想奔波，应该有前定的因缘。吟诵曲江张九龄的《庭梅吟》，便可见梅花高洁脱俗的风韵。读广平赋，尚能从广平郡公的文字中读出梅花的清雅和广平郡公秉公执法的铁石心肠。让我们一起骑上那灞水之驴去断桥踏雪，看庄子的漆园蝶成群飞来林逋的墓前寻访梅花。不要辜负了这美好时光，应跟着贤人的足迹追寻那梅花的芬芳。

　　张岱的《林和靖墓柱铭》：
　　云出无心，谁放林间双鹤。
　　月明有意，即思冢上孤梅。

关王庙

北山两关王庙，其近岳坟者，万历十五年为杭民施如忠所建①。如忠客燕，涉潞河，飓风作，舟将覆，恍惚见王率诸河神拯救获免，归即造庙祝之，并祀诸河神。冢宰张瀚记之②。其近孤山者，旧祠卑隘。万历四十二年③，金中丞为导首鼎新之。太史董其昌手书碑石记之，其词曰："西湖列刹相望，梵宫之外，其合于祭法者，岳鄂王、于少保与关神而三尔。甲寅秋④，神宗皇帝梦感圣母中夜传诏，封神为伏魔帝君，易兜鍪而衮冕⑤，易大纛而九旒⑥。五帝同尊⑦，万灵受职。视操、懿、莽、温偶奸大物⑧，生称贼臣，死堕下鬼，何啻天渊。顾旧祠湫隘，不称诏书播告之意。金中丞父子爰议鼎新，时维导首，得孤山寺旧址，度材垒土，勒墙墉，庄像设，先后三载而落成。中丞以余实倡议，属余记之。余考孤山寺，且名永福寺。唐长庆四年⑨，有僧刻《法华》于石壁。会元微之以守越州⑩，道出杭，而杭守白乐天为作记。有九诸侯率钱助工，其盛如此。成毁有数，金石可磨，越数百年而祠帝君。以释典言之，则旧寺非所谓现天大将军身，而今祠非所谓现帝释身者耶。至人舍其生而生在，杀其身而身存。孔曰成仁，孟曰取义，与《法华》一大事之旨何异也。彼谓忠臣义士犹待坐蒲团、修观行而后了生死者，妄矣。

然则石壁岿然，而石经初未泐也。顷者四川奸叛⑪，神为助力，事达宸聪，非同语怪。惟辽西黠卤，尚缓天诛⑫，帝君能报曹而有不报神宗者乎？左挟鄂王，右挟少保，驱雷部，掷火铃，昭陵之铁马嘶风，蒋庙之塑兵濡露，谅荡魔皆如蜀道矣。先是金中丞抚闽，藉神之告，屡歼倭夷，上功盟府，故建祠之费，视众差巨，盖有凤意云。"寺中规制精雅，庙貌庄严，兼之碑碣清华，柱联工确，一以文理为之，较之施庙，其雅俗真隔霄壤。

　　董其昌的《孤山关王庙柱铭》：
　　忠能择主，鼎足分汉室君臣。
　　德必有邻，把臂呼岳家父子。

　　宋兆禴的《关帝庙柱联》：
　　从真英雄起家，直参圣贤之位。
　　以大将军得度，再现帝王之身。

　　张岱的《关帝庙柱对》：
　　统系让偏安，当代天王归汉室。
　　《春秋》明大义，后来夫子属关公。

【注释】①万历十五年：即1587年。②张瀚：字子文，万历年间吏部尚书。③万历四十二年：即1614年。④甲寅：指万历四十三年（1615）。⑤兜鍪：古代战士戴的头盔。衮冕：古代皇帝及上公的礼服和礼冠。⑥大纛：古时军队或仪仗队的大旗。九旒：古时官冕上的九串垂珠。⑦五帝：传说中的东方青帝、南方赤帝、中央黄帝、西方白帝、北方黑帝等五个大帝。⑧操：曹操（155—220），字孟德，三国中曹魏政权的奠基人。其子曹丕代汉称帝。懿：司马懿（178—251），字仲达，西晋王朝的奠基人。其孙司马炎代魏称帝。莽：王莽（前45—23），字巨君，西汉末年为大将军，称帝，改国号为新。温：桓温（312—373），字元子，以大司马专权，企图废晋自立。⑨长庆四年：即824年。⑩元微之：元稹（779—831），字微之，唐代著名诗人、文学家。⑪四川歼叛：指击溃四川张献忠的起义军。⑫辽西黠卤：指当时关外的后金（清）政权。卤：应为"虏"，此为张岱避清人忌讳而改。

【译文】北山有两座关王庙。靠近岳坟的这座，由杭州百姓施如忠在万历十五（1587年）修建。施如忠到燕地做客，经过潞河，天刮起了狂风，差点把船刮翻，恍惚间看到关王率领诸位河神前来相救，躲过一难，回来即建造庙堂供奉关王，并祭祀诸位河神。冢宰张瀚将此事记录了下来。靠近孤山的这座，原先的祠堂低矮、狭窄，金中丞带头在万历四十二年（1614年）进行了翻新。太史董其昌亲自书写碑文进行纪念。碑文中写道："西湖有一众寺院，梵宫之外，合于祭法的，有岳鄂王、于少保和关神三人。1614年的秋天，明神宗梦中看到圣母在半夜传诏，封关神为伏魔帝君。关神脱下头盔，换上礼服和礼冠，撤下战旗，戴上有九串垂珠的冠冕。五位天帝同尊，万灵听命。把曹操、司马懿、王莽、桓温归为奸人，他们在世时被称为贼臣，死后被打入地狱，岳鄂王、于少保和关圣三人与他们有着天壤之别。看原来的祠堂低矮狭小，与诏书的旨意不符，金中丞父子提议除旧革新，带头寻得孤山寺的旧址，量木材、翻土、盖墙，摆置塑像，先后历经三年而建成。中丞因我先提出建议，嘱咐我记录此事。根据考据，我了解到孤山寺又名永福寺。唐长庆四年即824年，有僧人在石壁上凿刻了《法华经》。适逢元微之驻守越州，兴建交通，修出杭的通道，杭州太守白居易为其作记。有九诸侯捐钱资助动工，可以想见当年的盛况。成败自有定数，金石禁得住打磨。经历数百年，孤山寺今天成为帝君的祠堂。用佛经的话说，原先的寺庙不是所谓的天大将军现身，今天的祠堂不是所谓的帝释显灵。至人舍弃生命而生命在，杀其身体而身体长存。孔子说成仁，孟子说取义，与《法华经》讲的大事主旨无异。他们说忠臣义士尚且得等坐蒲团、修观行之后才能参透生死，这真是虚妄。那么石壁稳稳地立在那里，起初并没有刻上经文。很快四川张献忠的起义军被击溃，是神灵助力，直达天听，不是谈论神怪。只有辽西黮卤这关外的后金政权尚没有被消灭，哪有帝君能帮助曹操而不报神宗的？左挟岳鄂王，右挟于少保，驱使雷部，投掷火铃，昭陵的铁马迎风嘶叫，蒋庙的士兵塑像沾染着雨露。想来扫荡敌寇都如把他们围困在蜀道一样。先是金中丞在闽地做巡抚，借着神灵相助，屡次歼灭倭寇，功绩卓著，所以建祠的费用，看着差距巨大，想必建成是他一直以来的夙愿。"寺中规格制式精致优雅，庙宇神像庄严，加上碑碣清秀美丽，柱联工整明确，很是有条理，较之于施公庙，雅俗真是天壤之别。

董其昌的《孤山关王庙柱铭》：
忠能择主，鼎足分汉室君臣。
德必有邻，把臂呼岳家父子。

宋兆禴的《关帝庙柱联》：
从真英雄起家，直参圣贤之位。

以大将军得度，再现帝王之身。

张岱的《关帝庙柱对》：
统系让偏安，当代天王归汉室。
春秋明大义，后来夫子属关公。

苏小小墓

苏小小者，南齐时钱塘名妓也。貌绝青楼，才空士类，当时莫不艳称。以年少早卒，葬于西泠之坞，芳魂不殁，往往花间出现。宋时有司马槱者，字才仲，在洛下梦一美人，搴帷而歌[①]，问其名，曰："西陵苏小小也。"问歌何曲？曰："《黄金缕》。"后五年，才仲以东坡荐举，为秦少章幕下官[②]，因道其事。少章异之，曰："苏小之墓，今在西泠，何不酹酒吊之[③]。"才仲往寻其墓拜之。是夜，梦与同寝，曰："妾愿酬矣。"自是幽昏三载[④]，才仲亦卒于杭，葬小小墓侧。

西陵苏小小诗：
妾乘油壁车，郎跨青骢马。
何处结同心，西陵松柏下。

又词：

妾本钱塘江上住，花落花开，不管流年度。燕于衔将春色去，纱窗几阵黄梅雨。

斜插玉梳云半吐，檀板轻敲，唱彻黄金缕。梦断彩云无觅处，夜凉明月生南浦。

李贺《苏小小》诗：

幽兰露，如啼眼。无物结同心，烟花不堪剪。草如茵，松如盖。风为裳，水为珮。油壁车，久相待。冷翠烛，劳光彩。西陵下，风吹雨。

沈原理《苏小小歌》：

歌声引回波⑤，舞衣散秋影。梦断别青楼，千秋香骨冷。青铜镜里双飞鸾，饥乌吊月啼勾栏。风吹野火火不灭，山妖笑入狐狸穴。西陵墓下钱塘潮，潮来潮去夕复朝。墓前杨柳不堪折，春风自绾同心结。

元遗山《题苏小像》⑥：

槐荫庭院宜清昼，帘卷香风透。美人图画阿谁留，都是宣和名笔内家收⑦。

莺莺燕燕分飞后，粉浅梨花瘦。只除苏小不风流，斜插一枝萱草凤钗头。

徐渭《苏小小墓》诗：

一抔苏小是耶非，绣口花腮烂舞衣。

自古佳人难再得，从今比翼罢双飞。

蕹边露眼啼痕浅，松下同心结带稀。

恨不颠狂如大阮⑧，欠将一曲恼兵闺。

【注释】①洛下：指洛阳城。搴帷：撩起帷幕。②秦少章：秦观弟弟，宋代文人。③酹酒：指以酒浇地，表示祭奠。④幽昏：亦作"幽婚"，魏晋志怪小说中指人与鬼结婚。⑤回波：乐曲名。唐中宗的时候创造，例以"回波尔时"四字起始。⑥元遗山：即元好问（1190—1257），字裕之，号遗山，世称遗山先生，金元之际的诗人。⑦内家：皇宫。⑧大阮：即阮籍（210—263），竹林七贤之一，蔑视礼俗，放浪形骸。

【译文】苏小小是南齐时钱塘的名妓。长得很漂亮，才华也很出众，当时人们都称道她的惊艳。年纪轻轻就死了，葬于西泠之坞。但芳魂仍在，常常在花间出没。宋朝的时候，有个男子叫司马槱，字才仲，在洛阳的时候梦到一个美女撩起帷幕唱歌，便问她的名字，对方答道："我是西泠的苏小小。"问她唱的什么曲子，她说："《黄金缕》。"五年后，司马槱受到苏轼的推荐，在秦观弟弟秦少章手下做官。他将当年所梦之事告诉秦少章，秦少章很是惊异，对司马槱说道："苏小小的墓，就在西泠，何不去凭吊一下？"于是司马槱前往寻找苏小小的墓祭拜她。这天夜里，梦中与苏小小同寝，苏小小说："妾身愿意报答您。"从此，与苏小小幽婚。三年后，司马槱也死于杭州，死后就葬在苏小小墓的旁边。

苏小小留诗一首：
妾乘油壁车，郎跨青骢马。
何处结同心，西陵松柏下。

留词一首：

妾本钱塘江上住，花落花开，不管流年度。燕于衔将春色去，纱窗几阵黄梅雨。

斜插玉梳云半吐，檀板轻敲，唱彻黄金缕。梦断彩云无觅处，夜凉明月生南浦。

李贺写有《苏小小》一诗：

幽兰露，如啼眼。无物结同心，烟花不堪剪。草如茵，松如盖。风为裳，水为珮。油壁车，久相待。冷翠烛，劳光彩。西陵下，风吹雨。

沈原理写有《苏小小歌》：

歌声引回波，舞衣散秋影。梦断别青楼，千秋香骨冷。青铜镜里双飞鸾，饥乌吊月啼勾栏。风吹野火火不灭，山妖笑入狐狸穴。西陵墓下钱塘潮，潮来潮去夕复朝。墓前杨柳不堪折，春风自绾同心结。

元遗山写有《题苏小像》：

槐荫庭院宜清昼，帘卷香风透。美人图画阿谁留，都是宣和名笔内家收。

莺莺燕燕分飞后，粉浅梨花瘦。只除苏小不风流，斜插一枝萱草凤钗头。

徐渭写有《苏小小墓》一诗：

一抔苏小是耶非，绣口花腮烂舞衣。

自古佳人难再得，从今比翼罢双飞。

蕰边露眼啼痕浅，松下同心结带稀。

恨不颠狂如大阮，欠将一曲恸兵闱。

陆宣公祠

孤山何以祠陆宣公也①？盖自陆少保炳，为世宗乳母之子②，揽权怙宠③，自谓系出宣公，创祠祀之。规制宏厂，吞吐湖山。台榭之盛，概湖无比。炳以势焰，孰有美产，即思攫夺。旁有故锦衣王佐，别墅壮丽④，其孽子不肖，炳乃罗织其罪⑤，勒以献产。捕及其母，故佐妾也。对簿时，子强辩。母膝行前⑥，道其子罪甚详。子泣，谓母忍陷其死也。母叱之曰："死即死，尚何说！"指炳座顾曰："而父坐此非一日，作此等事亦非一日，而生汝不肖子，天道也，汝死犹晚！"炳颊发赤，趣遣之出，弗终夺。炳物故⑦，祠没入官，以名贤得不废。隆庆间，御史谢廷杰以其祠后增祀两浙名贤，益以严光、林逋、赵忭、王十朋、吕祖谦、张九成、杨简、宋濂、王琦、章懋、陈选⑧。会稽进士陶允宜以其父陶大临自制牌版，令人匿之怀中，窃置其旁。时人笑其痴孝。

祁彪佳《陆宣公祠》诗：
东坡佩服宣公疏，俎豆西泠蘋藻香⑨。
泉石苍凉存意气，山川开涤见文章。
画工界画增金碧，庙貌巍峨见冕皇。

陆炳湖头夸势焰，崇韬乃敢认汾阳^⑩。

【注释】①陆宣公：陆贽（754—805），字敬舆，唐代嘉兴人。著名的政治家、文学家、政论家。官至宰相，谥宣。②陆少保炳：陆炳，明世宗乳母子。掌管锦衣卫，权倾朝野。世宗，即嘉靖帝朱厚熜。③怙宠：倚仗恩宠。④王佐：曾掌管锦衣卫，后为陆炳所代。⑤罗织：虚构种种罪名，对无辜者加以诬陷。⑥膝行：双腿跪着往前走。⑦物故：亡故，去世。⑧严光：名遵，字子陵。东汉著名隐士。王十朋：字龟龄，号梅溪。南宋著名政治家、诗人，爱国名臣。吕祖谦：字伯恭，世称东莱先生，南宋著名理学家、文学家。张九成：字子韶，号无垢，南宋官员、理学家。杨简：字敬仲，号慈湖，世称慈湖先生。南宋学者。宋濂：字景濂，号潜溪，与高启、刘基并称为"明初诗文三大家"，与章溢、刘基、叶琛并称为"浙东四先生"。王琦：宋代官员，与杨简并称"直友"。章懋：字德懋，世称枫山先生。陈选：字士贤，明代广东布政使。⑨俎豆、蘋藻：古时的祭品。⑩"崇韬"句：讽刺陆炳冒认陆贽为祖先。

【译文】人们为何会在孤山祭祀陆宣公呢？大概是因为少保陆炳。陆炳是明世宗乳母的儿子，倚仗着恩宠揽权，说自己是陆宣公的后人，于是便建立祠庙祭祀陆宣公。陆宣公祠规格形制恢弘无比，可将湖山吞入吞出。亭台楼榭之盛，西湖别处难与争锋。陆炳仗着权势而气焰嚣张，谁有名物田产，都思量着夺取。旁边有已故的锦衣卫王佐的别墅很壮观美丽，陆炳见后便想着夺来。王佐的儿子不肖，陆炳于是虚构种种罪名，对他加以诬陷，勒令他献出房产。陆炳抓捕了他的母亲，即王佐的小妾。公堂之上对簿时，王佐的儿子强行辩解。他的母亲双腿跪着前行，详细地罗列了儿子的罪行。儿子痛哭，质问母亲何故要置自己于死地。其母大声斥责道："死就死，还有什么好说的！"指着陆炳座位的方向，回头说："你父亲坐这个位置不是一天两天了，做这种事也不是一天两天了。生你这个不肖子，都是天意，你死得还晚了！"一番话说得陆炳两颊泛红，他把母子二人赶出来，最终没有掠夺王佐的别墅。陆炳去世后，陆宣公祠被收入官家，因陆宣公的贤名而没有被废。明代隆庆年间，御史谢廷杰在祠内增设两浙名贤来祭祀，有严光、林逋、赵忭、王十朋、吕祖谦、张九成、杨简、宋濂、王琦、章懋、陈选共计十一人。会稽进士陶允宜自制了父亲陶大临的牌位，命人藏到怀里，偷偷地放到这些人的旁边。当时人们都笑陶允宜痴孝。

祁彪佳写有《陆宣公祠》一诗：
东坡佩服宣公疏，俎豆西泠蘋藻香。
泉石苍凉存意气，山川开涤见文章。
画工界画增金碧，庙貌巍峨见裔皇。
陆炳湖头夸势焰，崇韬乃敢认汾阳。

六一泉

六一泉在孤山之南，一名竹阁，一名勤公讲堂。宋元祐六年[1]，东坡先生与惠勤上人同哭欧阳公处也[2]。勤上人讲堂初构，掘地得泉，东坡为作泉铭。以两人皆列欧公门下，此泉方出，适哭公讣，名以六一，犹见公也。其徒作石屋覆泉，且刻铭其上。南渡高宗为康王时，常使金，夜行，见四巨人执殳前驱。登位后，问方士，乃言紫薇垣有四大将，曰：天蓬、天猷、翊圣、真武。帝思报之，遂废竹阁，改延祥观，以祀四巨人。至元初，世祖又废观为帝师祠。泉没于二氏之居二百余年③。元季兵火，泉眼复见，但石屋已圮，而泉铭亦为邻僧舁去。洪武初，有僧名行升者，锄荒涤垢，图复旧观。仍树石屋，且求泉铭，复于故处。乃欲建祠堂，以奉祀东坡、勤上人，以参寥故事④，力有未逮。教授徐一夔为作疏曰⑤："眷兹胜地，实在名邦。勤上人于此幽栖，苏长公因之数至。迹分缃素⑥，同登欧子之门；谊重死生，会哭孤山之下。惟精诚有感通之理，故山岳出迎劳之泉。名聿表于怀贤，忱式昭于荐菊。虽存古迹，必肇新祠。此举非为福田，实欲共成胜事。儒冠僧衲，请恢雅量以相成；山色湖光，行与高峰而共远。愿言乐助，毋诮滥竽。"

苏轼《六一泉铭》：

欧阳文忠公将老，自谓六一居士。予昔通守钱塘，别公于汝阴而南。公曰："西湖僧惠勤，甚文而长于诗，吾昔为《山中乐》三章以赠之。子闲于民事，求人于湖山间而不可得，则往从勤乎？"予到官三日，访勤于孤山之下，抵掌而论人物，曰："六一公，天人也。人见其暂寓人间，而不知其乘云驭风，历五岳而跨沧海也。此邦之人，以公不一来为恨。公麾斥八极，何所不至。虽江山之胜，莫适为主⑦，而奇丽秀绝之气，常为能文者用。故吾以为西湖盖公几案间一物耳。"勤语虽怪幻，而理有实然者。明年公薨，予哭于勤舍。又十八年，予为钱塘守，则勤亦化去久矣。访其旧居，则弟子二仲在焉。画公与勤像，事之如生。舍下旧无泉，予未至数月，泉出讲堂之后，孤山之趾，汪然溢流，甚白而甘。即其地凿岩架石为室。二仲谓："师闻公来，出泉以相劳苦，公可无言乎？"乃取勤旧语，推本其意，名之曰"六一泉"。且铭之曰："泉之出也，去公数千里，后公之没十八年，而名之曰'六一'，不几于诞乎？曰：君子之泽，岂独五世而已，盖得其人，则可至于百传。常试与子登孤山而望吴越，歌山中之乐而饮此水，则公之遗风余烈，亦或见于此泉也。"

白居易《竹阁》诗：

晚坐松檐下，宵眠竹阁间。

清虚当服药，幽独抵归山。

巧未能胜拙，忙应不及闲。

无劳事修炼，只此是玄关。

【注释】①元祐六年：即1091年。②惠勤上人：余杭人，北宋诗僧。欧阳公：即欧阳修。③二氏之居：指道观与寺院。④参寥：指僧人道潜。⑤徐一夔：字惟精，又字大章，号始丰，明初任杭州府学教授。⑥缁素：指僧俗，僧徒衣缁，俗众服素，故以此代称。⑦莫适为主：不知道有谁主宰。

【译文】六一泉在孤山的南边，又名竹阁，也叫勤公讲堂。宋元祐六年（1091年），东坡先生与惠勤上人一同在此哭拜欧阳公。勤上人初建讲堂的时候，掘地挖到一口泉，东坡先生写了篇铭来纪念此泉。因两人都是欧阳修先生的门生，挖到这口泉的时候，适逢欧阳修先生去世，以先生的号"六一"来命名，就像又见到了先生。勤上人的徒弟在泉上方盖上石屋，并刻了铭文。宋高宗做康王的时候，常出使全国，有一天晚上赶路，看到前面有四个巨人如同先锋部队的士兵。登位后，问方士，方士说紫薇垣有四位大将，分别是天蓬、天猷、翊圣和真武。高宗想着回报他们，于是就废弃竹阁，改建延祥观，来祭祀四位巨人。元代至元初年，世祖又废延祥观，改为帝师祠。二百余年，此泉隐没在佛道两家的寺观。元代末年，发生战乱，泉又得以复现，但石屋已经坍塌，泉铭也被邻僧抬走。明代洪武初年，僧人行升锄地开荒，清除打理，以图将其恢复旧时面貌。仍旧盖了石屋，而且求得泉铭，放在原处。于是想建祠堂，供奉苏东坡、勤上人，因仿参寥旧事，虽有意愿却没做到。教授徐一夔作疏写道："念这处胜地，实在是有名之邦。勤上人在此处栖息，东坡先生常来拜访。虽一僧一俗，两人同为欧阳修先生门生，友情深厚，在孤山下一起哭拜欧阳先生。精诚所至，山上涌出泉水来慰劳他们。名义上是为了表达怀念六一居士的心情，这种热忱更胜过'一盏寒泉荐秋菊'的诗情。虽然古迹尚存，必得建造新祠。此举并非是为了积累福报，实在是想一起成就此事。读书人、出家人，请用大量看待此事；湖光山色，与矗立的高峰共远。愿说我乐于相助，而不是讽笑我滥竽充数。

苏轼的《六一泉铭》，大意如下：

欧阳修先生年老的时候，给自己取个了号叫"六一居士"。当年我要到杭州做知州，上任前去汝阴南与他拜别，先生说："僧人惠勤在西湖，擅长作文写诗，我早前写了三章《山中乐》送给他。你政事不忙的时候，找不到一起畅游湖光山色的人，不妨去找他。"到杭州第三天，我去孤山下拜访惠勤，与他高兴地评人论事，他拍手说："欧阳修先生，真是神人。我们见他暂住在人间，而不知他能乘着风驾驭云，历经五岳而跨越沧海。此地的人，遗憾先生不曾来这里。先生气概不凡，没有达不到的地方。江山之胜，不知由谁来主宰。奇丽秀绝之气，常能为文人所用。所以我觉得西湖不过是先生案几上的一物件而已。"惠勤说的虽然有点怪异虚幻，但确实有几分道理。第二年，欧阳修先生去世，我在惠勤住处同他一起痛哭。又过了十八年，我来杭州做太守，惠勤已经圆寂多年。拜访他的旧居，见到了他的弟子二仲。二仲画欧阳修先生与惠勤像，像他们还在一样对待。屋下旧时没有泉，我来后没有几个月，泉水从讲堂后边流出来，孤山的山脚，泉水汩汩流出，清澈而甘甜。在出泉处凿刻岩石盖房。二仲说："师傅听说先生来了，出泉以慰劳先生一路辛苦，先生可有话说？"于是脑海里浮现惠勤先前说过的话，推想他的本意，给泉命名为"六一泉"。而且作铭记录："泉流出的地方，离先生有数千里，后来先生去世十八年，而将其命名为"六一"，是不是很怪呢？你曾说：'君子的恩泽，岂是仅绵延五世而已？如果得到合适的人，则可传于后世百代。'我平时常与你登孤山而眺望吴越这片土地，歌山中之乐而饮此水，则欧阳公的遗风，或许可以从这泉略窥一二。"

葛岭

葛岭者，葛仙翁稚川修仙地也[1]。仙翁名洪，号抱朴子，句容人也。从祖葛玄[2]，学道得仙术，传其弟子郑隐。洪从隐学，尽得其秘。上党鲍玄妻以女③。咸和初，司徒导召补主簿④，干宝荐为大著作⑤，皆同辞。闻交趾出丹砂⑥，独求为勾漏令⑦。行至广州，刺史郑岳留之，乃炼丹于罗浮山中，如是者积年。一日，遗书岳曰："当远游京师，克期便发⑧。"岳得书，狼狈往别⑨，而洪坐至日中⑩，兀然若睡⑪，卒年八十一。举尸入棺，轻如蝉蜕，世以为尸解仙去⑫。智果寺西南为初阳台，在锦坞上，仙翁修炼于此。台下有投丹井，今在马氏园。宣德间大旱，马氏甃井得石匣一⑬，石瓶四。匣固不可启。瓶中有丸药若芡实者，啖之，绝无气味，乃弃之。施渔翁独啖一枚，后年百有六岁。浚井后，水遂淤恶不可食，以石匣投之，清冽如故。

祁豸佳《葛岭》诗⑭：
抱朴游仙去有年，如何姓氏至今传。
钓台千古高风在，汉鼎虽迁尚姓严。

勾漏灵砂世所稀，携来烹炼作刀圭。
若非渔子年登百，几使还丹变井泥。

平章甲第半湖边，日日笙歌入画船。
循州一去如烟散，葛岭依然还稚川。

葛岭孤山隔一丘，昔年放鹤此山头。
高飞莫出西山缺，岭外无人勿久留。

【注释】①稚川，道家传说的仙都，稚川真君的居所。②从祖：祖父的亲兄弟。③上党：地名，在今天的山西长治。鲍玄：东晋南海太守，喜好道教。④司徒导：王导（276—339），字茂弘。曾为东晋司徒。主簿：古代官名，是各级主官属下掌管文书的佐吏。⑤干宝：字令升。东晋时领修国史，撰有《搜神记》。大著作：朝廷中负责修史的官职。⑥交趾：州名，辖区为今天的两广大部分及越南北部地区。⑦勾漏：县名，在今天的广西北流。⑧克期：在严格规定的期限内。⑨狼狈：急速，急忙。⑩日中：指日头正当午；中午。⑪兀然：依旧。⑫尸解：真身离开。⑬甃井：指北方农村开挖大井或者淘出小井以后必须的一项工程。⑭祁豸佳：祁彪佳的从弟。明末文士。

【译文】葛岭，是葛仙翁修仙的地方。仙翁名叫葛洪，号抱朴子，今江苏句容人。葛玄是葛洪的从祖，学道，修得仙术，并将所学传授给弟子郑隐。葛洪跟随郑隐学习，学到了其中的奥秘。上党的鲍玄把女儿嫁给他做妻子。咸和初年，司徒导招葛洪做公府内负责文书簿籍的官员，干宝推荐他做著作郎负责修史，他都推辞掉了。听说交趾州产丹砂，他便求做勾漏的县令。到达广州，刺史郑岳说服他留下，于是他就在罗浮山里炼丹，这样过了很多年。一天，他留信给郑岳，信里写道："我将远游京师，定按时出发。"郑岳看到信，急忙前去给他送别，而葛洪已过世。日头正当午，葛洪坐在那里依旧像睡着一样，享年81岁。抬着他的尸体放进棺木，身体轻盈如蝉蜕，世人都说他的真身已经离去当神仙了。智果寺的西南方有初阳台，在锦坞之上，葛洪在此修炼。初阳台下有投丹井，如今在马氏园内。宣德年间天气大旱，有一个姓马的人挖井的时候挖到一个石匣，四个石瓶。石匣坚固得打不开。石瓶中有药丸，样子像芡实，尝了尝，没有气味，于是就扔掉了。有个姓施的渔夫吃了一颗，后来活了一百零六岁。井挖通后，井水有泥沙不能食用，将石匣子投到水里，井水就变清澈了。

祁豸佳写有《葛岭》诗：
抱朴游仙去有年，如何姓氏至今传。
钓台千古高风在，汉鼎虽迁尚姓严。

勾漏灵砂世所稀，携来烹炼作刀圭。
若非渔子年登百，几使还丹变井泥。

平章甲第半湖边，日日笙歌入画船。
循州一去如烟散，葛岭依然还稚川。

葛岭孤山隔一丘，昔年放鹤此山头。
高飞莫出西山缺，岭外无人勿久留。

苏公堤

杭州有西湖，颍上亦有西湖①，皆为名胜，而东坡连守二郡。其初得颍，颍人曰：“内翰只消游湖中②，便可以了公事。”秦太虚因作一绝云③：“十里荷花菡萏初④，我公身至有西湖。欲将公事湖中了，见说官闲事亦无。"后东坡到颍，有谢执政启云："入参两禁，每玷北扉之荣[5]；出典二邦[6]，迭为西湖之长。"故其在杭，请浚西湖，聚葑泥，筑长堤，自南之北，横截湖中，遂名苏公堤。夹植桃柳，中为六桥。南渡之后，鼓吹楼船，颇极华丽。后以湖水漱啮[7]，堤渐凌夷[8]。入明，成化以前，里湖尽为民业，六桥水流如线。正德三年[9]，郡守杨孟瑛辟之，西抵北新堤为界，增益苏堤，高二丈，阔五丈三尺，增建里湖六桥，列种万柳，顿复旧观。久之，柳败而稀，堤亦就圮。嘉靖十二年[10]，县令王钸令犯罪轻者种桃柳为赎，红紫灿烂，错杂如锦。后以兵火，砍伐殆尽。万历二年[11]，盐运使朱炳如复植杨柳，又复灿然。迨至崇祯初年，堤上树皆合抱。太守刘梦谦与士夫陈生甫辈时至。二月，作胜会于苏堤。城中括羊角灯、纱灯几万盏，遍挂桃柳树上，下以红毡铺地，冶童名妓[12]，纵饮高歌。夜来万蜡齐烧，光明如昼。湖中遥望堤上万蜡，湖影倍之。萧管笙歌，沉沉昧旦[13]。传之京师，太守镌级[14]。因想东坡守杭之日，春时每遇休暇，必约客湖上，早食于山水佳处。饭毕，每客一舟，令队长一人，各领数妓，任其所之。晡后鸣锣集之，复会望湖亭或竹阁，极欢而罢。至一、二鼓，夜市犹未散，列烛以归，城中士女夹道云集而观之[15]。此真旷古风流，熙世乐事，不可复追也已。

张京元《苏堤小记》：

苏堤度六桥，堤两旁尽种桃柳，萧萧摇落。想二三月，柳叶桃花，游人阗塞[16]，不若此时之为清胜。

李流芳《题两峰罢雾图》：

三桥龙王堂，望西湖诸山，颇尽其胜。烟林雾障，映带层叠；淡描浓抹，顷刻百态。非董、巨妙笔⑰，不足以发其气韵。余在小筑时，呼小舟桨至堤上，纵步看山，领略最多。然动笔便不似。甚矣，气韵之难言也。予友程孟旸《湖上题画》诗云："风堤露塔欲分明，阁雨萦阴两未成。我试画君团扇上，船窗含墨信风行。"此景此诗，此人此画，俱属可想。癸丑八月清晖阁题⑱。

苏轼《筑堤》诗：

六桥横截天汉上，北山始与南屏通。
忽惊二十五万丈，老葑席卷苍烟空。

昔日珠楼拥翠钿，女墙犹在草芊芊。
东风第六桥边柳，不见黄鹂见杜鹃。

又诗：

惠勤、惠思皆居孤山。苏子倅郡，以腊日访之，作诗云：
天欲雪时云满湖，楼台明灭山有无。
水清石出鱼可数，林深无人鸟相呼。
腊月不归对妻孥，名寻道人实自娱。
道人之居在何许，宝云山前路盘纡。
孤山孤绝谁肯庐，道人有道山不孤。
纸窗竹屋深自暖，拥褐坐睡依团蒲。

天寒路远愁仆夫，整驾催归及未晴。

出山回望云水合，但见野鹤盘浮屠。

兹游淡泊欢有余，到家恍如梦蘧蘧。

作诗火急追亡逋，清景一失后难摹。

王世贞《泛湖度六桥堤》诗：

拂憾莺啼出谷频，长堤天矫跨苍旻。

六桥天阔争虹影，五马飙开散曲尘。

碧水乍摇如转盼，青山初沐竞舒颦。

莫轻杨柳无情思，谁是风流白舍人[20]？

李鉴龙《西湖》诗：

花柳曾闻暗六桥，近来游舫甚萧条。

折残画阁堤边失，倒入山光波上摇。

秋水湖心眸一点，夜潭塔影黛双描。

兰亭感慨今移此，痴对雷峰话寂寥。

【注释】①颖上：县名，在今天的安徽西北部。②内翰：此处指苏轼，因苏轼曾为翰林院学士，故称。③秦太虚：即秦观（1049—1100），字少游，号太虚。北宋著名词人。④菡萏：荷花的别名。⑤两禁：指翰林院。北宋时，翰林学士直舍在皇宫北门两侧，故以"两禁"借指翰林院。北扉：即北门，古代翰林院的门是向北开的，所以用"北扉"指代翰林院。⑥出典：指出而执掌某种官职。⑦漱啮：水的冲蚀。⑧凌夷：衰落，衰败。⑨正德三年：即1508年。⑩嘉靖十二年：即1533年。⑪万历二年：即1574年。⑫冶童：打扮妖艳的女子。⑬昧旦：指天将亮的时间。⑭镌级：降低官阶，降职。⑮士女：旧指男女或未婚男女。泛指人民、百姓。⑯阗塞：拥塞。⑰董：指南唐画家董源。巨：指宋代画家巨然。⑱癸丑：指万历四十一年（1613）。⑲幰：车上的帷幔。表示官位。⑳白舍人：指白居易。因白居易曾为杭州刺史及中书舍人，故名。

【译文】杭州有西湖，颍上也有西湖，两处西湖都因风景优美而声名远扬，苏轼在这两个地方都当过太守。刚当颍上太守，颍上的百姓就说："苏公只须到湖中游逛，就可以把公事办了。"秦观因此写了一首绝句："十里荷花菡萏初，我公身至有西湖。欲将公事湖中了，见说官闲事亦无。"大意是说西湖的十里荷花还未开，苏公前来西湖做官。苏公要在湖中把公事办妥，与友人相见人说为官清闲、没什么事做。苏轼到颍上后，有谢执政上书道："在朝则出入皇宫和翰林院，有辱翰林院的荣光；出来做官，又在在杭州、颍上两处仿佛成了西湖之长。"苏轼在杭州任上的时候，奏请朝廷疏浚西湖，他聚积葑泥，修筑长堤，该堤从南往北，横截湖中，取名为苏公堤。堤岸两旁栽种桃树柳树，长堤中间是六桥。宋王朝南渡后，西湖中吹吹打打的楼船极其华丽。后来由于湖水的冲刷侵蚀，堤岸逐渐塌坏。到了明代，在成化之前，里湖全成了百姓的产业，六桥的水流细得像线一样。正德（1508年），杭州太守杨孟瑛开辟西湖，西边到达北新堤，并以北新堤为界。扩建苏堤，使苏堤高至两丈，宽至五丈三尺，在里湖增建六桥，分列栽种万株柳树，苏堤顿时就恢复了旧时的风貌。时间久了，柳树渐渐衰败，日见稀少，堤岸也日趋坍塌。嘉靖十二年（即1533年），县令王钺命令刑罚轻的罪犯栽种桃树柳树来赎罪，结果姹紫嫣红，鲜艳灿烂，相互错杂如同锦缎。后来因为战乱的原因，桃树柳树几乎被砍完。万历二年（1574年），盐运使朱炳如重新又种上杨树柳树，苏堤恢复了明艳鲜丽的样子。到了崇祯初年，苏堤的树都长得很粗了，需要合抱才能抱住。太守刘梦谦跟文人陈生甫一群人，到了二月，就会在苏堤举办盛会。从城中搜罗来无数羊角灯和纱灯，挂在苏堤两岸的桃树和柳树上，树下铺上红毡，招来打扮光鲜的歌妓，纵情欢饮高歌。晚上，将无数蜡烛一起点燃，明亮得如同白天。从湖中远看苏堤的灯光，发现湖中的倒影更加亮堂。各种乐器吹吹打打，吹呀、唱呀，要闹腾到将近天亮才肯罢休。这事传到京城，太守被降级处分。想起苏轼在杭州当太守的时候，春天每逢休假有空时，定会邀上几个朋友到西湖，在山水优美处吃早餐。吃完早餐，给每个朋友一只船，船上有队长一人，带领几个妓子，任由他们去湖上游逛。下午四五点钟后敲锣示意集合，再去望湖亭或竹阁聚会，尽情欢聚后才结束。到一更、二更时，夜市还没有散场，苏轼他们就打着烛火回府。城中的百姓云集在街道两旁观看。这真是空前的风流潇洒，此等盛世的乐事，后人再难遇到。

张京元写有《苏堤小记》，大意如下：

苏堤上有六座桥。堤岸两边遍种桃树和柳树，凋残，零落。想着二三月的时候，柳叶舒展，桃花盛开，游人拥塞苏堤，不像此时清静胜意。

李流芳写有《题两峰罢雾图》，大意如下：

在苏堤第三桥的龙王堂，远看西湖群山，湖山之胜，一览无余。树林烟雾缥缈，层层叠叠的景物相互映衬。仿佛经过一番浓妆淡抹，顷刻间显现多种姿态。非画家董源、巨然的妙笔，画不出如此气韵。我

住在西湖边小筑时，叫一小船划到堤上，放开脚步走，此处看山最能
领略山景的绝妙。然落笔写下来，却写不出那种味道。罢了，气韵是很
难用语言表达的。我的好友程孟旸写了一首诗《湖上题画》，诗中写
道："风堤露塔欲分明，阁雨萦阴两未成。我试画君团扇上，船窗含墨
信风行。"此景此诗，此人此画，脑海中浮现景、诗、画的画面。癸丑年
(1613年)，这年的八月在清晖阁题记。

苏轼写有《筑堤》一诗：
六桥横截天汉上，北山始与南屏通。
忽惊二十五万丈，老葑席卷苍烟空。
昔日珠楼拥翠钿，女墙犹在草芊芊。
东风第六桥边柳，不见黄鹂见杜鹃。

还写有一首诗：
惠勤、惠思都住在孤山上。苏轼到杭州做官，腊八节这天前来拜
访。作诗一首：
天欲雪时云满湖，楼台明灭山有无。
水清石出鱼可数，林深无人鸟相呼。
腊月不归对妻孥，名寻道人实自娱。
道人之居在何许，宝云山前路盘纡。
孤山孤绝谁肯庐，道人有道山不孤。
纸窗竹屋深自暖，拥褐坐睡依团蒲。
天寒路远愁仆夫，整驾催归及未晡。
出山回望云水合，但见野鹤盘浮屠。

兹游淡泊欢有余，到家恍如梦蘧蘧。

作诗火急追亡逋，清景一失后难摹。

王世贞写有《泛湖度六桥堤》一诗：

拂憶莺啼出谷频，长堤天娇跨苍旻。

六桥天阔争虹影，五马飙开散曲尘。

碧水乍摇如转盼，青山初沐竞舒颦。

莫轻杨柳无情思，谁是风流白舍人？

李鉴龙写有《西湖》一诗：

花柳曾闻暗六桥，近来游舫甚萧条。

折残画阁堤边失，倒入山光波上摇。

秋水湖心眸一点，夜潭塔影黛双描。

兰亭感慨今移此，痴对雷峰话寂寥。

湖心亭

　　湖心亭旧为湖心寺，湖中三塔，此其一也。明弘治间[①]，按察司佥事阴子淑，秉宪甚厉[②]。寺僧怙镇守中官[③]，杜门不纳官长[④]。阴廉其奸事[⑤]，毁之，并去其塔。嘉靖三十一年，太守孙孟寻遗迹，建亭其上。露台亩许，周以石栏，湖山胜概，一览无遗。数年寻圮。万历四年，佥事徐廷裸重建。二十八年，司礼监孙东瀛改为清喜阁，金碧辉煌，规模壮丽，游人望之如海市蜃楼。烟云吞吐，恐滕王阁、岳阳楼俱无甚伟观也。春时，山景、眺罗、书画、古董⑥，盈砌盈阶，喧阗扰嚷，声息不辨。夜月登此，阒寂凄凉，如入鲛宫海藏。月光晶沁，水气瀺之，人稀地僻，不可久留。

张京元《湖心亭小记》：

湖心亭雄丽空阔。时晚照在山，倒射水面，新月挂东，所不满者半规⑦，金盘玉饼，与夕阳彩翠重轮交网，不觉狂叫欲绝。恨亭中四字匾、隔句对联，填楣盈栋，安得借咸阳一炬，了此业障⑧。

张岱《湖心亭小记》：

崇祯五年十二月⑨，余住西湖。大雪三日，湖中人鸟声俱绝。是日更定矣，余拏一小舟，拥毳衣炉火⑩，独往湖心亭看雪。雾凇沆砀⑪，天与云、与山、与水，上下一白。湖上影子，惟长堤一痕，湖心亭一点，与余舟一芥，舟中人两三粒而已。到亭上，有两人铺毡对坐，一童子烧酒，炉正沸。见余大惊喜，曰："湖中焉得更有此人！"拉余同饮。余强饮三大白而别⑫。问其姓氏，是金陵人，客此。及下船，舟子喃喃曰："莫说相公痴，更有痴似相公者。"

胡来朝《湖心亭柱铭》：

四季笙歌，尚有穷民悲夜月。

六桥花柳，浑无隙地种桑麻。

郑烨《湖心亭柱铭》：

亭立湖心，俨西子载扁舟，雅称雨奇晴好。

席开水面，恍东坡游赤壁，偏宜月白风清。

张岱《清喜阁柱对》：

如月当空，偶似微云点河汉。

在人为目，且将秋水剪瞳神。

【注释】①弘治：明孝宗年号（1488—1505）。②按察司：提刑按察使司的简称。明、清时一省的司法和检察机关。佥事：官名。明代按察使下置佥事，以分领各道。阴子淑：明代四川内江人，成化八年进士。③怙：依仗，凭借。中官：指官内、朝内之官。④杜门：闭门。官长：旧时行政单位的主管官吏。⑤廉：察考，访查。⑥睢罗：唐、宋、元时指用土、木、蜡等制成的婴孩形玩具。⑦半规：半圆形。借指月亮。⑧咸阳一炬：咸阳：秦朝的都城。炬：火把，引申为火焚。咸阳的一把大火。指项羽率军到咸阳后将秦宫全部烧毁。泛指一把火烧光。⑨崇祯五年：即1632年。⑩毳衣：毛皮所制的衣服。⑪沆砀：白气弥漫貌。⑫大白：大杯。

【译文】湖心亭旧时为湖心寺，西湖中有三座塔，其中的一座在这里。明代弘治年间，按察司佥事阴子淑执法很严格。寺中的僧人仗着维护朝内官员，闭门不让主管官员进去。阴子淑查到寺庙的不法勾当，便毁掉了寺庙，并移去寺中的塔。嘉靖三十一年（1552年），太守孙盂寻到寺庙的遗迹，在那里建了一座亭。露天平台占地有好几亩，旁边围上石栏杆，湖山的美景，一览无余。多年后倒塌。万历四年（1576年），佥事徐廷裸重新修建。1600年，司礼监孙东瀛把这里改为清喜阁，金碧辉煌，规模宏伟壮丽，游人看见它就像看到了海市蜃楼。云雾若隐若现，恐怕滕王阁、岳阳楼都没有它壮观。春天的时候，山景、睉罗、书画、古董，堆满了台阶，集市喧嚣热闹，声音都分辨不清。趁着月夜来此，寂静凄凉，就像进入海底龙宫藏宝的地方。月光晶莹，沁人心脾，水气氤氲。地处偏僻人烟稀少，不宜过久停留。

张京元写有《湖心亭小记》，大意如下：

湖心亭雄壮美丽、空旷广阔。当时正值夕阳照在山上，倒映在水面，刚刚从东边升起半圆的月亮，像金盘玉饼，与夕阳彩霞交相辉映，这样的画面太美，让人情不自禁欢呼叫绝。可惜的是亭中四字匾额和对联，填满了门楣梁栋，哪里能借到当年烧彻咸阳的那把大火，了却这些业障呢！

张岱写有《湖心亭小记》，大意如下：

崇祯五年（1632年），这年的十二月，我住在西湖边。大雪接连下了好几天，湖中的行人、飞鸟的声音都消失了。这天敲更声一落定，我便撑着一叶小船，穿着皮毛厚衣，带着火炉，独自前往湖心亭看雪。湖岸边树上面上冰花一片弥漫，天与云、与山、与水，上下都是白茫茫的。湖上的影子，只有一道长堤的痕迹、一点湖心亭的轮廓和我的一叶小船，以及船中两三个人影罢了。到了湖心亭，看到有两个人铺好毡子，相对而坐。一个童子正在温酒，炉子上烧的水正滚沸。见到我，他们很是惊喜，高兴地说："想不到湖中还会有您这样的人！"于是拉着我一起喝酒。我尽力喝了三大杯，然后同他们道别。问他们的姓氏，得知他们是金陵人，客居在此。等到了下船的时候，船夫喃喃地说："别说相公您痴，还有像相公您一样痴的人呐！"

胡来朝写有《湖心亭柱铭》：
四季笙歌，尚有穷民悲夜月。
六桥花柳，浑无隙地种桑麻。

郑烨写有《湖心亭柱铭》：
亭立湖心，俨西子载扁舟，雅称雨奇晴好。
席开水面，恍东坡游赤壁，偏宜月白风清。

张岱写有《清喜阁柱对》：
如月当空，偶似微云点河汉。
在人为目，且将秋水剪瞳神。

放生池

宋时有放生碑，在宝石山下。盖天禧四年①，王钦若请以西湖为放生池②，禁民网捕，郡守王随为之立碑也③。今之放生池在湖心亭之南，外有重堤，朱栏屈曲，桥跨如虹，草树蓊翳④，尤更岑寂。古云三潭印月，即其地也。春时游舫如鹜，至其地者，百不得一。其中佛舍甚精，复阁重楼⑤，迷禽暗日，威仪肃洁，器钵无声。但恨鱼牢幽闭，涨腻不流，刿鬐缺鳞⑥，头大尾瘠，鱼若能言，其苦万状。以理揆之⑦，孰若纵壑开樊，听其游泳，则物性自遂，深恨俗僧难与解释耳。昔年余到云栖，见鸡鹅豚豭⑧，共牢饥饿，日夕挨挤，堕水死者不计其数。余向莲池师再四疏说，亦谓未能免俗，聊复尔尔⑨。后见兔鹿猵狖亦受禁锁⑩，余曰："鸡凫豚豭⑪，皆藉食于人，若兔鹿猵狖放之山林，皆能自食，何苦锁禁，待以胥縻⑫。"莲师大笑，悉为撤禁，听其所之，见者大快。

陶望龄《放生池》诗：

介卢晓牛鸣⑬，冶长识雀哕⑭。

吾愿天耳通，达此音声类。

群鱼泣妻妾，鸡鹜呼弟妹。

不独死可哀，生离亦可慨。

闽语既嘤咿，吴听了难会。

宁闻闽人肉，忍作吴人脍。

可怜登陆鱼，唅喁向人诪。

人曰鱼口喑，鱼言人耳背。

何当破网罗，施之以无畏。

昔有二勇者，操刀相与酤。

曰子我肉也，奚更求食乎。

互割还互啖，彼尽我亦屠。

食彼同自食，举世嗤其愚。

还语血食人，有以异此无？

吴越王钱镠于西湖上税渔，名"使宅渔"。一日，罗隐入谒，壁有《磻溪垂钓图》⑮，王命题之。题云："吕望当年展庙谟⑯，直钩钓国又何如？假令身住西湖上，也是应供使宅鱼。"王即罢渔税。

放生池柱对：

天地一网罟，欲度众生谁解脱。

飞潜皆性命，但存此念即菩提。

【注释】①天禧四年：即1020年。②王钦若（962—1025）：字定国，北宋新喻（今江西新余）人。北宋初期政治家，宋真宗时期宰相、主和势力代表。③王随：字子正，北宋河阳（河南孟县）人。宗真宗时任杭州知府。④蓊翳：草木茂盛貌。⑤复阁：重叠的楼阁。⑥刿：刺伤。鬐：古通"鳍"。⑦揆：揣测。⑧豚：小猪，亦泛指猪。羖：山羊。⑨聊复尔尔：姑且如此而已。⑩猢狲：猴子。⑪凫：凫又叫野鸭。生长在江河湖泊中。⑫胥靡：即"胥靡"，指古代服劳役的奴隶或刑徒。⑬介卢：即介葛卢，春秋时期介国君主，相传他懂兽语。⑭冶长：即公冶长，春秋时齐国人，孔门弟子。相传他通鸟语。⑮磻溪：在今陕西宝鸡。相传商朝末年，姜太公在此垂钓而遇周文王。后来辅佐武王灭商。⑯吕望：即姜太公，姓姜，名尚，一名望，字子牙。因其先祖辅佐大禹平水土有功被封于吕，故以吕为氏，也称吕尚。

【译文】宋代的时候，宝石山下有放生碑。天禧四年（1020年），王钦若上请在西湖设放生池，禁止民众捕捞，郡守王随为他立碑留念。今天的放生池在湖心亭的南边，外有双重堤岸，朱栏曲折蜿蜒，小桥像彩虹一样横跨两岸，草木茂密，尤其冷清、寂静。古人说的三潭印月，其地就在这里。春天的时候湖上有很多游船，但很少有到这个地方的。这里有精致的佛堂，楼阁重叠，迷路的飞禽让天光都变得暗淡，威严肃穆，法器无声。遗憾的是放生池将鱼类囚禁，牢门紧紧关闭，水无法流通，导致鱼被刺伤，缺鳍少鳞，头大尾巴小，鱼若能说话，肯定痛诉自己承受的这万般苦痛。以理度之，何不打开牢门，顺其天性，让它们自由地游来游去，恨这道理没法向俗僧解释得通。往年我曾到云栖，看到很多鸡、鹅、猪、羊整天被困在一起挨饿，数不清有多少落水而亡。我再三向莲池大师说起此事，师傅讲也做不到不拘世俗常情，姑且如此而已。后来，看到兔、鹿、猴子也被紧锁起来，我说："鸡、鸭、猪、羊，这些靠人类喂食。把兔、鹿、猴子放到山林，它们会自己找食物。何苦把它们锁起来，像对待犯人一样！"莲池大师大笑，随即把它们的牢笼都撤了。大师的所为，见者都为之称快。

陶望龄写有《放生池》一诗：
介卢晓牛鸣，冶长识雀哕。
吾愿天耳通，达此音声类。
群鱼泣妻妾，鸡鹜呼弟妹。
不独死可哀，生离亦可慨。

闽语既嘤咿，吴听了难会。

宁闻闽人肉，忍作吴人脍。

可怜登陆鱼，唵喁向人诔。

人曰鱼口喑，鱼言人耳背。

何当破网罗，施之以无畏。

昔有二勇者，操刀相与酤。

曰子我肉也，奚更求食乎。

互割还互啖，彼尽我亦屠。

食彼同自食，举世嗤其愚。

还语血食人，有以异此无？

吴越王钱镠在西湖上征收渔税，名为"使宅渔"。有一天，罗隐前来拜谒，墙上有姜太公在磻溪垂钓图，钱镠命他题诗。罗隐题道："吕望当年展庙谟，直钩钓国又何如？假令身住西湖上，也是应供使宅鱼。"钱镠读后就把渔税给罢免了。

放生池石柱上的对联：

天地一网罟，欲度众生谁解脱。

飞潜皆性命，但存此念即菩提。

醉白楼

杭州刺史白乐天啸傲湖山时①，有野客赵羽者②，湖楼最畅，乐天常过其家③，痛饮竟日④，绝不分官民体。羽得与乐天通往来，索其题楼。乐天即颜之曰"醉白"。在茅家埠，今改吴庄。一松苍翠，飞带如虬⑤，大有古色，真数百年物。当日白公，想定盘礴其下⑥。

倪元璐《醉白楼》诗：

金沙深处白公堤⑦，太守行春信马蹄。

冶艳桃花供祗应⑧，迷离烟柳藉提携。

闲时风月为常主，到处鸥凫是小傒。

野老偶然同一醉，山楼何必更留题。

【注释】①啸傲：逍遥自在，不受世俗礼法的拘束。②野客：隐者，闲士。③常：通"尝"曾经。④竟日：终日，从早到晚。⑤虬：盘曲，卷曲的样子。⑥盘礴：徘徊，逗留。⑦金沙：即金沙港，东隔杨公堤与曲院风荷相对，南接杭州花圃，西北以灵隐路为界，金沙涧自西向东蜿蜒流过。⑧祗应：供奉，当差。

【译文】白居易当年在杭州做刺史的时候，浪迹湖山，逍遥自在。闲士赵羽开了一家酒楼，风景绝佳。白居易偶然经过，游兴大发，与赵羽终日痛饮，没有任何架子，没有官民之分。赵羽因此结识白居易，请他给酒楼题名。白居易很给面子，当即题字"醉白"。醉白楼在茅家埠，今改吴庄。一棵苍翠的松树，树枝盘曲，古色古香，真是有数百年的历史了。想来当年白居易肯定在此逗留过。

倪元璐写有《醉白楼》一诗：
金沙深处白公堤，太守行春信马蹄。
冶艳桃花供袛应，迷离烟柳藉提携。
闲时风月为常主，到处鸥凫是小傒。
野老偶然同一醉，山楼何必更留题。

小青佛舍

小青①，广陵人②。十岁时遇老尼口授《心经》③，一过成诵。尼曰："是儿早慧福薄，乞付我作弟子。"母不许。长好读书，解音律，善奕棋④。误落武林富人，为其小妇。大妇奇妒，凌逼万状。一日，携小青往天竺，大妇曰："西方佛无量，乃世独礼大士，何耶？"小青曰："以慈悲故耳。"大妇笑曰："我亦慈悲若。"乃匿之孤山佛舍，令一尼与俱。小青无事，辄临池自照，好与影语，絮絮如问答，人见辄止。故其诗有"瘦影自临春水照，卿须怜我我怜卿"之句。后病瘵，绝粒，日饮梨汁少许，奄奄待尽。乃呼画师写照，更换再三，都不谓似。后画师注视良久，匠意妖纤，乃曰："是矣。"以梨酒供之榻前，连呼："小青！小青！"一恸而绝，年仅十八，遗诗一帙。大妇闻其死，立至佛舍，索其图并诗焚之，遽去⑤。

小青《拜慈云阁》诗：

稽首慈云大士前，莫生西土莫生天。

愿将一滴杨枝水⑥，洒作人间并蒂莲。

又《拜苏小小墓》诗：

西冷芳草绮粼粼，内信传来唤踏青。

杯酒自浇苏小墓，可知妾是意中人。

【注释】①小青：相传为明代万历年间人，其墓在孤山。②广陵：今江苏扬州。③心经：即《般若波罗蜜多心经》。④奕棋：弈棋，古代多指下围棋。⑤遽去：仓促而慌张地离开。⑥杨枝水：佛教里能为人消灾、使万物复苏的甘露。

【译文】小青，广陵人，即今天的江苏扬州人。十岁的时候她遇到一位老尼姑，老尼姑跟她口头传授《般若波罗蜜多心经》，只教小青即可成诵。老尼姑同小青的母亲讲："这孩子天资聪颖有慧根，福分少，恳请让她作我的弟子吧。"小青的母亲没有答应。长大后，小青爱好读书，懂音律，擅长下棋。误落武林富贵人家作了人家的小妾。富人的妻子嫉妒小青，变着法儿地欺负她。一天，富人的妻子带着小青前往天竺寺，他的妻子问："西方有无数的佛，为什么人们唯独喜欢供奉观音菩萨？"小青回道："想必是观音菩萨慈悲的缘故。"妻子大笑说："我也很慈悲心肠。"便把小青藏到孤山上的一个佛舍，令一个尼姑同小青一起。没事的时候，小青便对着水池自照，喜欢跟影子说话，絮絮叨叨像是在一问一答，看到有人就停下来。所以她有"瘦影自临春水照，卿须怜我我怜卿"的诗句。后来，小青生病，绝食，每天只饮一些梨汁，气息奄奄。小青叫来画师给她画像，画了几次，再三更换，小青都说不像。后来画师注视小青良久，再画便独具匠意，小青说："就这个了。"用梨酒供在榻前，连呼："小青！小青！"悲恸地死去，年仅十八岁，留下一册诗。富人妻子听闻小青已死，立即到佛舍，将她的画像和诗稿一起烧掉，然后仓促而慌张地离开了。

小青写有《拜慈云阁》一诗：

稽首慈云大士前，莫生西土莫生天。

愿将一滴杨枝水，洒作人间并蒂莲。

还写了《拜苏小小墓》诗：

西冷芳草绮粼粼，内信传来唤踏青。

杯酒自浇苏小墓，可知妾是意中人。

卷四　西湖南路

柳洲亭

柳洲亭，宋初为丰乐楼[①]。高宗移汴民居杭地嘉、湖诸郡[②]，时岁丰稔，建此楼以与民同乐，故名。门以左，孙东瀛建问水亭[③]。高柳长堤，楼船画舫会合亭前，雁次相缀。朝则解维[④]，暮则收缆。车马喧阗[⑤]，驺从嘈杂[⑥]，一派人声，扰嚷不已。堤之东尽为三义庙。过小桥折而北，则吾大父之寄园、铨部戴斐君之别墅[⑦]。折而南，则钱麟武阁学、商等轩冢宰、祁世培柱史、余武贞殿撰、陈襄范掌科，各家园亭[⑧]，鳞集于此。过此，则孝廉黄元辰之池上轩、富春周中翰之芙蓉园[⑨]，比间皆是[⑩]。今当兵燹之后[⑪]，半椽不剩，瓦砾齐肩，蓬蒿满目。李文叔作《洛阳名园记》[⑫]，谓以名园之兴废，卜洛阳之盛衰；以洛阳之盛衰，卜天下之治乱。诚哉言也！余于甲午年[⑬]，偶涉于此，故宫离黍[⑭]，荆棘铜驼[⑮]，感慨悲伤，几效桑苎翁之游苕溪[⑯]，夜必恸哭而返。

张杰《柳洲亭》诗⑰：

谁为鸿濛凿此陂，涌金门外即瑶池。

平沙水月三千顷，画舫笙歌十二时。

今古有诗难绝唱，乾坤无地可争奇。

溶溶漾漾年年绿，销尽黄金总不知。

王思任《问水亭》诗：

我来一清步，犹未拾寒烟。

灯外兼星外，沙边更槛边。

孤山供好月，高雁语空天。

辛苦西湖水，人还即熟眠。

赵汝愚《丰乐楼柳梢青》词⑱：

水月光中，烟霞影里，涌出楼台。土外笙箫，云间笑语，人在蓬莱。

天香暗逐风回，正十里荷花盛开。买个小舟，山南游遍，山北归来。

【注释】①宋初：南宋初期。②高宗：宋高宗赵构。汴民：开封的老百姓。③问水亭：在柳洲亭左边，为游人上船、归泊的地方。④解维：解缆，解开系船的绳索；开船。⑤喧阗：喧哗，热闹。⑥骑从：封建时代贵族官僚出门时所带的骑马的侍从。⑦大父：祖父。铨部：即吏部。戴斐君：戴澳，字斐君，万历四十一年（1613）进士。⑧钱麟武：钱象坤，字弘毅，号麟武，会稽（今浙江绍兴）人，万历二十九年（1601）进士，崇祯二年（1629）入阁。阁学：内阁大学士。商等轩：商周祚，字明兼，号等轩，会稽（今浙江绍兴）人，万历二十九年（1601）进士。冢宰：吏部尚书。祁世培：祁彪佳，字宏吉，号世培，山阴（今浙江绍兴）人。曾出任右佥都御史，巡抚江南。柱史：御史。余武贞：余煌，字武贞，明末会稽（今浙江绍兴）人。曾任翰林院修撰。殿撰：明、清进士一一甲第一名例授翰林院修撰，故沿称状元为殿撰。陈襄范：陈熙昌，字当时，号果庵，万历四十四年（1616）进士，曾任给事中。掌科：给事中，负责监察六部的官职。⑨富春：古县名，县治在今浙江杭州市富阳区富春街道。⑩比间：比，相并，紧靠。间，古代二十五家为一间，指里巷的大门。⑪兵燹：因战乱而遭受焚烧破坏的灾祸。⑫李文叔：李格非，李清照父亲，北宋济南人，官至礼部员外郎。《洛阳名园记》：记洛阳园林、景物、草木等。⑬甲午年：清顺治十一年，即1654年。⑭故宫离黍：典出《诗经》，意指亡国。⑮荆棘铜驼：典出《晋书》，喻指亡国。⑯桑苎翁：茶圣陆羽，唐代人，一生嗜茶，精于茶道，著有《茶经》。隐居苕溪。⑰张杰：明正德年间仁和人。⑱赵汝愚：南宋丞相。

【译文】柳洲亭，南宋初期名为"丰乐楼"。宋高宗赵构迁都临安，开封的老百姓迁居至杭州一带。当时庄稼收成喜人，建此楼与民同乐，故而得名"丰乐"。柳洲亭左边有孙东瀛建的问水亭，供游人上船、归泊。高柳长堤，楼船画舫在亭前会合，像雁群一样排列。早上解开缆绳开船，晚上收船系缆。车马嘈嘈杂杂，骑马的侍从热热闹闹，一派人声喧哗，扰攘不已。长堤东向的尽头是三义庙。过小桥向北，则是我祖父建造的寄园、吏部戴斐君建的别墅所在。向南，则是内阁大学士钱象坤、礼部尚书商周祚、御史祁彪佳、翰林院修撰余煌、给事中陈襄范各家的园亭，像鱼鳞一样排列群集于此。往前走，则是孝廉黄元辰的池上轩，富春人周中翰的芙蓉园，间巷间比比皆是。经历了战乱，如今都满目疮痍，当年的盛景不复存在，断壁残垣，目之所及尽是荒草。李格非写有《洛阳名园记》，说是以名园的兴废预测洛阳的盛衰，进而以洛阳的盛衰推断天下的治乱。这话说的极是！1654年，我偶然到此，见此情景不禁心生感慨。宫门前的铜驼被弃于荆棘之中，亡国之痛，悲从中来，就像陆羽当年游苕溪，夜里必恸哭而返。

张杰写有《柳洲亭》诗：
谁为鸿濛凿此陂，涌金门外即瑶池。
平沙水月三千顷，画舫笙歌十二时。
今古有诗难绝唱，乾坤无地可争奇。
溶溶漾漾年年绿，销尽黄金总不知。

王思任写有《问水亭》诗：
我来一清步，犹未拾寒烟。
灯外兼星外，沙边更槛边。
孤山供好月，高雁语空天。
辛苦西湖水，人还即熟眠。

赵汝愚写有《丰乐楼柳梢青》词：
水月光中，烟霞影里，涌出楼台。空外笙箫，云间笑语，人在蓬莱。

天香暗逐风回，正十里荷花盛开。买个小舟，山南游遍，山北归来。

灵芝寺

　　灵芝寺，钱武肃王之故苑也。地产灵芝，舍以为寺。至宋而规制寖宏①，高、孝两朝，四临幸焉。内有浮碧轩、依光堂，为新进士题名之所。元末毁，明永乐初，僧竺源再造，万历二十二年重修。余幼时至其中看牡丹，干高丈余，而花蕊烂熳，开至数千余朵，湖中夸为盛事。寺畔有显应观，高宗以祀崔府君也②。崔名子玉，唐贞观间为磁州滏阳令③，有异政④，民生祠之，既卒，为神。高宗为康王时，避金兵，走钜鹿⑤，马毙，冒雨独行，路值三岐，莫知所往。忽有白马在道，鞯驭乘之⑥，驰至崔祠，马忽不见。但见祠马赭汗如雨，遂避宿祠中。梦神以杖击地，促其行。趋出门，马复在户，乘至斜桥，会耿仲南来迎，策马过涧，见水即化，视之，乃崔府君祠中泥马也。及即位，立祠报德，累朝崇奉异常。六月六日是其生辰，游人阗塞⑦。

　　张岱《灵芝寺》诗：
　　项羽曾悲骓不逝，活马犹然如泥塑。
　　焉有泥马去如飞，等闲直至黄河渡。
　　一堆龙骨蜕厓前，迢递芒砀迷云路。

茕茕一介走亡人，身陷柏人脱然过。

建炎尚是小朝廷，百灵亦复加呵护。

【注释】①澶：逐渐。②府君：对神的敬称。③滏阳：在今河北磁县。④异政：政绩优异。⑤钜鹿：今河北巨鹿。⑥鞚：带嚼子的马笼头。⑦阗：充满，填塞。

【译文】灵芝寺，原本是钱武肃王钱镠的花园。此处产灵芝，钱武肃王舍花园，将其改造为寺庙。到宋朝年间，灵芝寺的规模逐渐宏大，宋高宗赵构、宋孝宗赵奢曾四次到访。寺内有浮碧轩、依光堂，是新进士科场登录题名的地方。元朝末年，灵芝寺遭毁，明朝永乐初年僧人竺源再建，万历二十二年（1594年）重新修茸。我小的时候曾到寺内赏牡丹，牡丹枝干高丈余，花蕊烂漫，盛开的花有数千朵。湖中人士纷纷夸赞这一盛事。灵芝寺边有显应观，宋高宗为祭祀崔府君而建。崔府君名子玉，唐朝贞观年间为磁州滏阳县令，政绩优异，老百姓为他建立祠庙，加以奉祀。死后，封为神。宋高宗还是康王的时候，为躲避金兵，路过巨鹿，马死，高宗冒着雨独自前行，遇到三个岔路口，不知该往哪里走。这个时候忽然出现一匹白马，宋高宗勒住马笼头骑上马，白马飞奔到崔祠，突然就消失不见了。宋高宗只见祠马挥汗如雨，于是借宿祠中。梦中崔府君拿着手杖敲地，催促他赶快离开前行。当高宗快步出门，那匹白马又出现了，高宗乘着马到斜桥，适逢耿仲南前来相迎，用鞭子驱马过水沟，马遇水即化。一看，这白马竟然是崔府君祠中的泥马。待到高宗即位，为报崔府君的这份恩德，就立祠感念，后来历朝历代都十分崇奉。六月六日是崔府君的生辰，前来祭拜的游人很多，往往把显应观的门围得水泄不通。

张岱写有《灵芝寺》一诗：

项羽曾悲骓不逝，活马犹然如泥塑。

焉有泥马去如飞，等闲直至黄河渡。

一堆龙骨蜕厓前，迢递芒砀迷云路。

茕茕一介走亡人，身陷柏人脱然过。

建炎尚是小朝廷，百灵亦复加呵护。

钱王祠

钱镠，临安石鉴乡人，骁勇有谋略。壮而微，贩盐自活。唐僖宗时①，平浙寇王仙芝②，拒黄巢③，灭董昌④，积功自显。梁开平元年⑤，封镠为吴越王。有讽镠拒梁命者，镠笑曰："吾岂失一孙仲谋耶⑥！"遂受之。改其乡为临安县，军为锦衣军。是年，省茔垄，延故老，旌钺鼓吹，振耀山谷。自昔游钓之所，尽蒙以锦绣，或树石至有封官爵者，旧贸盐担，亦裁锦韬之。一邻媪九十余，携壶泉迎于道左，镠下车亟拜。媪抚其背，以小字呼之曰："钱婆留，喜汝长成。"盖初生时，光怪满室，父惧，将沉于了溪，此媪苦留之，遂字焉。为牛酒大陈，以饮乡人；别张蜀锦为广幄，以饮乡妇。年上八十者饮金爵，百岁者饮玉爵。镠起劝酒，自唱还乡歌以娱宾，曰："玉节还乡兮挂锦衣，父老远近来相随。斗牛光起天无欺，吴越一王驷马归。"时将筑宫殿，望气者言："因故府大之，不过百年；填西湖之半，可得千年。"武肃笑曰："焉有千年而其中不出真主者乎？奈何困吾民为！"遂弗改造。宋熙宁间⑦，苏子瞻守郡，请以龙山废祠妙音院者，改为表忠观以祀之。今废。明嘉靖三十九年，督抚胡宗宪建祠于灵芝寺址⑧，塑三世五王像⑨，春秋致祭，令其十九世孙德洪者守之。郡守陈柯重镌表忠观碑记于祠。

　　苏轼《表忠观碑记》：

　　熙宁十年十月戊子，资政殿大学士、右谏议大夫、知杭州军事臣轼言："故越国王钱氏坟庙，及其父、祖、妃、夫人、子孙之坟，在钱塘者二十有六，在临安者十有一，皆芜秽不治，父老过之，有流涕者。谨按：故武肃王镠，始以乡兵破走黄巢，名闻江淮。复以八都兵讨刘汉宏⑩，并越州以奉董昌，而自居于杭。及昌以越叛，则诛昌而并越，尽有浙东西之地，传其子文穆王元瓘。至其孙忠献王仁佐，遂破李景兵而取福州⑪。而仁佐之弟忠懿王俶又大出兵攻景，以迎周世宗之师⑫，其后，卒以国入觐。三世四王，与五代相为终始。天下大乱，豪杰蜂起，方是时，以数州之地盗名字者不可胜数，既覆其族，延及于无辜之民，罔有孑遗。而吴越地方千里，带甲十万，铸山煮海，象犀珠玉之富甲于天下，然终不失臣节，贡献相望于道。是以其民至于老死不识兵革，四时嬉游，歌舞之声相闻，至于今不废。其有德于斯民甚厚。皇帝受命，四方僭乱，以次削平。西蜀江南⑬，负其险远，兵至城下，力屈势穷，然后束手。而河东刘氏百战守死⑭，以抗王师，积骸为城，洒血为池，竭天下之力，仅乃克之。独吴越不待告命，封府库，籍郡县，请吏于朝，视去国如传舍，其有功于朝廷甚大。昔窦融以河西归汉⑮，光武诏右扶风修其父祖坟茔⑯，祀以太牢。今钱氏功德殆过于融，而未及百年，坟庙不治，行道伤嗟，甚非所以劝奖忠臣、慰答民心之义也。臣愿以龙山废佛寺曰妙音院者为观，使钱氏之孙为道士曰自然者居之。凡坟庙之在钱塘者，以付自然。其在临安者，以付其县之净土寺僧曰道微。岁各度其徒一人，使世掌之。籍其地之所入，以时修其祠宇，封植其草木。有不治者，县令丞察之，甚者，易其人，庶几永终不堕，以称朝廷待钱氏之意。臣抃昧死以闻。"制曰："可。"其妙音院赐改名表忠观。

　　铭曰：天目之山，苕水出焉。龙飞凤舞，萃于临安。笃生异人，绝类离群。奋挺大呼，从者如云。仰天誓江，月星晦蒙。强弩射潮，江海为东。杀宏诛昌，奄在吴越。金券玉册⑰，虎符龙节⑱。大城其居，包络山川。左江右湖，控引岛蛮。岁时归休，以燕父老。晔如神人，玉带球马。四十一年，寅畏小心⑲。厥篚相望，大贝南金。五胡昏乱，罔堪托国。三王相承，以符有德。既获所归，弗谋弗咨。先王之志，我维行之。天祚忠孝，世有爵邑。允文允武，子孙千亿。帝谓守臣，治其祠坟。毋俾樵牧，愧其后昆。龙山之阳，岿焉斯宫。匪私于钱，惟以劝忠。非忠无君，非孝无亲。凡百有位，视此刻文。

张岱《钱王祠》诗：

扼定东南十四州，五王并不事兜鍪。

英雄球马朝天子，带砺山河拥冕旒。

大树千株被锦绣，钱塘万弩射潮头。

五胡纷扰中华地，歌舞西湖近百秋。

又《钱王祠柱铭》：

力能分土，提乡兵杀宏诛昌；一十四州，鸡犬桑麻，撑住东南半壁；

志在顺天，求真主迎周归宋；九十八年，象犀筐篚，混同吴越一家。

【注释】①唐僖宗：唐朝第十八位皇帝李儇。②王仙芝：唐末农民起义领袖。③黄巢：唐末农民起义领袖，兵败而死。④董昌：唐末任义胜军节度使，割据两浙，后叛唐称王，被钱镠所灭。⑤梁开平元年：即907年。⑥孙仲谋：孙权，字仲谋，三国时期吴国国君，虽接受曹操代汉而发的封号，实际上则割据江东。⑦熙宁：宋神宗第一个年号（1068—1077）。⑧胡宗宪：字汝贞，号默存，明代安徽绩溪人，曾为浙江巡抚、兵部右侍郎总督军务，以御倭寇有功。⑨三世五王：吴越国传三代，历五帝，分别为钱镠、钱元瓘、钱弘佐、钱弘琮、钱弘俶。⑩刘汉宏：唐末义胜军节度使，曾与董昌交战，为钱镠所杀。⑪李景：即南唐中主李璟，曾割地向后周称臣。⑫周世宗：即柴荣，后周第二代皇帝，被称为"五代第一明君"。⑬西蜀：即后蜀。江南：即南唐。⑭河东刘氏：指刘崇建立的北汉政权。⑮窦融：新莽末期割据河西，后归汉光武帝。⑯右扶风：政区名，为汉代三辅之一。此处为官名。⑰金券玉册：金券，朝廷颁发给功臣的授予其免死特权的证书。玉册，赐封王位的诏册。⑱虎符龙节：虎符，帝王授予臣下兵权和调拨军队的信物。龙节，龙形符节。⑲寅畏：敬畏，恭敬戒惧。

【译文】钱镠，临安石鉴乡人，勇猛，做事有谋略。身强力壮而地位卑微，以贩卖私盐为生。唐僖宗时，钱镠平定了浙江贼寇王仙芝，击退了黄巢起义军，灭了董昌，积累了许多功绩，功勋越发显著。梁开平元年（907年），钱镠被封为吴越王。有人怂恿钱镠拒绝梁朝的任命，钱镠笑着答道："我怎能失去一个当孙仲谋的机会呢！"于是欣然受命。钱镠把他管辖的乡改为临安县，军队为锦衣军。这一年，钱镠祭扫祖坟，延请家乡父老，各种乐器齐奏，响声震天，荣耀遍布山谷。先前游玩钓鱼的地方，都蒙上锦绣，在封官进爵之处都树立碑石纪念，以前卖盐用的担子也用锦缎包裹。

邻里有一位九十多岁的老妇，拿着一壶泉水在道路左边迎接他，钱镠下车就拜。老妇抚摸他的背，用小字称呼他："钱婆留，我很高兴你长大成人了。"原来钱镠出生的时候，屋里充满了奇异的光，父亲感到害怕，想把他扔到溪里，这个老妇苦苦相留，于是钱镠有了小字"婆留"。钱镠摆出很多牛和酒，让乡人吃喝；用蜀锦另搭起帷幕，让妇人在里面吃喝。年过八十的用金爵饮酒，年过百岁的用玉爵喝酒。钱镠站起身来劝酒，唱起还乡歌来让宾客娱乐，唱的是："手持玉节我即将上任，回到家乡，各位父老乡亲前来迎接。斗宿和牛宿的星光照耀，上天无欺，吴越王我如今衣锦还乡。"当时计划建造宫殿，观测运气占卜的人说："如果将原来的宫殿扩建，王气不过百年；如果填平半个西湖，可得千年王气。"钱镠笑着说："哪会有上千年还不出一位贤明的君主呢？为何要让我的百姓受苦。"于是不同意填埋西湖。宋朝熙宁年间，苏轼做杭州郡守，奏请将废弃的龙山观音院改为表忠观，来祭祀钱镠。如今表忠观已被废弃。明朝嘉靖三十九年，即1560年，督抚胡宗宪在灵芝寺的地址上建立祠庙，摆设吴越国三代五王的塑像，每年春秋举行祭祀，让钱镠的第十九世孙钱德洪看守。郡守陈柯重新镌刻《表忠观碑记》，放在祠庙里。

苏轼的《表忠观碑记》，大意如下：

一零七七年，十月戊子这天，资政殿大学士、右谏议大夫、主管杭州军事的赵抃向皇帝进言："原吴越国国王钱镠的坟庙，以及他父亲的、祖辈的、妃子的、夫人的、子孙的坟，杭州有二十六座、临安有十一座，如今都杂草蔓生，荒废没有人治理。父老乡亲从旁经过，有人都禁不住感伤流泪。武肃王钱镠，曾经率领地方军打败黄巢起义军，闻名江淮一带。又率领唐末杭州民间兵团'八都兵'讨伐刘汉宏，攻下越州后将其献给董昌，自己则退居杭州。等到董昌在越州叛变，则灭掉董昌，得越州，于是便得到浙东、浙西的地盘，后来钱镠将其位传给儿子文穆王钱元瓘。到他的孙子忠献王钱弘佐，打败了李景的军队取得福州。而钱弘佐的弟弟忠懿王钱弘俶在位时，又大力出兵攻打南唐，以迎接五代后周周世宗的军队。后来北宋立朝，钱弘俶奉旨觐见，被扣留，为保百姓不遭兵戮，自献封疆于宋。钱氏从钱镠到钱弘俶，前后共经历了三世、四王，和五代同时相存。天下大乱，各路豪杰纷纷起事，在当时，凭借占据几州之地就建立政权欺世盗名的数不胜数，一旦要灭族，便连累无辜百姓，一个不剩。而钱氏经营的吴越之地，方圆千里之广，拥兵有十万之众，山中出产铁矿，又可煮海水制盐，自然资源丰富，奇珍异宝最多，富甲天下，然而钱镠始终不抛弃君臣的礼节，向后梁、后唐北方朝廷称臣纳贡。因此百姓得以享受和平一生不识战争，一年四季嬉乐游玩，如今仍时时享歌舞之乐。钱镠对于此地百姓的恩德丰厚。北宋顺应天命，平定消灭作乱犯上的各方叛逆。

后蜀和南唐，仗着道路险阻且遥远而负隅顽抗，等到北宋兵临城下，才知力量和势力不足，只好束手就擒。河东刘崇建立了北汉，历经百战而死守，来对抗北宋的军队，尸骨累累，血流成河，北宋竭尽天下的力量，才攻克他。只有吴越王，不等命令归降的文告，自觉将府库封存，登记各郡县的户籍，向朝廷请示称臣，舍弃独立建国的机会，把土地贡献给朝廷就像是出让一座房子一样。钱氏对宋廷有巨大的功劳。想当年，东汉的窦融率河西归附汉光武帝，光武帝命令右扶风官长修建窦融父辈、祖辈的坟茔，用太牢之礼祭祀。如今，钱氏的功德超过东汉的窦融，但历时不到百年，钱氏的坟庙已荒芜、无人打理，路人为此悲伤感叹。这显然有违皇上嘉奖忠臣功绩、告慰民心的仁义。微臣建议将龙山废弃的佛寺妙音院建为道观，钱氏的后代中有个叫"自然"的道士，让他居守在这里。杭州二十六座钱氏的坟庙，都委托他来管理。在临安的十一座，则委托临安县净土寺的道微和尚打理。每年各剃度一个徒弟，使之世代掌管守坟之事。根据土地收入，按时修理钱氏庙祠，栽种草木。如果看管的人不认真修建庙祠，当地县令须及时查明情况，问题严重者予以更换。但愿钱氏的古坟庙祠能够永远不破败，以示朝廷对待钱氏的心意。微臣赵抃冒昧将此事禀告。"皇帝制曰："可以。"皇上御赐将妙音院改名为表忠观。

铭文里写道：

天目之山，苕水出焉。龙飞凤舞，萃于临安。笃生异人，绝类离群。奋挺大呼，从者如云。仰天誓江，月星晦蒙。强弩射潮，江海为东。杀宏诛昌，奄在吴越。金券玉册，虎符龙节。大城其居，包络山川。左江右湖，控引岛蛮。岁时归休，以燕父老。晔如神人，玉带球马。

四十一年，寅畏小心。厥篚相望，大贝南金。五胡昏乱，罔堪托国。三王相承，以符有德。既获所归，弗谋弗咨。先王之志，我维行之。天祚忠孝，世有爵邑。允文允武，子孙千亿。帝谓守臣，治其祠坟。毋俾樵牧，愧其后昆。龙山之阳，岿焉斯宫。匪私于钱，惟以劝忠。非忠无君，非孝无亲。凡百有位，视此刻文。

张岱的《钱王祠》诗：
扼定东南十四州，五王并不事兜鍪。
英雄球马朝天子，带砺山河拥冕旒。
大树千株被锦绂，钱塘万弩射潮头。
五胡纷扰中华地，歌舞西湖近百秋。

张岱的《钱王祠柱铭》：
力能分土，提乡兵杀宏诛昌；一十四州，鸡犬桑麻，撑住东南半壁；
志在顺天，求真主迎周归宋；九十八年，象犀筐篚，混同吴越一家。

净慈寺

净慈寺，周显德元年钱王俶建①，号慧日永明院，迎衢州道潜禅师居之②。潜尝欲向王求金铸十八阿罗汉③，未白也。王忽夜梦十八巨人随行，翌日，道潜以请，王异而许之，始作罗汉堂。宋建隆初④，禅师延寿以佛祖大意，经纶正宗，撰《宗镜录》一百卷，遂作宗镜堂。熙宁中⑤，郡守陈襄延僧宗本居之⑥。岁旱，湖水尽涸，寺西隅甘泉出，有金色鳗鱼游焉，因凿井，寺僧千余人饮之不竭，名曰圆照井。南渡时，毁而复建，僧道容鸠工五岁始成⑦。塑五百阿罗汉，以田字殿贮之。绍兴九年⑧，改赐净慈报恩光化寺额。复毁。孝宗时⑨，一僧募缘修殿，日餍酒肉而返，寺僧问其所募钱几何，曰："尽饱腹中矣。"募化三年，簿上布施金钱，一一开载明白。一日，大喊街头曰："吾造殿矣。"复置酒肴，大醉市中，扼喉大呕，撒地皆成黄金，众缘自是毕集，而寺遂落成。僧名济颠，识者曰："是即永明后身也。"嘉泰间⑩，复毁，再建于嘉定三年⑪。寺故闳大，甲于湖山。翰林程珌记之，有"湿红映地，飞翠侵霄，檐转鸾翎，阶排雁齿。星垂珠网，宝殿洞乎琉璃；日耀璇题，金橡耸乎玳瑁"之语。时宰官建议，以京辅佛寺推次甲乙，尊表五山⑫，为诸刹纲领，而净慈与焉。先是，寺僧艰汲，担水湖滨。绍定四年⑬，僧法薰以锡杖扣殿前地，出泉二派，鋬为双井，水得无缺。淳祐十年⑭，建千佛阁，理宗书"华严法界正偏知阁"八字赐之。元季，湖寺尽毁，而兹寺独存。明洪武间毁，僧法净重建。正统间复毁，僧宗妙复建。万历二十年⑮，司礼监孙隆重修，铸铁鼎，葺钟楼，构井亭，架掉楔。永乐间，建文帝隐遁于此⑯，寺中有其遗像，状貌魁伟，迥异常人。

袁宏道《莲花洞小记》：

莲花洞之前为居然亭。亭轩豁可望⑰，每一登览，则湖光献碧，须眉形影⑱，如落镜中。六桥杨柳，一路牵风引浪，萧疏可爱⑲。晴雨烟月，风景互异，净慈之绝胜处也。洞石玲珑若生，巧逾雕镂。余常谓吴山南屏一派皆石骨土肤⑳，中空四达，愈搜愈出。近若宋氏园亭，皆搜得者。又紫阳宫石，为孙内使搜出者甚多。噫，安得五丁神将㉑，挽钱塘江水，将尘泥洗尽，出其奇奥，当何如哉！

王思任《净慈寺》诗：

净寺何年出，西湖长翠微。

佛雄香较细，云饱绿交肥。

岩竹支僧阁，泉花蹴客衣。

酒家莲叶上，鸥鹭往来飞。

【注释】①显德：周世宗柴荣年号（954—960）。②道潜：后周僧人，本居衢州（今属浙江），后奉诏署慈化定慧禅师。③阿罗汉：又称罗汉，释迦牟尼的弟子，原本十六人，后来增至十八、一百八，乃至五百。④建隆：宋太祖年号（960—963）。⑤熙宁：宋神宗年号（1068—1077）。⑥陈襄（1017—1080）：北宋理学家、"海滨四先生"之首，宋仁宗、宋神宗时期名臣。曾为杭州知府。⑦鸠工：聚集工匠。⑧绍兴九年：即1139年。⑨孝宗：南宋皇帝赵昚，1163—1189年在位。⑩嘉泰：宋宁宗年号（1201—1204）。⑪嘉定三年：即1210年。⑫"以京辅"二句：田汝成《西湖游览志余·方外玄踪》："嘉定间，品第江南诸寺，以余杭径山寺、钱塘灵隐寺、净慈寺、宁波天童寺、育王寺，为禅院吴山。"⑬绍定四年：即1231年。⑭淳祐十年：即1250年。⑮万历二十年：即1592年。

⑯建文帝：即朱允炆，明太祖长孙，1399—1402年在位。明太祖第四子燕王朱棣率军攻入南京，建文帝下落不明，民间传说他隐藏在寺中。⑰轩豁可望：指居然亭开畅，可以远眺。⑱须眉：本义指男子，这里指作者自己。⑲萧疏：错落有致。⑳石骨土肤：仅表皮为土层，下面是中空的石头。㉑五丁神将：即五丁大力神。

【译文】净慈寺，在周显德元年（954年）建成，号"慧日永明院"。为迎接衢州的道潜禅师来居寺中，道潜禅师曾经想向钱王求金铸的十八罗汉，结果没有开口。有天晚上，钱王梦到有十八个巨人随行。第二天，道潜禅师前来请钱王修筑十八罗汉，钱王大为惊异，遂答应他，于是建了罗汉堂。宋朝建隆初年，延寿禅师考虑嫡传继承佛祖大意，撰写了一百卷《宗镜录》，于是建了宗镜堂。熙宁年间，郡守陈襄请僧人宗本前来居住。这年大旱，湖水都干涸了。净慈寺的西面有甘泉流出，金色鳗鱼在里边游来游去，于是宗本凿泉挖井，解决了千余僧人的饮水问题，此井被命名为"圆照井"。宋室南渡的时候，净慈寺被毁又重新修建，僧人道容召集工匠修了五年才建成。塑造了五百罗汉，放置在田字大殿中。绍兴九年（1139年），皇上改赐"净慈报恩光化寺"匾额。后来净慈寺又被毁。宋孝宗时，有个僧人化缘修建大殿，每天都吃饱喝足了才回，寺里僧人问他募集了多少钱，他说："都在我的肚子里。"化缘三年，布施金钱都在账簿上列举得一清二楚。一天，他在街头大喊："我要建造大殿了。"又喝酒吃饭，大醉于市集，扣着喉咙大口呕吐，撒地而出的都是黄金，所化的缘都聚集起来，而寺院也终于落成。僧人名济颠。认识的人说他是永明的转世之身。嘉泰年间，净慈寺又遭毁坏，于嘉定三年（1210年）再次修建。寺院宏大，在西湖的寺院中居首位。翰林程珌记载了当年的境况，有"湿红映地，飞翠侵霄，檐转鸢翎，阶排雁齿。星垂珠网，宝殿洞乎琉璃；日耀璇题，金椽笋乎玟瑁"的语句。当时有宰官建议，把京都及其附近的佛寺排列名次，推举前五，作为诸寺院的纲领，净慈寺位列其一。原先，净慈寺里的僧人取水困难，需要到湖边去挑水。绍定四年（1231年），僧人法薰用锡杖扣殿前的土地，挖出两支泉水，掘为双井，才满足了寺院水的供应。淳祐十年（1250年），建了千佛阁，宋理宗为寺院书写"华严法界正偏知阁"八字。元代末年，西湖的寺院尽遭毁坏，而唯独保存下净慈寺。明代洪武年间，净慈寺被毁，僧人法净重新修建。正统年间又被毁，僧人宗妙又再修复。万历二十（1592年），司礼监孙隆重新修葺，铸造铁鼎，修建钟楼，构建井亭，架上木柱表彰纪念。永乐年间，建文帝逃到此处藏匿起来，寺中有他的遗像，相貌魁梧，体格壮大，不同于常人。

袁宏道的《莲花洞小记》，大意如下：

莲花洞前面有居然亭。居然亭开阔而敞亮，可登亭眺望。每次登上居然亭观赏，则可看到湖光山色一片碧绿，人影倒映湖中，如同照进镜子，须眉可见。六桥的杨树和柳树，一路上被风吹拂，摇曳多姿，倒像是杨柳领着风，引出了湖中的波浪，错落有致，很是迷人。晴雨烟月，风景各不相同，是净慈寺最绝妙的地方。莲花洞的石头玲珑别透，栩栩如生，比精工雕刻还要巧妙。我曾经说过吴山南屏一带都是表层为土，下面是石头，岩石中间有孔，相互贯通。越往里搜，就会发现越多中空的石头。近的如宋氏园亭的石头，都是从这里搜得的。又比如紫阳宫的石头，很多是孙内史从这里挖出来的。噫，怎么能使五丁大力神把钱塘江的水挑来，将山的表面泥土洗净，把山下奇异的石头都显露出来? 那该是怎样的情形呢!

　　王思任写有《净慈寺》一诗:
　　净寺何年出,西湖长翠微。
　　佛雄香较细, 云饱绿交肥。
　　岩竹支僧阁, 泉花蹴客衣。
　　酒家莲叶上, 鸥鹭往来飞。

小蓬莱

　　小蓬莱在雷峰塔右, 宋内侍甘昇园也[①]。奇峰如云, 古木蓊蔚, 理宗常临幸[②], 有御爱松, 盖数百年物也。自古称为小蓬莱。石上有宋刻"青云岩""鳌峰"等字。今为黄贞父先生读书之地[③], 改名"寓林", 题其石为"奔云"。余谓"奔云"得其情, 未得其理。石如滇茶一朵, 风雨落之, 半入泥土, 花瓣棱棱, 三四层摺。人走其中, 如蝶入花心, 无须不缀。色黝黑如英石, 而苔藓之古, 如商彝周鼎入土千年, 青绿彻骨也。贞父先生为文章宗匠, 门人数百人。一时知名士, 无不出其门下者。余幼时从大父访先生[④]。先生面黧黑, 多髭须, 毛颊, 河目海口, 眉棱鼻梁, 张口多笑。交际酬酢[⑤], 八面应之。耳聆客言, 目睹来牍, 手书回札, 口嘱傒奴, 杂沓于前, 未尝少错。客至, 无贵贱, 便肉、便饭食之, 夜即与同榻。余一书记往，颇秽恶，先生寝食之无异也。天启丙寅⑥，余至寓林，亭榭倾圮，堂中窀先生遗蜕⑦，不胜人琴之感。今当丁酉⑧，再至其地，墙围俱倒，竟成瓦砾之场。余欲筑室于此，以为东坡先生专祠，往鬻其地，而主人不肯。但林木俱无，苔藓尽剥。"奔云"一石，亦残缺失次，十去其五。数年之后，必鞠为茂草，荡为冷烟矣。菊水桃源，付之一想。

张岱《小蓬莱奔云石》诗：

滇茶初着花，忽为风雨落。

簇簇起波棱，层层界轮廓。

如蝶缀花心，步步堪咀嚼。

薜萝杂松楸，阴翳罩轻幕。

色同黑漆古，苔斑解竹箨。

土绣鼎彝文，翡翠兼丹膜。

雕琢真鬼工，仍然归浑朴。

须得十年许，解衣恣盘礴。

况遇主人贤，胸中有丘壑。

此石是寒山，吾语尔能诺。

【注释】①甘升：宋孝宗时太监。②临幸：古代帝王亲自到达某处。③黄贞父：即黄汝亭，字贞父，号寓庸，万历进士。④大父：祖父。⑤酬酢：泛指交际应酬。⑥天启丙寅：天启六年（1626）。⑦窀：坟墓。⑧丁酉：指清顺治十四年（1657）。

【译文】小蓬莱在雷峰塔的右边，本是宋孝宗太监甘升的园子。园内奇峰如云，古木密集，理宗常到这里来，有大概数百年历史的松树，是帝王所爱之物。园子自古被称为小蓬莱。石上有宋刻“青云岩”、“鳌峰”等字。现在此处是黄汝亨先生的读书地，改名为“寓林”，石上题字“奔云”。我觉得“奔云”二字得其情致，未能体现其理趣。“奔云”石像一朵云南茶花，风雨将花吹落，一半埋入泥土，花瓣一棱一棱的，叠成三四层。人走入其中，如同蝴蝶飞入花心，不会不加以品咂。石头颜色黝黑，像石英石。石上的苔藓年代久远，如同已入土千年的商周青铜礼器，青绿逼人。黄汝亨先生文章造诣很深，为众人所宗仰，门下弟子有数百人。当时的名士，几乎都出自他的门下。我小的时候跟着祖父拜访过先生，见先生脸色黧黑，胡须很多，两颊有毛，眼睛长长的，嘴很大，相貌非凡。眉骨高耸，鼻梁高，一说话就笑。待人接物，来往应酬，可以应对八方。他耳听客人说话，眼看来信，手中书写回信，口中吩咐家奴，同时处理多项杂事，没有出过一点差错。客人来了，不分贵贱，都会拿肉拿便饭招待，晚上就与客人同榻而眠。我有一个书记员去他那里，这个书记员很是邋遢，先生对他和别人也没什么两样。天启丙寅年（1626年），我到寓林，园中的亭阁台榭已经倒塌，堂中是先生的坟墓，不禁对先生的逝世深感悲痛。现如今是清顺治十四年（1657年），再到此地，围墙都倒了，残破的石头、砖瓦散落一地，一片荒凉。我想在此给苏东坡先生建立专祠，前去找主人协商买地，而主人不肯。园中树木已经都没了，苔藓也都剥落。“奔云”一石，也残缺不全。多年之后，必是杂草塞道，荡为冷烟。菊水桃源，也就想想罢了。

张岱写有《小蓬莱奔云石》一诗：

滇茶初着花，忽为风雨落。

簇簇起波棱，层层界轮廓。

如蝶缀花心，步步堪咀嚼。

薜萝杂松楸，阴翳罩轻幕。

色同黑漆古，苔斑解竹箨。

土绣鼎彝文，翡翠兼丹臒。

雕琢真鬼工，仍然归浑朴。

须得十年许，解衣恣盘礴。

况遇主人贤，胸中有丘壑。

此石是寒山，吾语尔能诺。

雷峰塔

雷峰者，南屏山之支麓也[1]。穿窿回映，旧名中峰，亦名回峰。宋有雷就者居之，故名雷峰。吴越王于此建塔，始以十三级为准，拟高千尺。后财力不敷，止建七级，古称王妃塔。元末失火，仅存塔心。雷峰夕照，遂为西湖十景之一。曾见李长蘅题画有云[2]："吾友闻子将尝言[3]：'湖上两浮屠，保俶如美人，雷峰如老衲。'予极赏之。辛亥在小筑[4]，与沈方回池上看荷花[5]，辄作一诗，中有句云：'雷峰倚天如醉翁'。严印持见之[6]，跃然曰：'子将老衲不如子醉翁,尤得其情态也。'盖余在湖上山楼,朝夕与雷峰相对,而暮山紫气,此翁颓然其间,尤为醉心。然予诗落句云:'此翁情淡如烟水。'则未尝不以子将老衲之言为宗耳。癸丑十月醉后题⑦。"

林逋《雷峰》诗:

中峰一径分,盘折上幽云。

夕照前林见,秋涛隔岸闻。

长松标古翠,疏竹动微薰。

自爱苏门啸,怀贤事不群。

张岱《雷峰塔》诗:

闻子状雷峰,老僧挂偏裰。

日日看西湖,一生看不足。

时有薰风至,西湖是酒床。

醉翁潦倒立,一口吸西江。

惨淡一雷峰,如何擅夕照。

遍体是烟霞,掀髯复长啸。

怪石集南屏,寓林为其窟。

岂是米襄阳,端严具袍笏。

【注释】①麓:山脚下。②李长蘅:即李流芳,嘉定(今属上海)

人。工诗画,"嘉定四先生"之一。③闻子将:闻起祥,字子将,明代杭州人。④辛亥:指万历三十九年(1611)。小筑:一种中国古代的建筑形式。以其建筑之小巧、雅致,环境之清幽、宁静、自然,古时多为文人墨客或者隐居者所青睐。⑤沈方回:此处李流芳《檀园集》原文为"方回",疑张岱援引时误认为是沈无回,即沈守正,故加"沈"字,然而此处应为邹方回,钱塘人,著有《清晖阁草》。⑥严印持:严调御,字印持,明代杭州人。⑦癸丑:指万历四十一年(1613)。

【译文】雷峰,在南屏山的支麓。与天空交相辉映,旧名中峰,也叫回峰。宋朝时有叫雷就的人在此居住,所以名雷峰。吴越王钱镠在此处建塔,当初计划以十三级为准,高千尺。后来财力不济,只建了七级。古时称此塔为王妃塔,元朝末年失火,只剩存塔心部分。雷峰夕照,于是就成为西湖十景之一。我曾见李流芳在画上题记中写道:"我的好友闻起祥曾经说过:'西湖有两塔,保俶塔像美人,雷峰塔像老衲。'我很赞同他打的这个比方。万历三十九年(1611年),我在小筑与沈方回池边赏荷,当即作诗一首,其中有一句"雷峰倚天如醉翁"。严印持看后,激动地说:'起祥把雷峰塔比作老衲不如你比作醉翁,醉翁更能凸显雷峰塔的情态。'这大概是我在西湖边上住,朝夕与雷峰塔相对的缘故。沐浴着傍晚山峰的云气,雷峰塔颓放不羁地耸立其中,尤其让人为之醉心。然而我写的那首诗尾句'此翁情淡如烟水',则未尝不是以起祥的比方为本。万历四十一年(1613年),十月,醉后题写。"

林逋写有《雷峰》一诗:

中峰一径分,盘折上幽云。

夕照前林见,秋涛隔岸闻。

长松标古翠,疏竹动微薰。

自爱苏门啸，怀贤事不群。

张岱写有《雷峰塔》一诗：
闻子状雷峰，老僧挂偏裻。
日日看西湖，一生看不足。

时有薰风至，西湖是酒床。
醉翁潦倒立，一口吸西江。

惨淡一雷峰，如何擅夕照。
遍体是烟霞，掀髯复长啸。

怪石集南屏，寓林为其窟。
岂是米襄阳，端严具袍笏。

包衙庄

西湖之船有楼，实包副使涵所创为之①。大小三号：头号置歌筵、储歌童；次载书画；再次侍美人②。涵老以声伎非侍妾比，仿石季伦、宋子京家法③，都令见客。常靓妆走马，媻姗勃窣④，穿柳过之，以为笑乐。明槛绮疏⑤，曼讴其下，撇簫弹筝⑥，声如莺试。客至，则歌童演剧，队舞鼓吹，无不绝伦。乘兴一出，住必浃旬⑦，观者相逐，问其所之。南园在雷峰塔下，北园在飞来峰下。两地皆石薮，积磥磊砢⑧，无非奇峭。但亦借作溪涧桥梁，不于山上叠山，大有文理。大厅以拱斗抬梁，偷其中间四柱，队舞狮子甚畅。北园作八卦房，园亭如规，分作八格，形如扇面。当其狭处，横亘一床，帐前后开阖，下里帐则床向外，下外帐则床向内。涵老据其中，扃上开明窗，焚香倚枕，则八床面面皆出。穷奢极欲，老于西湖者二十年。金谷、郿坞⑨，着一毫寒俭不得，索性繁华到底，亦杭州人所谓"左右是左右"也。西湖大家何所不有，西子有时亦贮金屋。咄咄书空⑩，则穷措大耳⑪。

陈函辉《南屏包庄》诗：

独创楼船水上行，一天夜气识金银。
歌喉裂石惊鱼鸟，灯火分光入藻蘋。
潇洒西园出声妓，豪华金谷集文人。
自来寂寞皆唐突，虽是逋仙亦恨贫。

【注释】①包涵所：即包应登，字涵所，钱塘（今浙江杭州）人。万历进士，官福建提学副使。②偫：积储，储备。③石季伦：石崇，字季伦，西晋人，官荆州刺史，为南方巨富。宋子京：宋祁，字子京，北宋天圣初进士。家蓄声伎，客人来了，令出见。④婆姗勃窣：婆姗，同"蹒跚"，走路摇摆。勃窣，犹婆娑，摇曳貌。⑤绮疏：雕刻成空心花纹的窗户。⑥撤篰：撤，（用手指）按压。篰，古史传说时代生活在中华大地上的先民所创制的一件原始簧管乐器。⑦浃旬：一旬，十天。⑧积牒磊砢：积牒，累积重迭。磊砢，众多委积貌。⑨金谷：别墅名，石崇所建。郿坞：汉末董卓所筑城堡，号称"万岁坞"。⑩咄咄书空：形容失志、懊恨之态。⑪穷措大：形容既贫寒且酸气的书生，含讥讽轻慢之意。

　　【译文】西湖的船有楼，是副使包涵所首创。根据大小分为三号：头号置办歌筵、储歌童；次则装载书画，再则安置美人。涵老认为声伎不同侍妾，仿石季伦、宋子京的做法，让她们露面见人。声伎常打扮得光鲜靓丽步履匆匆，走路摇摇摆摆，打柳树下经过，人们常拿她们取笑为乐。楼船绮丽，窗棂刻有花纹，声伎在窗下曼妙歌唱，有的按篪，有的弹筝，歌声如同黄莺啼鸣，很是动听。客人到来，则歌童演剧，队舞鼓吹，精彩绝伦。有时乘兴出门，一住就是十来天，观看的人争相追逐问他们要去哪里。南园在雷锋塔下，北园在飞来峰下。两地都是石头聚集地，石块累积相叠，无一不是奇特峻峭。也用来借作溪涧的桥梁，不在山上叠山，很有条理。大厅以斗拱撑起大梁，就可去掉中间四柱，舞狮队在这里舞狮子很是通畅。北园作八卦房，园亭像是用圆规画出来的一样，分作八格，形状像扇面似的。在其狭窄处，横着摆上一张床，帐子前后开合，放下里帐则床向外，放下外账则床向内。涵老坐在中间，窗户开的是明窗，焚着香倚着靠枕，则八张床面面都能看到。穷奢极欲，涵老在西湖享受了二十年。当年石崇所建的别墅金谷、董卓所筑的城堡郿坞，不得有一丝一毫的不体面，索性繁华到底，正所谓杭州人讲的"左右是左右"。西湖大家真是无所不有，有人也会仿汉武帝金屋藏娇在此建金屋。哎，叹我命运不济，就是一落魄的穷酸书生！

　　陈函辉写有《南屏包庄》一诗：

独创楼船水上行，一天夜气识金银。

歌喉裂石惊鱼鸟，灯火分光入藻蘋。

潇洒西园出声妓，豪华金谷集文人。

自来寂寞皆唐突，虽是逋仙亦恨贫。

南高峰

　　南高峰在南北诸山之界，羊肠佶屈，松篁葱蒨，非芒鞋布袜，努策支筇[①]，不可陟也[②]。塔居峰顶，晋天福间建，崇宁、乾道两度重修[③]，元季毁。旧七级，今存三级。塔中四望，则东瞰平芜，烟销日出，尽湖中之景。南俯大江，波涛汹汹[④]，舟楫隐见杳霭间。西接岩窦，怪石翔舞，洞穴邃密，其侧有瑞应像[⑤]，巧若鬼工。北瞩陵阜[⑥]，陂陀曼延[⑦]，箭栝丛出，龚麦连云[⑧]。山椒巨石，屹如峨冠者[⑨]，名先照坛，相传道者镇魔处。峰顶有钵盂潭、颖川泉，大旱不涸，大雨不盈。潭侧有白龙洞。

道隐《南高峰》诗：

南北高峰两郁葱，朝朝滃渟海烟封。

极颠螺髻飞云栈，半岭峨冠怪石供。

三级浮屠巢老鹘，一泓清水蛰痴龙。

倘思济胜烦携具，布袜芒鞋策短筇。

【注释】①筇：手杖。因筇竹可为杖，即称杖为筇。②陟：登高。③崇宁：宋徽宗年号。乾道：宋孝宗年号。④洄洑：湍急回旋的流水。⑤瑞应：古代以为帝王修德，时世清平，天就降祥瑞以应之，谓之瑞应。⑥陵阜：丘陵。⑦陂陀：倾斜不平貌。⑧麰麦：大麦。⑨山椒：山顶。

【译文】南高峰在南北诸山的交界，羊肠小道曲曲折折，松林竹林青翠茂盛，非得穿着登山的草鞋布袜，拄着登山杖，才能往上爬。南高峰峰顶有塔，晋朝天福年间建，宋朝崇宁、乾道年间曾两度重修，元朝末年遭毁坏。塔旧时有七级，如今仅存三级。站在塔上望向四处，俯瞰东边，则是草木丛生的平旷原野，烟云消散日出升起，尽是湖中之景。俯视南边，则是大江波涛起伏，流水湍急，隐隐可见缥缈的云气间有船划过。西边接壤岩穴，怪石嶙峋，洞穴深邃，旁边有瑞应像，巧如鬼斧神工。北边可见丘陵，倾斜着蔓延开去，栎树丛出，大麦连着天边的云彩。山顶有如峨冠的巨石屹立，名为先照坛，相传是道人镇魔的地方。南高峰峰顶有钵盂潭、颖川泉，大旱的时候不干涸，大雨的时候不满溢。钵盂潭旁边有白龙洞。

道隐写有《南高峰》一诗：
南北高峰两郁葱，朝朝瀚涬海烟封。
极颠螺髻飞云栈，半岭峨冠怪石供。
三级浮屠巢老鹘，一泓清水蓁痴龙。
倘思济胜烦携具，布袜芒鞋策短筇。

烟霞石屋

由太子湾南折而上为石屋岭①。过岭为大仁禅寺②，寺左为烟霞石屋。屋高厂虚明，行迤二丈六尺，状如轩榭，可布几筵。洞上周镌罗汉五百十六身，其底邃窄通幽，阴翳杳霭③。侧有蝙蝠洞，蝙蝠大者如鸦，挂搭连牵，互衔其尾。粪作奇臭，古庙高梁，多受其累，会稽禹庙亦然④。由山椒右旋为新庵，王子安曾、陈章侯洪绶尝读书其中⑤。余往访之，见石如飞来峰，初经洗出，洁不去肤，隽不伤骨，一洗杨髡凿佛之惨。峭壁奇峰，忽露生面，为之大快。建炎间⑥，里人避兵其内，数千人皆获免。岭下有水乐洞，嘉泰间为杨郡王别圃⑦。垒石筑亭，结构精雅。年久芜秽不治，水乐绝响。贾秋壑以厚直得之⑧，命寺僧深求水乐所以兴废者，不得其说。一日，秋壑往游，俯睨旁听，悠然有会，曰："谷虚而后能应，水激而后能响，今水潴其中，土壅其外，欲其发响，得乎？"亟命疏壅导潴，有声从洞洞出，节奏自然。二百年胜概，一日始复。乃筑亭，以所得东坡真迹，刻置其上。

苏轼《水乐洞小记》：

钱塘东南有水乐洞，泉流岩中，皆自然宫商。又自灵隐、下天竺而上，至上天竺，溪行两山间，巨石磊磊如牛羊，其声空砻然，真若钟鼓，乃知庄生所谓天籁，盖无在不有也。

袁宏道《烟霞洞小记》：

烟霞洞，亦古亦幽，凉沁入骨，乳汁渗渗下。石屋虚明开朗，如一片云，欹侧而立，又如轩榭，可布儿筵。余凡两过石屋，为佣奴所据，嘈杂若市，俱不得意而归。

张京元《石屋小记》：

石屋寺，寺卑下无可观。岩下石龛，方广十笏⑨，遂以屋称。屋内，好事者置一石榻，可坐。四旁刻石像如傀儡，殊不雅驯。想以幽僻得名耳。出石屋西，上下山坡夹道皆丛桂，秋时着花，香闻数十里，堪称金粟世界。

又《烟霞寺小记》：

烟霞寺在山上，亦荒落，系中贵孙隆易创，颇新整。殿后开宕取土，石骨尽出，巉峭可观。由殿右稍上两三盘，经象鼻峰，东折数十武，为烟霞洞。洞外小亭踞之，望钱塘如带。

李流芳《题烟霞春洞画》：

从烟霞寺山门下眺，林壑窈窕，非复人境。李花时尤奇，真琼林瑶岛也⑩。犹记与闲孟、无际，自法相寺至烟霞洞，小憩亭子，渴甚，无从得酒。见两伧父携榼至⑪，闲孟口流涎，遽从乞饮，伧父不顾，予辈大怪。偶见梁间恶诗书一板上，乃抉而掷之，伧父跄踉而走，念此辄喷饭不已也。

【注释】①太子湾：地名，在西湖南边，是南宋庄文、景献两位太子棺木停放处，故名。石屋岭：以石屋洞得名，岭上有苏轼的题字。②大仁禅寺：即大仁寺，吴越王建。③杳霭：指云雾飘缈貌。④禹庙：在今浙江绍兴东南的禹陵旁边。⑤王子安霁：王霁字子安，绍兴人，晚明名士。陈章侯洪绶：陈洪绶字章侯，明末清初著名书画家、诗人。⑥建炎：南宋皇帝宋高宗的第一个年号。⑦嘉泰：南宋皇帝宋宁宗的第二个年号。杨郡王：指杨存中，字正甫。南宋初年将领，因功封同安郡王。⑧厚直：高价。⑨十笏：唐人所著《法苑珠林·感应篇》中提到印度吠舍哩国有维摩居士故宅基，唐显庆中王玄策出使西域，过其地，以笏量宅基，只有十笏，故号方丈之室。后人即以"十笏"来形容小面积的建筑物。⑩琼林：指披雪的树林；琼树之林等。古人常以形容佛国、仙境的瑰丽景象。⑪伧父：泛指粗俗、鄙贱之人，犹言村夫。榼：古代盛酒的器具。

【译文】从太子湾向南曲折而上则到石屋岭。过岭为大仁禅寺，寺的左边是烟霞石屋。烟霞石屋在山边岩石突出覆盖处，景色清澈明亮，连绵延伸有二丈六尺，形状像亭子，可以在里边摆桌设宴。洞的上周镌刻了五百一十六座罗汉像，洞底深邃狭窄，通往幽深僻静的地方，云雾缥缈。洞的一侧有蝙蝠洞，蝙蝠大的像乌鸦，紧紧地连在一起，互相衔着前者的尾巴。古庙的高梁上布满了蝙蝠的粪便，奇臭无比，会稽的禹庙也是这样。从山椒右转则到新庵，王霁、陈洪绶曾经在这里读书，我前往拜访他们，看到这里的岩石跟飞来峰的很像，如同刚被洗过一样，清洁又不伤岩石的皮肤，镌刻没有伤到岩石的筋骨，一洗飞来峰被杨髡凿刻佛像的惨象。陡峭的山崖、奇异的山峰，忽然露出耳目一新的面貌，让人不禁拍手称快。南宋建炎年间，同乡在里边躲避战乱，数千人幸免于难。石屋岭下有水乐洞，南宋嘉泰年间这里是杨郡王的园子。

当年杨郡王砌石建造了结构精致优雅的亭子。如今年岁久了，没人治理而杂草丛生，水乐洞的水不再发出钟磬般的乐声。贾秋壑花高价买得此处，命令寺里的僧人找到水乐洞的水发出乐声的原因，未果。有一天，贾秋壑前往游玩，俯身看侧耳听，悠然有所体悟，说道："山谷虚空而后能有所响应，水猛烈冲击而后能发出声音，现在水积在里边，土堵在外边，怎么可能发出声响呢？"立即命令将淤积的土和水疏导开，随后洞中的山涧里便发出水声，流动着自然的节奏，二百年的美景，一天内得以恢复。于是建造了亭子，把找到的苏东坡真迹，都刻在了上面。

苏轼的《水乐洞小记》，大意如下：

杭州东南有水乐洞，泉水从山岩中流出来，带着自然而动听的乐声。自灵隐寺、下天竺寺而上，到上天竺寺，溪水在两山间流淌，高大的巨石像牛羊一样多，水声像乐器奏出的声音一般，如同钟鼓在敲，才知道庄子所说的天籁，真是无处不存在啊。

袁宏道的《烟霞洞小记》，大意如下：

烟霞洞，有古意，环境清幽，凉意沁人，深入骨髓，水流溁溁。烟霞石屋景色清澈明亮，让人豁然开朗，像一片云，歪斜在那里；又像一座亭，可摆桌设宴。我曾经两次从烟霞石屋经过，烟霞石屋都被佣奴占据，嘈杂得如同集市，终不得意而回。

张京元的《石屋小记》，大意如下：

石屋寺，寺庙又低又矮，没有什么可看的。岩下有石龛，面积不大，于是就以"屋"相称。屋内，有人放了一个可用来坐的石榻。四旁雕刻的石像如同傀儡，一点都不优美典雅。想来此处是以幽静偏僻而得名。从石屋出来往西走，上下山坡的夹道上种的都是桂花，秋天花开时节，数十里都飘着桂花香，简直成了金粟的世界。

张京元还写了《烟霞寺小记》，大意如下：

烟霞寺在山上，也荒芜衰落了，皇帝近臣孙隆重新修葺后，很是崭新完整。在大殿后面开采岩石挖土，石骨显现出来，险峻而陡峭。从大殿的右边往上走两三盘，经象鼻峰往东折上数十步，就到了烟霞洞。洞外有小亭，站在小亭上望向钱塘江，钱塘江就像缎带一样。

李流芳的《题烟霞春洞画》，大意如下：

站在烟霞寺的山门处往下眺望，树林和山谷深邃而幽美，不像是人间尘世。当李花盛开时，尤其独特奇异，简直如同仙境一般。犹记得我同闲孟、无际，从法相寺到烟霞洞，在亭子里稍作休息，口渴，没地儿找酒喝，看到两个村夫带着酒具来，闲孟口水直流，急忙前去讨酒，村夫不理。我们不禁要责怪村夫。看到梁间破损的诗书上有块板，我拿起来向村夫扔去。村夫踉踉跄跄地跑了。每想到这里就让人大笑不已。

高丽寺

高丽寺本名慧因寺，后唐天成二年①，吴越钱武肃王建也。宋元丰八年②，高丽国王子僧统义天入贡③，因请净源法师学贤首教④。元祐二年⑤，以金书汉译《华严经》三百部入寺，施金建华严大阁藏塔以尊崇之。元祐四年，统义天以祭奠净源为名，兼进金塔二座。杭州刺史苏轼疏言："外夷不可使屡入中国，以疏边防，金塔宜却弗受。"神宗从之。元延祐四年，高丽沈王奉诏进香幡经于此。至正末毁⑥，洪武初重葺⑦，俗称高丽寺。础石精工⑧，藏轮宏丽，两山所无。万历间，僧如通重修。余少时，从先宜人至寺烧香，出钱三百，命舆人推转轮藏⑨，轮转呀呀，如鼓吹初作，后旋转熟滑，藏轮如飞，推者莫及。

【注释】①后唐：五代十国时期由沙陀族建立的封建王朝（923—936）。天成二年：即927年。②元丰：宋神宗年号（1078—1085）。③僧统：北魏所设以统监全国僧尼事务之僧官。义天：高丽王朝时期的著名高僧，出身王室，15岁封号佑世僧统，曾于宋代元丰末、元祐初年入华求法，成绩卓著，在中韩两国文化交流史上占有重要而突出的地位。④贤首教：华严宗，佛教派别名称。出现于南朝陈、隋之际。法藏贤首法师为其三祖，并著《华严经略疏》，确立教旨，故名。⑤元祐：宋哲宗年号（1086—1094）。⑥至正：元代年号。⑦洪武：明代年号。⑧础石：柱下的石墩。⑨轮藏：能旋转的藏置佛经的书架。

【译文】高丽寺的本名是慧因寺，后唐天成二年（927年），由吴越武肃王钱镠建造。宋朝元丰八年（1085年），高丽国的僧统义天前来朝贡，拜见净源法师学华严宗。元祐二年（1315年），用金色书写的三百部汉译《华严经》入寺，建华严大阁藏塔盛放，以示尊崇。元祐四年（1317年），僧统义天以祭奠净源法师为名，进奉两座金塔。杭州刺史苏轼上书谏言："不可让外夷屡次来中国，疏忽了边防，宜将金塔归还。"宋神宗听从了他的意见。同年，高丽国沈王奉旨进奉香幡、经书。元朝至正末年，高丽寺遭毁，明朝洪武初年，重新修建，俗称高丽寺。柱下石墩工艺精巧，藏轮宏伟瑰丽，两山找不到第二处。明朝万历年间，僧人如通重新修葺。我小的时候，跟着母亲到寺里烧香，出钱三百，让轿夫转轮藏，轮藏转呀转呀，声音如同鼓吹声，后来转得越来越顺滑了，藏轮像快要飞起来，转的人都跟不上了。

法相寺

　　法相寺俗称长耳相。后唐时，有僧法真，有异相，耳长九寸，上过于顶，下可结颐，号长耳和尚。天成二年[①]，自天台国清寒岩来游，钱武肃王待以宾礼，居法相院。至宋乾祐四年正月六日[②]，无疾，坐方丈，集徒众，沐浴，趺跏而逝[③]。弟子辈漆其真身，供佛龛，谓是定光佛后身。妇女祈求子嗣者，悬幡设供无虚日。以此，法相名著一时。寺后有锡杖泉，水盆活石。僧厨香洁，斋供精良。寺前茭白笋，其嫩如玉，其香如兰，入口甘芳，天下无比。然须在新秋八月，余时不能也。

　　袁宏道《法相寺拜长耳和尚肉身戏题》：
　　轮相居然足，漆光与鉴新。

神魂知也未，爪齿幻耶真。

古董休疑容，庄严不待人。

饶他金与石，到此亦成尘。

徐渭《法相寺看活石》：

莲花不在水，分叶簇青山。

径折虽能入，峰迷不待还。

取蒲量石长，问竹到溪湾。

莫怪掩斜日，明朝恐未闲。

张京元《法相寺小记》：

法相寺不甚丽，而香火骈集。定光禅师，长耳遗蜕，妇人谒之，以为宜男，争摩顶腹，漆光可鉴。寺右数十武，度小桥，折而上，为锡杖泉。涓涓细流，虽大旱不竭。经流处，僧置一砂缸，挹注供爨④。久之，水土锈结，蒲生其上，厚几数寸，竟不见缸质，因名蒲缸。倘可铲置研池炉足⑤，古董家不秦汉不道矣。

李流芳《题法相山亭画》：

去年在法相，有送友人诗云："十年法相松间寺，此日淹留却共君。忽忽送君无长物，半间亭子一溪云。"时与方回、孟旸避暑竹阁，连夜风雨，泉声轰轰不绝。又有题扇头小景一诗："夜半溪阁响，不知风雨歇。起视杳霭间，悠然见微月。"一时会心，不知作何语，今日展此，亦自可思也。壬子十月大佛寺倚醉楼灯下题⑥。

【注释】①天成二年：即927年。②乾祐：疑为乾德之误，因宋没有乾祐年号。宋太祖乾德四年，即966年。③跌跏：双足交叠而坐。④挹注：把液体盛出来再注入。供爨：供烧火煮饭。⑤研池：指砚。亦指砚心。⑥壬子：即万历四十年（1612）。

【译文】法相寺，俗称长耳寺。后唐的时候，有一僧人法真，相貌奇异，耳朵有九寸长，上过头顶，下可垂肩，人称"长耳和尚"。天成二年（927年），法真自天台国清寒岩来游，钱武肃王以宾礼相待，安排他住在法相院。到宋太祖乾德四年（966年），这一年正月初六，法真身体无恙，在方丈室聚集一众门徒，沐浴后盘坐而逝。他的弟子将其真身涂上漆，安置佛龛供奉，说他是定光佛的后身。每天都有前来祈求子嗣的妇女悬幡设供。从此，法相寺声名鹊起。寺庙后边有锡杖泉，水盆活石。厨房整洁卫生，斋供精良。寺前种有茭白笋，嫩似玉，香如兰，入口甘芳，天下没有别处可比。但必须在新秋八月才能尝到，其他时候是吃不到的。

袁宏道写有《法相寺拜长耳和尚肉身戏题》一诗：
轮相居然足，漆光与鉴新。
神魂知也未，爪齿幻耶真。
古董休疑容，庄严不待人。
饶他金与石，到此亦成尘。

徐渭写有《法相寺看活石》一诗：
莲花不在水，分叶簇青山。
径折虽能入，峰迷不待还。

取蒲量石长，问竹到溪湾。

莫怪掩斜日，明朝恐未闲。

张京元写有《法相寺小记》，大意如下：

法相寺并不壮丽，但香火很盛。长耳的定光禅师，这里有他的遗身，妇人前来拜谒，以为可以生男孩，争着摸他的头顶和肚子，漆光亮得可以照人。从法相寺的右边走上数十步，过小桥，折而往上，则到锡杖泉。泉水涓涓细流，即使大旱也不会枯竭。泉水流经的地方，僧人放置了一个砂缸，烧火做饭就用这缸里的水。时间久了，砂缸上水土锈结在一起。上边长了蒲草，厚度足有几寸，竟看不出缸的质地，因而得名"蒲缸"。倘若把蒲草铲掉露出砚台或炉足的形状，古董家定会说是秦汉时的产物。

李流芳写有《题法相山亭画》，大意如下：

去年在法相寺，写了一首送友人的诗："十年法相松间寺，此日淹留却共君。忽忽送君无长物，半间亭子一溪云。"当时我与方回、孟旸于竹阁避暑，连夜的风雨，泉水轰轰，不绝于耳。还在扇头题写了一首写景小诗："夜半溪阁响，不知风雨歇。起视香霭间，悠然见微月。"当时一时会心，不知说什么好，今天展开这幅画，便想见当时情景。万历四十年（1612年），十月月，记于大佛寺倚醉楼的灯下。

于坟

于坟，于少保公以再造功①，受冤身死，被刑之日，阴霾翳天，行路踊叹。夫人流山海关，梦公曰："吾形殊而魂不乱，独目无光明，借汝眼光见形于皇帝。"

翌日，夫人丧其明。会奉天门灾②，英庙临视，公形见火光中。上悯然念其忠，乃诏贷夫人归。又梦公还眼光，目复明也。公遗骸，都督陈逵密嘱瘗藏③。继子冕请葬钱塘祖茔，得旨奉葬于此。成化二年④，廷议始白。上遣行人马璇谕祭⑤，其词略曰："当国家之多难，保社稷以无虞；惟公道以自持，为权奸之所害。先帝已知其枉，而朕心实怜其忠。"弘治七年赐谥曰"肃愍"⑥，建祠曰"旌功"。万历十八年⑦，改谥"忠肃"。四十二年，御使杨鹤为公增廓祠宇，庙貌巍焕，属云间陈继儒作碑记之。碑曰："大抵忠臣为国，不惜死，亦不惜名。不惜死，然后有豪杰之敢；不惜名，然后有圣贤之闷。黄河之排山倒海，是其敢也；即能伏流地中万三千里，又能千里一曲，是其闷也。昔者土木之变，裕陵北狩，公痛哭抗疏，止南迁之议，召勤王之师。卤拥帝至大同，至宣府，至京城下，皆登城谢曰：'赖天地宗社之灵，国有君矣。'此一见《左传》⑧：楚人伏兵车，执宋公以伐宋。公子目夷令宋人应之曰：'赖社稷之灵，国已有君矣。'楚人知虽执宋公，犹不得宋国，于是释宋公。又一见《廉颇传》：秦王逼赵王会渑池。廉颇送至境曰：'王行，度道里会遇礼毕，还，不过三十日，不还，则请立太子为王，以绝秦望。'又再见《王旦传》⑨：契丹犯边，帝幸澶州。旦曰：'十日之内，未有捷报，当何如？'帝默然良久，曰：'立皇太子。'三者，公读书得力处也。由前言之，公为宋之日夷；由后言之，公不为廉颇、旦，何也？呜呼！茂陵之立而复废⑩，废而后当立，谁不知之？公之识，岂出王直、李侃、朱英下⑪？又岂出钟同、章纶下⑫？盖公相时度势，有不当言者，有不必言者。当裕陵在卤，茂陵在储，拒父则卫辄⑬，迎父则高宗⑭，战不可，和不可，无一而可。为制卤地，此不当言也。裕陵既返，见济虆，郕王病，天人攸归，非裕陵而谁？又非茂陵而谁？明率百官，朝请复辟，直以遵晦待时耳，此不必言也。若徐有贞、曹、石夺门之举⑮，乃变局，非正局；乃劫局，非迟局；乃纵横家局，非社稷大臣局也。或曰：盍去诸？呜呼！公何可去也。公在则裕陵安，而茂陵亦安。若公诤之，而公去之，则南宫之锢，不将烛影斧声乎⑯？东宫之废后，不将宋之德昭乎⑰？公虽欲调郕王之兄弟，而实密护吾君之父子，乃知回銮，公功；其他日得以复辟，公功也；复储亦公功也。人能见所见，而不能见所不见。能见者，豪杰之敢；不能见者，圣贤之闷。敢于任死，而闷于暴君，公真古大臣之用心也哉！"公祠既盛，而四方之祈梦至者接踵，而答如响。

王思任《吊于忠肃祠》诗：

涕割西湖水，于坟望岳坟。

孤烟埋碧血，太白黯妖氛。

社稷留还我，头颅掷与君。
南城得意骨，何处暮杨闻⑱。

一派笙歌地，千秋寒食朝。
白云心浩浩，黄叶泪萧萧。
天柱擎鸿社，人生付鹿蕉。
北邙今古讳，几突丽山椒。

张溥《吊于忠肃》诗：
栝柏风严辞月明，至今两袖识书生。
青山魂魄分夷夏，白日须眉见太平。
一死钱塘潮尚怒，孤坟岳渚水同清。
莫言软美人如土，夜夜天河望帝京。

张岱《于少保祠》诗：
平生有力济危川，百二山河去复旋⑲。
宗泽死心援北狩，李纲痛哭止南迁。
渑池立子还无日，社稷呼君别有天。
复辟南宫岂是夺，借公一死取貂蝉⑳。

社稷存亡股掌中，反因罪案见精忠。
以君孤注忧王旦，分我杯羹归太公。
但使庐陵存外邸，自知冕服返桐宫。
属镂赐死非君意，曾道于谦实有功。

杨鹤《于坟华表柱铭》：

赤手挽银河，君自大名垂宇宙。

青山埋白骨，我来何处哭英雄。

又《正祠柱铭》：

千古痛钱塘，并楚国孤臣，白马江边，怒卷千堆夜雪。

两朝冤少保，同岳家父子，夕阳亭里，伤心两地风波。

董其昌《于少保祠柱铭》：

赖社稷之灵，国已有君，自分一腔抛热血。

竭股肱之力，继之以死，独留青白在人间。

张岱《于少保柱铭》：

宋室无谋，岁输卤数万币，和议既成，安得两宫归朔漠。

汉家斗智，幸分我一杯羹，挟求非计，不劳三寸返新丰。

张岱《定香桥小记》：

甲戌十月，携楚生住不系园看红叶。至定香桥，客不期而至者八人：南京曾波臣，东阳赵纯卿，金坛彭天锡，诸暨陈章侯，杭州杨与民、陆九、罗三，女伶陈素芝。余留饮。章侯携缣素为纯卿画古佛，波臣为纯卿写照，杨与民弹三弦子，罗三唱曲，陆九吹箫。与民复出寸许紫檀界尺，据小梧，用北调说《金瓶梅》一剧，使人绝倒。是夜，彭天锡与罗

三、与民串本腔戏㉑，妙绝；与楚生、素芝串调腔戏㉒，又复妙绝。章侯唱村落小歌，余取琴和之，牙牙如语。纯卿笑曰："恨弟无一长以侑兄辈酒。"余曰："唐装将军旻居丧，请吴道子画天宫壁度亡母，道子曰：'将军为我舞剑一回，庶因猛厉，以通幽冥。'旻脱缧衣，缠结，上马驰骤，挥剑入云，高十数丈，若电光下射，执鞘承之，剑透室而入，观者惊栗。道子奋袂如风，画壁立就。章侯为纯卿画佛，而纯卿舞剑，正今日事也。"纯卿跳身起，取其竹节鞭，重三十斤，作胡旋舞数缠，大噱而罢。

【注释】①于少保公：于谦（1398—1457），字廷益，号节庵，永乐十九年（1421）进士，官至少保，后世称其为"于少保"。正统十四年（1449），瓦剌大举侵犯，宦官王振挟持英宗亲征，导致英宗被俘，史称"土木堡之变"。于谦等拥立郕王即帝位，是为景帝。在于谦的带领下取得了京城保卫战的胜利。瓦剌求和并归还英宗，置英宗于南宫，称太上皇。景帝八年（1457），将军石亨、副都御史徐有贞、宦官曹吉祥趁景帝病重，发兵拥立英宗复位，并诬陷于谦谋逆，判处死刑。英宗以于谦对国家有功，不忍心杀他，徐有贞上奏："不杀于谦，此举为无名"，遂以"意欲"谋逆罪将于谦处死，其子于冕充军，发戍山西龙门，其妻张氏发戍山海关。成化年间，其子于冕获赦，上疏为父平反，终葬于西湖三台山麓。②奉天门：皇城城门。③瘗藏：埋葬。④成化二年：即1466年。⑤行人：掌管传旨、册封的官职。⑥弘治七年：即1494年。⑦万历十八年：即1590年。⑧《左传》：应为《公羊传·僖公二十一年》，此处为误记。⑨《王旦传》：指《宋史·王旦传》。王旦，字子明，时以工部侍郎参知政事。⑩茂陵：指明宪宗朱见深，英宗长子，土木之变后，代宗废其为沂王，英宗复位又立太子，后继位，死后葬于茂陵。⑪王直、李侃、朱英：王直，永乐二年（1404）进士，授修撰，累升至少詹事兼侍读学士，赠太保。李侃，正统七年（1442）进士，授给事中，官至都察院右佥都御史。朱英，正统十年（1445）进士，官至右都御史。三人都不赞同废皇太子朱见深。⑫钟同、章纶：钟同，景泰二年（1451）进士，授官御史。景帝登基，废英宗太子朱见深，改立太子朱见济，次年见济卒，即上书请复立见深，为景帝不喜。章纶，正统四年（1439）进士，授南京礼部主事，钟同上书后章纶随之上书请复储。⑬卫辄：春秋时期卫出公。卫辄拒父是一个典故，卫国太子卫蒯聩因违抗卫灵公之命出逃国外，后来他的儿子卫辄继位，拒不接纳父亲卫蒯聩回国。⑭高宗：指宋高宗赵构。⑮徐有贞、曹、石：徐有贞，宣德八年（1433）进士，景帝即位，官行监察御史，因首倡南迁之议，仕途受阻。因夺门之变，封武功伯。曹，即曹吉祥，明代权宦之一，因夺门之变而为司礼监掌印太监。石，即石亨，累迁都督同知，北京保卫战有功进侯，为感激于谦的知遇之恩，向皇帝请求封赏于谦之子于冕，被于谦斥为徇私，竟与于谦交恶。夺门之变后以私憾杀于谦。三人拥立英宗复位。⑯烛影斧声：据《续湘山野录》记载："（宋太祖）急传宫钥开端门，召开封王，即太宗也。延入大寝，酌酒对饮，宦官宫女悉屏之。但遥见烛影下，太宗时或避席，有不可胜之状。饮讫，禁漏三鼓，殿雪已数寸，帝引柱斧戳雪，顾太宗曰：'好做好做。'遂解带就寝，鼻息如雷霆。是夕太宗留宿禁内。将五鼓，周庐者寂无所闻，帝已崩矣。"由于赵匡胤并没有按照传统习惯将皇位传给自己的儿子，而是传给了弟弟赵光义，后世因此怀疑赵光义谋杀兄长而篡位。此处用典，指若没有于谦，代宗囚禁英宗于南宫，难保没有"烛影斧声"之事。⑰宋之德昭：指宋太祖次子赵德昭。太宗出征，有谋立德者，太宗斥之，德昭自刎。此处用典，指朱见深被废后或有被杀的可能。⑱"南城"二句：指明英宗归来复辟之事。⑲百二山河：比喻山河险固之地。⑳貂蝉：貂尾和附蝉。汉代高官的冠饰，借指权势。㉑本腔：即昆腔，四大声腔之一。㉒调腔：又名"绍兴高腔"或"新昌调腔"，徒歌清唱，锣鼓伴奏，人声帮腔。

【译文】于坟即于少保公于谦的坟。于公对国家有再造之功，却蒙受冤屈而死，被行刑的那天，阴云蔽天，路人伤感不已，哀叹连连。于公的夫人被流放到山海关，梦里听到于公说："我的身体毁了但魂魄没散，唯独眼睛没光，把你的眼睛借来一用，我去见皇帝。"第二天，夫人就失明了。适逢皇城城门发生火灾，英宗皇帝前去视察，于公在火中现行。皇上哀伤地怀念起他的忠心，于是下诏宽免他的夫人回京。夫人又梦到于公来还她的视力，眼睛便重见光明。于公的遗骸，都督陈逵秘密嘱咐人悄悄地掩埋了。于公的儿子于冕请求将于公归葬钱塘的祖坟，得到圣旨奉命埋葬在这里。成化二年（1466年），廷臣会议上才还于公清白。皇上派使者马璇亲临传达圣意并进行祭祀。圣旨里提到："当国家多难的时候，保全国家太平无事；于公自己坚守公道，却被弄权作恶的奸臣所害。先帝已经知道于公是被冤枉的，而朕内心实在痛惜他的忠心。"弘治七年（1494年），皇上赐给于公谥号"肃愍"，并建了祠堂，祠堂名为"旌功"。万历十八年（1590年），改谥号为"忠肃"。1614年，御史杨鹤为于公扩建祠庙，祠庙变得高大辉煌，并安排云间人士陈继儒作碑文记载此事。碑文的大意如下："大概忠臣为国，不惜生命，也不惜名声。不惜效死，然后有豪杰的勇敢；不惜名声，然后有圣贤的隐忍。就像黄河排山倒海，这是它的果敢；在地下潜流一万三千里，又能一个曲折上千里，则是它的隐忍。当年发生土木堡之变时，英宗亲自出征，被俘，于公痛哭着上书直言，劝阻向南迁都，召集起兵救援国家的部队。敌方挟着英宗到大同、到宣府、到京城下，于公都登城谢绝说：'靠天地宗社的神明，国家已有君主。'这种行为，第一次见于《左转》：楚人埋伏兵车，捉住宋公来讨伐宋国。公子目夷命令宋国人回应说：'赖于社稷神灵，国家已经有国君了。'楚国人知道即使捉住宋公，也不能得到宋国。于是就把宋公放了。还见于《廉颇传》：秦王逼赵王在渑池相会。廉颇送赵王到边境，对赵王说：'路上行程加上会见结束归来，不会超过三十天。如果三十天以后大王还不回来的话，就请求立太子为赵王，来断绝秦国要挟的念想。'还见于《王旦传》：契丹触犯边境，皇帝亲临澶州。王旦说：'十天之内，如果还没有捷报，应当怎么办呢？'皇帝沉默了很久说：'立皇太子为皇帝。'这三件事，于公读书时深得其精髓啊。从前面的事来看，于公就是宋国的目夷。从后面的事来看，于公不就是廉颇、王旦一样的人么？哎，英宗之子被立后被废，被废后又当被立，谁不知道呢？于公的胆识，难道会在王直、李侃、朱英之下？又岂会在钟同、章纶之下？大概是因为于公当时审时度势，有不应当说的不必说的话。当时英宗被俘，其子宪宗被立储君，宪宗拒绝父意就会成为卫辄，迎合父命就会成为宋高宗，力战不行，讲和不行，无论如何都不行。为了控制英宗被俘之地，这就不应当说。英宗回京以后，见代宗之子济王去世，代宗重病，民心所向的天子，除了英宗还会有谁呢？除了宪宗还会有谁呢？光明正大地统领百官，上朝请英宗复位，顺应时势，退守待时，这是不必说。像徐有贞、曹吉祥、石亨发动的夺门之变，是变局，不是正局；是劫局，不是迟局；是纵横家局，不是社稷大臣的局。有人可能会说：'为什么不离开呢？'哎，于公怎么能离开呢。于公在英宗就安全，而宪宗也安全。如果于公劝谏或者离开后，英宗被囚禁在南宫，难保不会发生赵光义杀兄夺位之事。皇太子被废以后，难保不会重蹈宋朝德昭王被杀的覆辙。于公即使想调代宗的兄弟，实际上也是在秘密保护我们国君父子，可见英宗回宫，是公的功劳；他能够在后来复辟，也是于公的功劳；又立储君也是于公的功劳。一般人能看到他所见的，而看不到他见不到的事情。能看到的是豪杰的勇敢；而看不到的，是圣贤的隐忍。敢于以天下为己任而死，在遇暴君的时候选择隐忍，古代大臣中，于公真是用心良苦啊！"于公祠庙兴盛以后，四面八方来祭拜的人多得摩肩接踵，祈祷声此起彼伏，就像回声一样。"

王思任的《吊于忠肃祠》一诗：
涕割西湖水，于坟望岳坟。
孤烟埋碧血，太白黯妖氛。
社稷留还我，头颅掷与君。
南城得意骨，何处暮杨闻。

一派笙歌地，千秋寒食朝。
白云心浩浩，黄叶泪萧萧。
天柱擎鸿社，人生付鹿蕉。
北邙今古讳，几突丽山椒。

张溥的《吊于忠肃》一诗：
栝柏风严辞月明，至今两袖识书生。
青山魂魄分夷夏，白日须眉见太平。
一死钱塘潮尚怒，孤坟岳渚水同清。

莫言软美人如土，夜夜天河望帝京。

张岱的《于少保祠》一诗：

平生有力济危川，百二山河去复旋。

宗泽死心援北狩，李纲痛哭止南迁。

渑池立子还无日，社稷呼君别有天。

复辟南宫岂是夺，借公一死取貂蝉。

社稷存亡股掌中，反因罪案见精忠。

以君孤注忧王旦，分我杯羹归太公。

但使庐陵存外邸，自知冕服返桐宫。

属镂赐死非君意，曾道于谦实有功。

杨鹤的《于坟华表柱铭》：

赤手挽银河，君自大名垂宇宙。

青山埋白骨，我来何处哭英雄。

另一篇《正祠柱铭》：

千古痛钱塘，并楚国孤臣，白马江边，怒卷千堆夜雪。

两朝冤少保，同岳家父子，夕阳亭里，伤心两地风波。

董其昌的《于少保祠柱铭》：

赖社稷之灵，国已有君，自分一腔抛热血。

竭股肱之力，继之以死，独留青白在人间。

张岱的《于少保柱铭》：

宋室无谋，岁输卤数万币，和议既成，安得两宫归朔漠。

汉家斗智，幸分我一杯羹，挟求非计，不劳三寸返新丰。

张岱的《定香桥小记》，大意如下：

1634年10月，我带着楚生住在不系园看红叶。到定香桥，有客八人不期而至，分别是：南京的曾波臣，东阳的赵纯卿，金坛的彭天锡，诸暨的陈章侯，杭州的与民、陆九、罗三以及女伶陈素芝。我留他们下来小酌。章侯带着缣素，为纯卿画古佛，波臣为纯卿画像，杨与民弹三弦子，罗三唱曲，陆九吹箫。与民拿出一个一寸多的紫檀界尺，弹起琴，用北调说《金瓶梅》，让人拍案叫绝。这天晚上，彭天锡与罗三、与民串本腔戏，精彩极了；与楚生、素芝串调腔戏，也是相当精彩。章侯唱着村间小调，我拿来琴与他相和，牙牙如语。纯卿笑着说："恨我没有一技之长，只好给各位拿酒助兴。"我对他说道："唐装将军裴旻居丧期间，请吴道子给天宫寺画壁画，为已故的母亲祈求神佛保佑。吴道子说：'将军为我舞一回剑吧，或许你剑舞得勇猛凌厉，能让我的画与冥界相通。'于是裴旻脱去丧服，穿上平时的衣裳，缠上绸结作彩饰，骑马飞驰，左右舞剑，将剑一下子抛入空中，高十几丈，然后剑像电光一样射下来，裴旻拿着剑鞘接着，剑从高空坠落，穿透了剑鞘，围观的人都惊讶得战栗。吴道子随即挥笔在墙上作画，衣袖挥舞像风刮过，不一会儿就画完了。章侯为纯卿画佛像，纯卿今天可以舞剑啊。"于是纯卿跳起身，拿来他那重三十斤的竹节鞭，跳了几段胡旋舞，大笑而止。

风篁岭

　　风篁岭，多苍筤篠簜①，风韵凄清。至此，林壑深沉，迥出尘表。流淙活活，自龙井而下，四时不绝，岭故丛薄荒密②。元丰中，僧辨才淬治洁楚③，名曰"风篁岭"。苏子瞻访辨才于龙井，送至岭上，左右惊曰："远公过虎溪矣④。"辨才笑曰："杜子有云：'与子成二老，来往亦风流⑤。'"遂造亭岭上，名曰"过溪"，亦曰"二老"。子瞻记之，诗云："日月转双毂，古今同一丘。惟此鹤骨老，凛然不知秋。去住两无碍，人土争挽留。去如龙出水，雷雨卷潭秋。来如珠还浦，鱼鳖争骈头。此生暂寄寓，常恐名实浮。我比陶令愧，师为远公优。送我过虎溪，溪水当逆流。聊使此山人，永记二老游。"

　　李流芳《风篁岭》诗：

　　林壑深沉处，全凭篠簜迷。

　　片云藏屋里，二老到云栖。

　　学士留龙井，远公过虎溪。

　　烹来石岩白，翠色映玻璃。

　　【注释】①苍筤：青色，多指竹。篠簜：小竹和大竹。②丛薄：茂密的草丛。③楚：落叶灌木，鲜叶可入药。枝干坚劲，可以做杖。④"远公"句：远公，指慧远（334—416），东晋高僧。于庐山结白莲社，被推为净土宗始祖。虎溪，位于庐山东林寺前，慧远送客不过虎溪，否则定会出现老虎吼。此处指辨才送苏轼出凤篁岭。⑤"与子"句：见杜甫《寄赞上人》诗。

【译文】凤篁岭，有很多竹子，青绿色的大竹小竹层层错错，风韵凄清。到此地，树林和山谷幽深，与世俗之景迥然不同。流水淙淙，从龙井而下，一年四季不绝，因而凤篁岭草丛茂密。宋代元丰年间，僧人辨才辛苦整治，把楚等灌木清理干净，将其命名为"凤篁岭"。苏轼到龙井拜访辨才，辨才送苏轼到凤篁岭上，随行的人惊呼："远公过虎溪啦。师傅都送先生到凤凰岭了。"辨才笑道："杜甫说过'与子成二老，来往亦风流。'你我结成'二老'，相互来往，也是一番风流呢。"于是辨才在凤篁岭上造亭，命名为"过溪亭"，也叫"二老亭"。苏轼也曾赋诗一首以作纪念：日月转双毂，古今同一丘。惟此鹤骨老，凛然不知秋。去住两无碍，人土争挽留。去如龙出水，雷雨卷潭秋。来如珠还浦，鱼鳖争骈头。此生暂寄寓，常恐名实浮。我比陶令愧，师为远公优。送我过虎溪，溪水当逆流。聊使此山人，永记二老游。

　　李流芳写有《凤篁岭》一诗：
　　林壑深沉处，全凭篆篱迷。
　　片云藏屋里，二老到云栖。
　　学士留龙井，远公过虎溪。
　　烹来石岩白，翠色映玻璃。

龙井

　　南山上下有两龙井。上为老龙井，一泓寒碧，清冽异常，弃之丛薄间①，无有过而问之者。其地产茶，遂为两山绝品。再上为天门，可通三竺②。南为九溪，路通徐村，水出江干。其西为十八涧，路通月轮山，水出六和塔下。龙井本名延恩衍庆寺。唐乾祐二年③，居民募缘改造为报国看经院。宋熙宁中④，改寿圣院，东坡书额。绍兴三十一年⑤，改广福院。淳祐六年⑥，改龙井寺。元丰二年⑦，辨才师自天竺归老于此，不复出，与苏子瞻、赵阅道友善⑧。后人建三贤阁祀之，岁久寺圮。万历二十三年，司礼孙公重修，构亭轩、筑桥、锹浴龙池、创霖雨阁、焕然一新，游人骈集。

　　【注释】①丛薄：茂密的草丛。②三竺：天竺山上的上天竺、中天竺、下天竺三座寺院，合称"三竺"。③乾祐二年：唐代无此年号，或疑为"乾封"之误，应为后汉乾祐二年（949）。④熙宁：宋神宗的年号（1068—1077）。⑤绍兴三十一年：绍兴，宋高宗的年号（1131—1162）。绍兴三十一年即1161年。⑥淳祐六年：淳祐，宋理宗的年号（1241—1252）。淳祐六年即1246年。⑦元丰二年：元丰，宋神宗的年号（1078-1085）。元丰二年即1079年。⑧苏子瞻：即苏轼，字子瞻，世称苏东坡。⑨万历二十三年：万历，明神宗的年号（1573—1620）。万历二十三年即1595年。

【译文】南山上下有两处龙井。上边的是老龙井，一泓寒碧的井水，清澈透明，甘冽非常，被遗忘在茂密的草丛中，路过的人鲜有问津。此地盛产茶叶，是两山的绝品。再往上则到了天门，可去往上天竺、中天竺、下天竺三座寺院。南边是九溪，路通往徐村，水源自江干。西边是十八涧，路通往月轮山，水出自六和塔下。下边这处龙井本名是延恩衍庆寺。后汉乾祐二年（949年），当地居民募缘在此建报国看经院。宋朝熙宁年间，改为寿圣院，苏东坡题写了匾额。绍兴三十一年（1161年），改为广福院。淳祐六年（1246年），改为龙井寺。元丰二年（1079年），僧人辨才从天竺归来，在此终老，不复出山，与苏东坡、赵阅道往来交好。后人建三贤阁供奉三人，年岁久了，龙井寺倒塌。万历二十三年（1595年），司礼监孙公将其重新翻修，造亭、建廊、搭桥、挖池、盖楼阁，使其焕然一新，游人渐多，云集而来。

一片云

神运石在龙井寺中，高六尺许，奇怪突兀，特立檐下。有木香一架，穿绕窈窦①，蟠若龙蛇。正统十三年②，中贵李德驻龙井③。天旱，令力士淘之④。初得铁牌二十四、玉佛一座、金银一锭，凿大宋元丰年号。后得此石，以八十人舁起之⑤，上有"神运"二字，旁多款识，漶漫不可读⑥，不知何代所镌，大约皆投龙以祈雨者也。风篁岭上有一片云石，高可丈许，青润玲珑，巧若镂刻。松磴盘屈⑦，草莽间有石洞，堆砌工致巉岩⑧。石后有片云亭，为司礼孙公所构，设石棋枰于前，上镌"兴来临水敲残月，谈罢吟风倚片云"之句。游人倚徙⑨，不忍遽去。

秦观《龙井题名记》：

元丰二年⑩，中秋后一日，余自吴兴来杭⑪，东还会稽。龙井有辨才大师⑫，以书邀余入山。比出郭，日已夕，航湖至普宁⑬，遇道人参寥⑭，问龙井所遣篮舆，则曰："以不时至，去矣。"是夕，天宇开霁，林间月明，可数毫发。遂弃舟，从参寥策杖并湖而行。出雷峰，度南屏，濯足于惠因涧。入灵石坞，得支径上风篁岭，憩于龙井亭，酌泉据石而饮之。自普宁，凡经佛寺十五，皆寂不闻人声。道旁庐舍，灯火隐显，草木深郁，流水激激悲鸣，殆非人间之境。行二鼓，始至寿圣院⑮，谒辨才于朝音堂⑯，明日乃还。

张京元《龙井小记》：

过风篁岭，是为龙井，即苏端明、米海岳与辨才往来处也⑰。寺北向，门内外修竹琅琅。并在殿左，泉出石罅，甃小园池，下复为方池承之。池中各有巨鱼，而水无腥气。池淙淙下泻，绕寺门而出。小座与偕亭，玩一片云石。山僧汲水供茗，泉味色俱清。僧容亦枯寂，视诸山迥异。

王稚登《龙井诗》：

深谷盘回入，灵泉瀺沸流。

隔林先作雨，到寺不胜秋。

古殿龙王在，空林鹿女游⑱。

一尊斜日下，独为古人留。

袁宏道《龙井》诗：

都说今龙井，幽奇逾昔时。

路迁迷旧处，树古失名儿。

渴仰鸡苏佛⑲，乱参玉版师⑳。

破筒分谷水，芟草出秦碑。

数盘行井上，百计引泉飞。

画壁屯云簇，红栏蚀水衣。

路香茶叶长，畦小药苗肥。

宏也学苏子，辨才君是非。

张岱《龙井柱铭》：

夜壑泉归，渥洼能致千岩雨。

晓堂龙出，崖石皆为一片云。

【注释】①窍窦：孔穴。②正统十三年：即1448年。③中贵：中官、宦官。古代泛指皇帝宠爱的近臣。④力士：宋代置，掌管旗帜，作为皇帝出行的仪卫，选用健壮军士充任。⑤舁起：共同抬起东西。⑥漶漫：模糊不清。⑦松磴：有松树的坂道。⑧巉岩：意指高而险的山岩，形容险峻陡峭、山石高耸的样子。⑨倚徙：流连徘徊。⑩元丰二年：即1079年。⑪吴兴：今浙江吴兴县。⑫辨才大师：法号元静，曾在灵隐山天竺寺讲经，元丰二年（1079）住寿圣院。辨才和下文提到的参寥，都是苏轼的朋友。⑬普宁：寺名，在雷峰之北，白莲洲上，内有铁塔一，石塔二。⑭道人：此处指僧人。参寥：即僧人道潜，号参寥子，能诗。⑮寿圣院：唐人凌霄创建，名报国看经院，宋熙宁年间改为寿胜院。⑯朝音堂：即潮音堂，为寿圣院讲堂。⑰苏端明：即苏轼，曾为端明殿学士。米海岳：即米芾，别号海岳外史。⑱鹿女：佛经里有鹿生之女举步生莲花的故事。⑲鸡苏佛：茶的别称。⑳玉版师：笋名。

【译文】神运石在龙井寺中，高有六尺多，奇怪突兀，被特意放置在寺庙的屋檐下。有一架木香，从神运石的孔穴处穿过，像龙蛇一样盘伏。正统十三（1448年），宦官李德驻留龙井寺。天气大旱，他命令力士挖井。开始挖到了二十四个铁牌、一座玉佛、一锭金银，金银上凿的是大宋元丰的年号。后来挖到此石，八十个人一起抬才把石头抬起来，上有"神运"二字，旁边的款识很多已经模糊不清，无法辨认，不知是哪个年代刻上的，大约都是为了祈祷上苍下雨。凤篁岭上有石头"一片云"，高一丈多，绿油油的，精巧细致，好像是雕刻而成。松树坂道盘曲而上，石洞隐没在丛生的杂草间，山石堆砌得险峻而陡峭。石头后边有片云亭，由司礼监孙公所建，亭内设有石头做的棋盘，上面刻有"兴来临水敲残月，谈罢吟风倚片云"之句。游人流连徘徊，舍不得离去。

秦观的《龙井题名记》，大意如下：

元丰二年（1079年），中秋节第二天，我从吴兴来杭州，向东赶回会稽。辨才大师在龙井，写信邀请我进山一聚。等到出了城，太阳已经西沉，我走水路坐船到普宁，途中遇到参寥，我问辨才大师派来的竹轿在哪里，参寥说："你没有按时到，轿夫已经回去了。"这天晚上，天空晴朗，月光皎洁，洒在树林间，连细微的毛发都能看得清。于是我下船，跟着参寥拄着拐杖沿着湖边步行。出了雷峰，过南屏一带，赤脚渡过惠因涧，进入灵石坞，从一条小路登上风篁岭，在龙井亭稍作休息，捧起泉水靠着山石便喝起来。从普宁到龙井亭这一路经过十五座佛寺，都十分寂静，听不到人的声音。路边的屋舍，灯火若隐若现，草木长得葱葱郁郁，水流得湍急，发出悲怆的响声，真是非人间之境。我们继续往前走，到了二更天，才到寿圣院，在朝音堂拜见了辨才大师，第二天便回去了。

张京元的《龙井小记》，大意如下：

过了风篁岭，到龙井，这里便是苏轼、米芾与辨才大师往来交流的地方。寺的北边，门内门外都是清朗而茂密的竹林。大殿的左边，有清泉从岩石的缝隙中流出来，此处砌有一座小园池，下边有一座方池与之相接。水池中都有巨大的鱼，但水没有任何腥气。水从池中淙淙地往下流，绕着寺门而出。在与偕亭里稍坐片刻，赏玩一片云石。僧人取泉水来煮茶，茶水味道、颜色都很清透。僧人面露枯寂之色，看诸山有很大不同。

王稚登写有《龙井诗》一诗：

深谷盘回入，灵泉觱沸流。

隔林先作雨，到寺不胜秋。

古殿龙王在，空林鹿女游。

一尊斜日下，独为古人留。

袁宏道写有《龙井》一诗：

都说今龙井，幽奇逾昔时。

路迁迷旧处，树古失名儿。

渴仰鸡苏佛，乱参玉版师。

破筒分谷水，芟草出秦碑。

数盘行井上，百计引泉飞。

画壁屯云族，红栏蚀水衣。

路香茶叶长，畦小药苗肥。

宏也学苏子，辨才君是非。

张岱的《龙井柱铭》：

夜壑泉归，渥洼能致千岩雨。

晓堂龙出，崖石皆为一片云。

九溪十八涧

　　九溪在烟霞岭西，龙井山南。其水屈曲洄环，九折而出，故称九溪。其地径路崎岖，草木蔚秀，人烟旷绝，幽阒静悄①，别有天地，自非人间。溪下为十八涧，地故深邃，即缁流非遗世绝俗者，不能久居。按志，涧内有李岩寺、宋阳和王梅园、梅花径等迹,今都湮没无存。而地复辽远②,僻处江干,老于西湖者③,各名胜地寻讨无遗,问及九溪十八涧,皆茫然不能置对。

李流芳《十八涧》诗:

己酉始至十八涧④,与孟旸、无际同到徐村第一桥,饭于桥上。溪流淙然,山势回合,坐久不能去。予有诗云:"溪九涧十八,到处流活活。我来三月中,春山雨初歇。奔雷与飞霰,耳目两奇绝。悠然向溪坐,况对山嵯峨⑤。我欲参云栖,此中解脱法。善哉汪子言,闲心随水灭。"无际亦有和余诗,忘之矣。

【注释】①幽闃:静寂。②辽远:遥远。③老于:此处指熟悉。④己酉:指万历三十七年(1609)。⑤嵯峨:山势高耸险峻。

【译文】九溪在烟霞岭的西边,龙井山的南边。溪水弯曲回旋而流,弯过九道湾才流出山外,所以称九溪。这里小路崎岖,草木茂密,鲜有人迹,静寂清幽,不同于人间,别有一番天地。溪下是十八涧,环境幽深,非超凡脱俗、遗世独立的人不能久居。根据地方志记载,涧内有李岩寺、宋阳和王梅园、梅花径等古迹,而今都不复存在。九曲十八涧又远离城区,地处偏僻,熟悉西湖的人,向他们打听各处名胜都能遍寻无遗,然而问及九溪十八涧,竟都茫然不知。

李流芳写有《十八涧》诗:

万历三十七年(1609年),我第一次到十八涧。与孟旸、无际同行,在徐村第一桥吃的饭。小溪潺潺,流水淙淙,山势高低起伏,坐在那里久久不愿离开。我写了一首诗:"溪九涧十八,到处流活活。我来三月中，春山雨初歇。奔雷与飞霰，耳目两奇绝。悠然向溪坐，况对山嵯嶵。我欲参云栖，此中解脱法。善哉汪子言，闲心随水灭。"无际还与我和诗，但忘了他写的内容了。

卷五　西湖外景

西溪

粟山高六十二丈，周回十八里二百步。山下有石人岭，峭拔凝立，形如人状，双髻耸然。过岭为西溪，居民数百家，聚为村市。相传宋南渡时，高宗初至武林，以其地丰厚，欲都之。后得凤凰山，乃云："西溪且留下。"后人遂以名。地甚幽僻，多古梅，梅格短小，屈曲槎桠①，大似黄山松。好事者至其地，买得极小者，列之盆池，以作小景。其地有秋雪庵，一片芦花，明月映之，白如积雪，大是奇景。余谓西湖真江南锦绣之地，入其中者，目厌绮丽②，耳厌笙歌，欲寻深溪盘谷可以避世如桃源、菊水者，当以西溪为最。余友江道闇有精舍在西溪，招余同隐，余以鹿鹿风尘，未能赴之，至今犹有遗恨。

王稚登《西溪寄彭钦之书》：

留武林十日许，未尝一至湖上，然遂穷西溪之胜。舟车程并十八里，皆行山云竹霭中，衣袂尽绿。桂树大者，两人围之不尽。树下花覆地如黄金，山中人缚帚埽花售市上，每担仅当脱粟之半耳。往岁行山阴道上，大叹其佳，此行似胜。

李流芳《题西溪画》：

壬子正月晦日③，同仲锡、子与自云栖翻白沙岭至西溪。夹路修篁，行两山间，凡十里，至永兴寺。永兴山下夷旷，平畴远村，幽泉老树，点缀各各成致。自永兴至岳庙，又十里，梅花绵亘村落，弥望如雪，一似余家西碛山中。是日饭永兴，登楼啸咏。夜还湖上小筑，同孟旸、印持、子将痛饮。翼日出册子画此。癸丑十月乌镇舟中题④。

杨蟠《西溪》诗：

为爱西溪好，长忧溪水穷。

山源春更落，散入野田中。

王思任《西溪》诗：

一岭透天目，千溪叫雨头。

石云开绣壁，山骨洗寒流。

鸟道苔衣滑，人家竹语幽。

此行不作路，半武百年游。

张岱《秋雪庵诗》：

古宕西溪天下闻，辋川诗是记游文⑤。

庵前老荻飞秋雪，林外奇峰耸夏云。

怪石棱层皆露骨，古梅结屈止留筋。

溪山步步堪盘礴，植杖听泉到夕曛。

【注释】①槎桠：槎，树木的枝桠。桠，成叉状的树枝。槎桠，指树枝参差不齐的样子。②厌：满足。③壬子：即1612年。晦日：农历每月的最后一天。④癸丑：即1613年。⑤辋川诗：指唐代诗人王维的山水诗。

【译文】粟山有六十二丈高，环绕一周需走上十八里二百步。山下有石人岭，陡峭挺拔，静静矗立，形状像一个人，有两座山峰耸立在那里，像是人梳的发髻。过了石人岭就是西溪，这里住着几百户人家，聚居在一起渐渐形成村落和集市。相传当年宋朝南渡时，宋高宗初到武林，看这里物美丰饶，想要把都城建在这里。后来得凤凰山作为行宫，便说："暂且留下西溪做定都的备选。"后人于是以这个名字给西溪命名。西溪地处很是清幽僻静，有很多古梅，梅树的枝丫短小，枝条弯曲且密集交错，很像黄山的松树。喜欢游玩的人来此，买些小小的梅花，栽种在花池或树盆里，作为盆景。这里有间秋雪庵，里边种有一片芦花，在明月的照映下，白得如同积雪，真是奇妙之景。我说西湖的确是江南的秀美之地，身临其中，目之所及都是绚丽的景色，耳之所至都是悦耳的旋律。想要寻找像桃源、菊水那样可以避世的深幽溪流或迂回山谷，西溪可作为首选。我的朋友江道闇有精舍在西溪，曾邀请我一同归隐。我因留恋滚滚红尘，未能赴约，到现在还深深感到遗憾。

王稚登写有《西溪寄彭钦之书》，大意如下：

在武林逗留十来天，未曾去过西湖一次，可是却把西溪的好风景赏了个遍。搭船、乘车加起来共十八里路程，都是在山云竹霭中行走，衣服都给映衬得一片绿色。最大的桂花树，两人合抱都围不拢。桂花落在地上，像是铺了一层黄金。山里人扎了扫把把桂花扫起来，拿到集市上去卖，每担的价格只是糙米市价的一半。去年我在山阴道上游玩，很是感叹那的风景好。此次西溪之行，景色似乎更胜一筹。

李流芳写有《题西溪画》，大意如下：

1612年正月的最后一天，我同仲锡、子与一起自云栖翻越白沙岭到西溪。道路两旁是长长的竹子。行走在两山之间，大概走了十里地，到永兴寺。永兴山下平坦而广阔，平整的田野与远处的村落、幽深的泉水与古老的树木，点缀其间各成景致。自永兴至岳庙又走了十里，梅花在村落间绵延不断，远远望去像雪一样，充满视野，仿佛是在我家西碛山似的。这天在永兴用餐，登楼高歌吟咏。晚上回到湖上的小筑，同孟旸、印持、子将痛快畅饮。第二天出图册画下西溪的风景。1613年10月写于乌镇的船上。

杨蟠写有《西溪》一诗：
为爱西溪好，长忧溪水穷。
山源春更落，散入野田中。

王思任写有《西溪》一诗：
一岭透天目，千溪叫雨头。
石云开绣壁，山骨洗寒流。

鸟道苔衣滑，人家竹语幽。

此行不作路，半武百年游。

张岱写有《秋雪庵诗》：

古宕西溪天下闻，辋川诗是记游文。

庵前老荻飞秋雪，林外奇峰耸夏云。

怪石棱层皆露骨，古梅结屈止留筋。

溪山步步堪盘礴，植杖听泉到夕曛。

虎跑泉

　　虎跑寺本名定慧寺，唐元和十四年性空师所建①。宪宗赐号
曰广福院。大中八年改大慈寺②，僖宗乾符三年加"定慧"二字③。
宋末毁。元大德七年重建④。又毁。明正德十四年⑤，宝掌禅师重
建。嘉靖十九年又毁⑥。二十四年，山西僧永果再造。今人皆以泉名
其寺云。先是，性空师为蒲坂卢氏子，得法于百丈海⑦，来游此山，
乐其灵气郁盘，栖禅其中，苦于无水，意欲他徙。梦神人语曰："师
毋患水，南岳有童子泉，当遣二虎驱来。"翼日，果见二虎跑地出
泉，清香甘洌，大师遂留。明洪武十一年⑧，学士宋濂朝京，道山
下。主僧邀濂观泉，寺僧披衣同举梵咒，泉礐沸而出，空中雪舞。
濂心异之，为作铭以记。城中好事者取以烹茶，日去千担。寺中有

调水符, 取以为验。

苏轼《虎跑泉》诗:

亭亭石榻东峰上, 此老初来百神仰。

虎移泉眼趋行脚, 龙作浪花供抚掌。

至今游人灌濯罢, 卧听空阶环玦响。

故知此老如此泉, 莫作人间去来想。

袁宏道《虎跑泉》诗:

竹林松涧净无尘, 僧老当知寺亦贫。

饥鸟共分香积米, 枯枝常足道人薪。

碑头字识开山偈, 炉里灰寒护法神。

汲取清泉三四盏, 芽茶烹得与尝新。

【注释】①元和: 唐宪宗年号 (806—820)。②大中: 唐宣宗年号 (847—859)。③乾符: 唐唐僖宗年号 (874—879)。④大德: 元成宗年号 (1297—1307)。⑤正德十四年: 即1519年。⑥嘉靖十九年: 即1540年。⑦百丈海: 唐代僧人怀海居江西泰新百丈寺, 故名百丈海。⑧洪武十一年: 即1378年。

【译文】虎跑寺本名为定慧寺, 由性空大师在唐元和十四年 (819年) 创建。唐宪宗赐号广福院。唐大中八年 (854年), 改名为大慈寺。唐僖宗乾符三 (876年) 加 "定慧" 二字。宋朝末年遭毁。元大德七年 (1303年) 重新修建。后来又遭毁坏。明正德十四年 (1519年), 宝掌禅师重新再建。嘉靖十九年 (1540年) 又被毁。1545年, 山西僧人永果再次修建。如今，人们都以泉的名字来命名此寺。先是，性空大师为山西蒲坂卢氏之子，在百丈海得法，来游此山，喜爱山上氤氲的灵气，于是在山中坐禅修行。苦于没有水源，性空大师想要迁往别处。梦里见到神仙，神仙告诉他："大师无需担心水源。南岳有童子泉，我会派遣两只老虎把泉引来。"第二天，果然看见两只老虎奋力奔跑的地方，泉水涌出，清香甘冽。于是，性空大师决定留下。明洪武十一年（1378年），学士宋濂赴京，从山下经过。寺院主持邀请宋濂观赏此泉，僧人一起诵经，泉水汩汩涌出，空中雪花飞舞。宋濂很是诧异，作铭记录此事。城中爱茶人前来取泉水煮茶，一天能消耗上千担。寺中有调水符，用来作取水的凭证。

苏轼写有《虎跑泉》一诗：
亭亭石榻东峰上，此老初来百神仰。
虎移泉眼趋行脚，龙作浪花供抚掌。
至今游人灌濯罢，卧听空阶环玦响。
故知此老如此泉，莫作人间去来想。

袁宏道也写有《虎跑泉》一诗：
竹林松涧净无尘，僧老当知寺亦贫。
饥鸟共分香积米，枯枝常足道人薪。
碑头字识开山偈，炉里灰寒护法神。
汲取清泉三四盏，芽茶烹得与尝新。

凤凰山

　　唐宋以来，州治皆在凤凰山麓^①。南渡驻跸^②，遂为行宫。东坡云："龙飞凤舞入钱塘"，兹盖其右翅也。自吴越以逮南宋，俱于此建都，佳气扶舆^③，萃于一脉。元时惑于杨髡之说，即故宫建立五寺，筑镇南塔以厌之，而兹山到今落寞。今之州治，即宋之开元故宫，乃凤凰之左翅也。明朝因之，而官司藩臬皆列左方^④，为东南雄会。岂非王气移易，发泄有时也^⑤。故山川坛、八卦田、御教场、万松书院、天真书院，皆在凤凰山之左右焉。

苏轼《题万松岭惠明院壁》：

　　余去此十七年，复与彭城张圣途、丹阳陈辅之同来。院僧梵英，葺治堂宇，比旧加严洁。茗饮芳烈，问："此新茶耶？"英曰："茶性，新旧交则香味复。"余尝见知琴者，言琴不百年，则桐之生意不尽^⑥，缓急清浊，常与雨旸寒暑相应。此理与茶相近，故并记之。

徐渭《八仙台》诗：

　　南山佳处有仙台，台畔风光绝素埃。
　　嬴女只教迎凤入^⑦，桃花莫去引人来^⑧。
　　能令大药飞鸡犬^⑨，欲傍中央剪草莱。
　　旧伴自应寻不见，湖中无此最深隈。

袁宏道《天真书院》诗：

百尺颓墙在，三千旧事闻。

野花粘壁粉，山鸟煽炉温。

江亦学之字，田犹画卦文。

儿孙空满眼，谁与荐荒芹？

【注释】①州治：古代州的治所，州是古代地方政区名，治所是政府驻地。②驻辇：指帝王出行，途中停车。③佳气：天空中祥瑞的光彩，古人以佳气为帝王有德的瑞兆。扶舆：即"扶摇"，盘旋升腾的样子。④官司：百官。藩臬：指藩司和臬司。明清两代的布政使和按察使的并称。⑤发泄：指显示、显现。⑥桐：指琴。生意：生机，生命力。⑦"嬴女"句：秦穆公女嫁萧史，有凤凰栖其屋，两人随凤凰飞去。此处用的是这个故事。⑧"桃花"句：用的是陶渊明《桃花源记》的故事。⑨"能令"句：相传西汉淮南王刘安学道，招致天下方士各献仙药，刘安举家乃至鸡犬皆得升天。

【译文】自唐宋以来，本地的地方政府所在地都位于凤凰山麓。宋时皇帝南渡，途中停留此地，地方政府便成为皇帝的行宫。苏东坡写有"龙飞凤舞入钱塘"的句子，说的大概是凤凰山的右翅。自吴越到南宋，帝王都在此地建立都城，祥瑞的云气徘徊聚拢。元代的时候，皇帝受杨髡的说法蛊惑，在原来的皇宫里建立五座寺院，并在寺院上方盖了镇南塔来压制，而后此山到今天日渐没落。现在本州的地方政府，即宋代的开元故宫，在凤凰山的左翅。明朝沿袭旧例，百官都站在左边，简直是东南盛况。难道不是因为帝王之气会转移、会发生变动，不定时显现么？所以山川坛、八卦田、御教场、万松书院、天真书院，都建在凤凰山的左右两边。

苏轼的《题万松岭惠明院壁》，大意如下：

我离开此地有十七年，现又同彭城张圣途、丹阳陈辅之一同前来。慧明院的僧人梵英，把寺院打理得比先前更加整洁干净。茶饮芳香馥郁，我问道："这是新茶么？"梵英回："茶的特性，是新茶旧茶交错香味更浓。"我曾经见过一个懂琴的人，他说琴不过百年不出断纹，有不尽的生命力，有急有缓、有清有浊，常与雨天晴天、冬季夏季相呼应。此理与茶理相近，所以一并记下来。

徐渭写有《八仙台》诗：

南山佳处有仙台，台畔风光绝素埃。
嬴女只教迎凤入，桃花莫去引人来。
能令大药飞鸡犬，欲傍中央剪草莱。
旧伴自应寻不见，湖中无此最深隈。

袁宏道写有《天真书院》诗：

百尺颓墙在，三千旧事闻。
野花粘壁粉，山鸟煽炉温。
江亦学之字，田犹画卦文。
儿孙空满眼，谁与荐荒芹？

宋大内

《宋元拾遗记》：高宗好耽山水，于大内中更造别院①，曰小西湖，自逊位后，退居是地。奇花异卉，金碧辉煌，妇寺宫娥充斥其内②，享年八十有一。按钱武肃王年亦八十一，而高宗与之同寿，或曰高宗即武肃后身也③。《南渡史》又云：徽宗在汴时，梦钱王索还其地，是日即生高宗，后果南渡，钱王所辖之地，尽属版图。畴昔之梦④，盖不爽矣⑤。元兴，杨琏真伽坏大内以建五寺，曰报国、曰兴元、曰般若、曰仙林、曰尊胜，皆元时所建。按志，报国寺即垂拱殿、兴元即芙蓉殿、般若即和宁门、仙林即延和殿、尊胜即福宁殿，雕梁画栋，尚有存者。白塔计高二百丈，内藏佛经数十万卷，佛像数千，整饰华靡。取宋南渡诸宗骨殖⑥，杂以牛马之骼，压于塔下，名以镇南。未几，为雷所击，张士诚寻毁之⑦。

谢皋羽《吊宋内》诗⑧：
复道垂杨草乱交，武林无树是前朝。
野猿引子移来宿，搅尽花间翡翠巢。

隔江风雨动诸陵，无主园林草自春。
闻说光尧皆堕泪⑨，女官犹是旧宫人。

紫宫楼阁逼流霞，今日凄凉佛子家。
寒照下山花雾散，万年枝上挂袈裟。

禾黍何人为守阍⑩，落花台殿暗销魂。
朝元阁下归来燕，不见当时鹦鹉言⑪。

黄晋卿《吊宋内》诗⑫：
沧海桑田事渺茫，行逢遗老叹荒凉。
为言故国游麋鹿，漫指空山号凤凰。
春尽绿莎迷辇道，雨多苍翠上宫墙。
遥知汴水东流畔，更有平芜与夕阳。

赵孟頫《宋内》诗：
东南都会帝王州，三月莺花非旧游。
故国金人愁别汉，当年玉马去朝周⑬。
湖山靡靡今犹在，江水茫茫只自流。
千古兴亡尽如此，春风麦秀使人愁。

刘基《宋大内》诗⑭：
泽国繁华地，前朝此建都。
青山弥百粤，白水入三吴。
艮岳销王气⑮，坤灵肇帝图。
两宫千里恨，九子一身孤⑯。

设险凭天堑，偷安负海隅。

云霞行殿起，荆棘寝园芜。

币帛敦和议，弓刀抑武夫。

但闻当宁奏，不见立廷呼。

鬼蜮昭华衮，忠良赐属镂。

何劳问社稷，且自作欢娱。

秔稻来吴会，龟鼋出巨区。

至尊巍北阙，多士乐西湖。

鹢首驰文舫⑰，龙鳞舞绣襦。

暖波摇䲀积，凉月浸氍毹。

紫桂秋风老，红莲晓露濡。

巨螯擘拥剑，香饭漉雕胡。

蜗角乾坤大⑱，鳌头气势殊。

秦庭迷指鹿⑲，周室叹瞻乌⑳。

玉马违京辇，铜驼掷路衢。

含容天地广，养育羽毛俱。

橘柚驰包贡，涂泥赋上腴。

断犀埋越棘，照乘走隋珠。

吊古江山在，怀今岁月逾。

鲸鲵空渤澥，歌咏已唐虞。

鸱革愁何极，羊裘钓不迂㉑。

征鸿暮南去，回首忆莼鲈。

【注释】①大内：皇宫的总称。②妇寺：宫中的妃嫔和太监。③后身：转世之身。④畴昔：往昔，以前。⑤不爽：指不差；没有差错。⑥骨殖：
尸骨。⑦张士诚：元末泰州（今属江苏）人，起兵反元，最终失败。⑧谢皋
羽：谢皋，字皋羽，宋末文士。⑨光尧：指宋高宗赵构。⑩禾黍：指亡国。
⑪"不见"句：相传南宋时有江北鹦鹉飞到建康行在，口呼万岁，宋高宗见
而伤感。⑫黄晋卿：黄溍字晋卿，世称"金华先生"，元代侍讲学士。⑬朝
周：诸侯朝见天子，此处指宋徽宗、宋钦宗被金兵俘虏去见金主的耻辱。
⑭刘基（1311—1375）：字伯温，元末明初军事家、政治家、文学家，明
朝开国元勋。⑮艮岳：宋徽宗曾在汴京景龙山侧筑土山，广罗奇花异草和
珍禽奇兽。因其在都城的艮方（东北）方位，故名艮岳。⑯"九子"句：指
宋徽宗诸子均被金人所俘，唯有康王一人逃脱，得以继承皇位。⑰鹢首：
装饰有鹢鸟图案的船头。⑱蜗角：言地之小。喻指南宋偏安一隅。⑲迷
指鹿：用"指鹿为马"的典故喻南宋朝廷的昏暗。⑳"周室"句：指南宋将
亡，百姓无所依靠，命途多舛。瞻乌，比喻乱世中漂泊无依的百姓。㉑羊
裘：东汉著名隐士严子陵垂钓时披羊皮衣。此处借指隐居。

【译文】《宋元拾遗记》记载：宋高宗沉迷于山水，在皇宫内建别
院，名小西湖，退位以后，他便在此处居住。院内有奇花异草，金碧辉
煌，妃嫔、太监和宫女伴其左右，享年81岁。钱武肃王也活了81岁，高宗
与他同寿，有人说高宗是武肃王的转世之身。《南渡史》又记载：宋徽
宗在都城汴梁的时候，梦见钱武肃王前来讨要他的领地，当天高宗出
生。后来高宗果然南渡，钱王所管辖的地盘，跟高宗的版图相吻合。正
是徽宗当年梦到的情景。元代兴起，僧人杨琏真伽毁掉宋朝的皇宫，
改建五座寺庙，一是报国寺、一是兴元寺、一是般若寺、一是仙林寺、一
是尊胜寺，都是元朝的时候建造。按地方志记载，报国寺对应当年的
垂拱殿、兴元寺对应芙蓉殿、般若寺对应和宁门、仙林寺对应延和殿、

尊胜寺对应福宁店，雕梁画栋，今天尚有幸存的遗迹。白塔高有二百丈，塔内藏有佛经数十万卷，数千座佛像，装饰华丽。杨琏真伽取南宋帝王的尸骨，夹杂着牛马的骨头，一起埋在塔下，取名镇南塔。没过多久，镇南塔被雷击中，张士诚随后就将其毁掉。

谢皋羽写有《吊宋内》一诗：
复道垂杨草乱交，武林无树是前朝。
野猿引子移来宿，搅尽花间翡翠巢。

隔江风雨动诸陵，无主园林草自春。
闻说光尧皆堕泪，女官犹是旧宫人。

紫宫楼阁逼流霞，今日凄凉佛子家。
寒照下山花雾散，万年枝上挂袈裟。

禾黍何人为守阍，落花台殿暗销魂。
朝元阁下归来燕，不见当时鹦鹉言。

黄晋卿写有《吊宋内》一诗：
沧海桑田事渺茫，行逢遗老叹荒凉。
为言故国游麋鹿，漫指空山号凤凰。
春尽绿莎迷辇道，雨多苍翠上宫墙。
遥知汴水东流畔，更有平芜与夕阳。

赵孟頫写有《宋内》一诗：

东南都会帝王州，三月莺花非旧游。

故国金人愁别汉，当年玉马去朝周。

湖山靡靡今犹在，江水茫茫只自流。

千古兴亡尽如此，春风麦秀使人愁。

刘基写有《宋大内》一诗：

泽国繁华地，前朝此建都。

青山弥百粤，白水入三吴。

艮岳销王气，坤灵肇帝图。

两宫千里恨，九子一身孤。

设险凭天堑，偷安负海隅。

云霞行殿起，荆棘寝园芜。

币帛敦和议，弓刀抑武夫。

但闻当宁奏，不见立廷呼。

鬼蜮昭华衮，忠良赐属镂。

何劳问社稷，且自作欢娱。

秔稻来吴会，龟鼋出巨区。

至尊巍北阙，多士乐西湖。

鹢首驰文舫，龙鳞舞绣襦。

暖波摇蓑积，凉月浸氍毹。

紫桂秋风老，红莲晓露濡。

巨鳌擘拥剑，香饭漉雕胡。

蜗角乾坤大，鳌头气势殊。

秦庭迷指鹿，周室叹瞻乌。

玉马违京辇，铜驼掷路衢。

含容天地广，养育羽毛俱。

橘柚驰包贡，涂泥赋上腴。

断犀埋越棘，照乘走隋珠。

吊古江山在，怀今岁月逾。

鲸鲵空渤澥，歌咏已唐虞。

鸱革愁何极，羊裘钓不迂。

征鸿暮南去，回首忆莼鲈。

梵天寺

　　梵天寺在山川坛后，宋乾德四年①，钱吴越王建，名南塔。治平十年②，改梵天寺。元元统中毁③，明永乐十五年重建。有石塔二、灵鳗井、金井。先是，四明阿育王寺有灵鳗井，武肃王迎阿育王舍利归梵天寺奉之，凿井南廊，灵鳗忽见，僧赞有记。东坡倅杭时④，寺僧守诠住此。东坡过访，见其壁间诗有："落日寒蝉鸣，独归林下寺。柴扉夜未掩，片月随行履。惟闻犬吠声，又入青萝去。"东坡援笔和之曰："但闻烟外钟，不见烟中寺。幽人行未已，草露湿芒履。惟应山头月，夜夜照来去。"清远幽深，其气味自合。

苏轼《梵天寺题名》：

余十五年前，杖藜芒履⑤，往来南北山。此间鱼鸟皆相识，况诸道人乎！再至惘然，皆晚生相对，但有怆恨。子瞻书。元祐四年十月十七日，与曹晦之、晁子庄、徐得之、王元直、秦少章同来，时主僧皆出，庭户寂然，徙倚久之。东坡书。

【注释】①乾德四年：即966年。②治平十年：即1073年。③元统：元顺帝年号（1333—1335）。④倅杭：指担任杭州长官。⑤杖藜：拄着拐杖。芒履：芒鞋。

【译文】梵天寺坐落在山川坛的后边，由钱吴越王钱镠在宋乾德四年，即966年创建，取名南塔寺。治平十年（1073年），改名为梵天寺。元代元统年间遭毁坏，明朝永乐十五年（1417年）重新修建。有两座石塔，灵鳗井、金井。先是四明山阿育王寺内有灵鳗井，武肃王迎阿育王的舍利，放在梵天寺内供奉，在南廊凿井，井内忽然出现灵鳗，僧人大赞，此事被记载下来。苏东坡在杭州做官的时候，僧人守诠在梵天寺。苏东坡登门拜访，见墙壁上有守诠的诗句："落日寒蝉鸣，独归林下寺。柴扉夜未掩，片月随行履。惟闻犬吠声，又入青萝去。"苏东坡执笔写诗相和："但闻烟外钟，不见烟中寺。幽人行未已，草露湿芒履。惟应山头月，夜夜照来去。"清绝过人，幽远深邃，两人真是气味相投啊。

苏轼《梵天寺题名》，大意如下：

十五年前，我拄着拐杖穿着芒鞋，往来于南北山。在此期间鱼鸟都相识了，何况道人呢！再来的时候怅然若失，面对的都是陌生的晚辈，只觉悲痛遗憾。苏东坡写。元祐四年（1089年），这年的十月十七日，我与曹晦之、晁子庄、徐得之、王元直、秦少章一同前来，寺内主要僧人都外出了，庭院寂静。我们几个在院子里徘徊，久久流连不去。苏东坡写。

胜果寺

胜果寺，唐乾宁间①，无着禅师建。其地松径盘纡②，涧淙潺潺。罗刹石在其前，凤凰山列其后，江景之胜无过此。出南塔而上，即其地也。宋熙宁间，在寺僧清顺住此③。顺约介寡交，无大故不入城市。士夫有以米粟馈者④，受不过数斗，盎贮几上⑤，日取二三合啖之⑥。蔬笋之供，恒缺乏也。一日，东坡至胜果，见壁间有小诗云："竹暗不通日，泉声落如雨。春风自有期，桃李乱深坞。"问谁所作，或以清顺对。东坡即与接谈，声名顿起。

僧圆净《胜果寺》诗：
深林容鸟道，古洞隐春萝。
天迥闻潮早，江空得月多。
冰霜丛草木，舟楫玩风波。
岩下幽栖处，时闻白石歌。

僧处默《胜果寺》诗：

路自中峰上，盘回出薜萝。

到江吴地尽，隔岸越山多。

古木丛青蔼，遥天浸白波。

下方城郭近，钟磬杂笙歌。

【注释】①乾宁：唐昭宗年号（894—898）。②盘纡：回绕曲折。③清顺：宋代僧人，曾为灵岩禅寺的主持。④士夫：青年男子。米粟：米和粟。泛指粮食。⑤盎贮：本义为腹大口小的盛物洗物的瓦盆。⑥合（gě）：量器，约为一匙或一升的十分之一。

【译文】胜果寺，由无着禅师于唐代乾宁年间创建。此地松间小路曲折盘旋，小溪水流潺潺。寺前有罗刹石，寺后是凤凰山，江景之胜，无出其右。从南塔出来往上，就是胜果寺所在。宋代熙宁年间，僧人清顺在此住持。清顺耿介，鲜与人交往，没什么大事一般不会进城。有士大夫赠送粮食，他只接受几斗，拿盆盛起来放在几案上，每天取两三匙吃，蔬菜和笋的供应常是匮乏的。有一天，苏东坡来到胜果寺，见墙壁上有小诗一首："竹暗不通日，泉声落如雨。春风自有期，桃李乱深坞。"问是谁写的，有人告诉他是清顺所作。苏东坡随即与他接洽对谈，清顺声名顿起。

僧人圆净写有《胜果寺》一诗：

深林容鸟道，古洞隐春萝。

天迥闻潮早，江空得月多。

冰霜丛草木，舟楫玩风波。

岩下幽栖处，时闻白石歌。

僧人处默写有《胜果寺》一诗：

路自中峰上，盘回出薜萝。

到江吴地尽，隔岸越山多。

古木丛青蔼，遥天浸白波。

下方城郭近，钟磬杂笙歌。

五云山

五云山去城南二十里，冈阜深秀①，林峦蔚起，高千丈，周回十五里。沿江自徐村进路，绕山盘曲而上，凡六里，有七十二湾，石磴千级。山中有伏虎亭，梯以石墱②，以便往来。至顶半，冈名月轮山，上有天井，大旱不竭。东为大湾，北为马鞍，西为云坞，南为高丽，又东为排山。五峰森列，驾轶云霞③，俯视南北两峰，若锥朋立。长江带绕④，西湖镜开，江上帆樯，小若鸥凫，出没烟波，真奇观也。宋时每岁腊前，僧必捧雪表进⑤，黎明入城中，霰犹未集，盖其地高寒，见雪独早也。山顶有真际寺⑥，供五福神⑦，贸易者必到神前借本，持其所挂楮镪去，获利则加倍还之。借乞甚多，楮镪恒缺⑧。即尊神放债，亦未免穷愁，为之掀髯一笑。

袁宏道《御教场小记》：

余始慕五云之胜，刻期欲登，将以次登南高峰。及一观御教场，游心顿尽。石篑尝以余不登保俶塔为笑。余谓西湖之景，愈下愈胜，高则树薄山瘦，草髡石秃，千顷湖光，缩为杯子。北高峰、御教场是其样也。虽眼界稍阔，然此躯长不逾六尺，穷目不见十里，安用许大地方为哉！石篑无以难。

【注释】①冈阜：山丘。深秀：幽深秀丽。②城：台阶的梯级。③驾轶：凌驾，超越。④长江：此处指钱塘江。⑤雪表：向皇帝庆贺天降瑞雪的表文。⑥真际寺：吴越将领凌超所建。⑦五福神：民间所供奉的招财、进宝等五路财神。⑧楮镪：指祭供时焚化用的纸钱。

【译文】五云山在距离城南二十里的地方，山色幽深秀丽，山林蓊郁茂盛，高千丈，环绕一周共十五里。沿江从徐村进山路，绕着山盘旋曲折而上，共六里，有七十二道弯，千级台阶。山中有伏虎亭，台阶用石头砌成，以方便人们往来。到半山腰，有山冈，名叫月轮山，冈上有天井，大旱的时候井水也不枯竭。东边是大湾，北边是马鞍，西边为云坞，南边为高丽，再往东是排山。五座山峰森严排列，高耸入云霞，俯视南北二峰，如同锥子一样并立。钱塘江像丝带一样绕着，西湖像镜子一样打开，江上帆船点点，像小小的鸥凫，在烟波中出没，真是一大奇观。宋代的时候每年腊月前，僧人必会捧着表文进城向皇帝庆贺天降瑞雪，黎明的时候到城中，城内还没见到雪粒，大概是因为五云山地处海拔高天气寒冷，所以唯独最早见到雪。山顶有真际寺，供奉着五福神，从事贸易的商人定会来祭拜，在神像前借本，拿走寺里挂着的纸钱，生意赚了就加倍返还。借本的人很多，所以纸钱常缺。尊神放债，也难免为穷困而愁，想到这儿，我哈哈一笑。

袁宏道写的《御教场小记》，大意如下：

起初，我仰慕五云山的胜名，计划好日子，想去爬五云山，然后再爬南高峰。待到参观了御教场，游玩之心顿时散得无影无踪。石篑曾经笑我不登保俶塔。在我看来，西湖的风景，越往下越美妙，高处则树木稀薄，山峰瘦削，草稀石秃，千顷的湖光风景，浓缩到一个杯子里。北高峰、御教场都是样例。虽然高处眼界稍阔，但是身高不过六尺，目之所及不过十里，哪里用去什么大地方呢！石篑无言以对。

云栖

云栖，宋熙宁间有僧志逢者居此，能伏虎，世称伏虎禅师。天僖中，赐"真济院"额。明弘治间为洪水所圮。隆庆五年，莲池大师名祩宏，字佛慧，仁和沈氏子，为博士弟子，试必高等，性好清净，出入二氏①。子殇妇殁。一日阅《慧灯集》，失手碎茶瓯，有省，乃视妻子为鹤臭布衫，于世相一笔尽勾，作歌寄意，弃而专事佛，虽学使者屠公力挽之不回也②。从蜀师剃度受具，游方至伏牛③，坐炼呓语，忽现旧习，而所谓一笔勾者，更隐隐现。去经东昌府谢居士家④，乃更释然，作偈曰："二十年前事可疑，三千里外遇何奇。焚香执戟浑如梦，魔佛空争是与非。"当是时，似已惑破心空，然终不自以为悟。归得古云栖寺旧址，结茅默坐，悬铛煮糜，日仅一食。胸挂铁牌，题曰："铁若开花，方与人说。"
久之，檀越争为构室，渐成丛林，弟子日进。其说主南山戒律⑤，
东林净土⑥，先行《戒疏发隐》，后行《弥陀疏钞》。一时江左诸
儒皆来就正。王侍郎宗沐问⑦："夜米老鼠唧唧，说尽一部《华严
经》。"师云："猫儿突出时，如何？"自代云："走却法师，留下讲
案。"又书颂云："老鼠唧唧，《华严》历历。奇哉王侍郎，却被畜
生惑。猫儿突出画堂前，床头说法无消息。大方广佛华严经，世
主妙严品第一。"其持论严正，诘解精微。监司守相⑧，下车就语，
侃侃略无屈。海内名贤，望而心折。孝定皇太后绘像宫中礼焉⑨，赐
蟒袈裟，不敢服，被衲敝帏，终身无改。斋惟蔌菜。有至寺者，
高官舆从，一概平等，几无加豆。仁和樊令问："心杂乱，何时得
静？"师曰："置之一处，无事不办。"坐中一士人曰："专格一物⑩，
是置之一处，办得何事？"师曰："论格物，只当依朱子豁然贯通
去⑪，何事不办得？"或问："何不贵前知？"师曰："譬如两人观
《琵琶记》，一人不曾见，一人见而预道之，毕竟同看终场，能增
减一出否耶？"甬东屠隆于净慈寺迎师观所著《昙花传奇》，虞
淳熙以师梵行素严，阻之。师竟偕诸绅衿临场谛观讫，无所忤。
寺必设戒，绝钗钏声，而时抚琴弄箫，以乐其脾神。晚著《禅关
策进》。其所述，峭似高峰冷似冰者，庶几似之矣。喜乐天之达，
选行其诗。平居笑谈谐谑，洒脱委蛇，有永公清散之风⑫，未尝一
味槁木死灰，若宋旭所议担板汉⑬，真不可思议人也。出家五十
年，种种具嘱语中。万历乙卯六月晦日⑭，书辞诸友，还山设斋，
分表施衬，若将远行者。七月三日，卒仆不语，次日复醒。弟子

辈问后事，举嘱语对。四日之午，命移面西向，循首开目，同无疾时，哆哪念佛，趺坐而逝。往吴有神李昙降毗山，谓师是古佛。而杨靖安万春尝见师现佛身，施食吴中。一信士窥空室，四鬼持灯至，忽列三莲座，师坐其一，佛像也。乩仙之灵者云，张果听师说《心赋》于永明。李屯部妇素不信佛，偏受师戒，逾年屈三指化⑮，云身是梵僧阿那吉多。而僧俗将坐脱时，多请说戒、说法。然师自名凡夫，诸事恐呵责，不敢以闻。化前一日，漏语见一大莲华盖，不复能秘其往生之奇云。

袁宏道《云栖小记》：

云栖在五云山下，篮舆行竹树中，七八里始到，奥僻非常，莲池和尚栖止处也。莲池戒律精严，于道虽不大彻，然不为无所见者。至于单提念佛一门，则尤为直捷简要，六个字中，旋天转地，何劳捏目更趋狂解，然则虽谓莲池一无所悟可也。一无所悟，是真阿弥，请急着眼。

李流芳《云栖春雪图跋》：

余春夏秋常在西湖，但未见寒山而归。甲辰⑯，同二王参云栖。时已二月，大雪盈尺。出赤山步，一路琼枝玉干，披拂照曜。望江南诸山，皑皑云端，尤可爱也。庚戌秋⑰，与白民看雪两堤。余既归，白民独留，迟雪至腊尽，是岁竟无雪，怏怏而返。世间事各有缘，固不可以意求也。癸丑阳月题⑱。

又《题雪山图》：

甲子嘉平月九日大雪⑲，泊舟阊门，作此图。忆往岁在西湖遇雪，雪后两山出云，上下一白，不辩其为云为雪也。余画时目中有雪，而意中有云，观者指为云山图，不知乃画雪山耳。放笔一笑。

张岱《赠莲池大师柱对》：

说法平台，生公一语石一语。

栖真斗室，老僧半间云半间。

【注释】①二氏：指佛、道两家。②学使者：主管一省学政的提学道。屠公：即屠羲英，字淳卿，号坪石，嘉靖三十五年（1556）进士，曾任浙江提学。③伏牛：伏牛山，在今天河南西部。④东昌府：指今天山东聊城。⑤南山戒律：指佛教南山宗，由唐道宣所创，提倡四分律，因其住南山而得名。⑥东林净土：指佛教净土宗，由东晋慧远所创，因其住庐山东林寺而得名。⑦王侍郎宗沐：王宗沐，字新甫，号敬所，嘉靖二十三年（1544）进士，官至刑部左侍郎。⑧监司守相：按察使与知府之类的官员。⑨孝定皇太后：指明穆宗贵妃、明神宗生母李太后。⑩专格一物：格物，即推究事物原理的方式。⑪朱子：即朱熹（1130—1200），字元晦，号晦庵，南宋著名理学家。⑫永公：指晋僧慧永，与慧远同依道安，居庐山西林寺。⑬宋旭：字初旸，号石门、石门山人，后为僧，其画有盛名。⑭万历乙卯：指万历四十三年（1615）。⑮屈三指化：死时有三个指头弯曲，据说是表示信佛。⑯甲辰：指万历三十二年（1604）。⑰庚戌：指万历三十八年（1610）。⑱癸丑：指万历四十一年（1613）。阳月：指十月。⑲甲子：指天启四年（1624）。嘉平月：指腊月。

【译文】云栖，宋代熙宁年间僧人志逢曾住在这里，能降服老虎，世人称他为伏虎禅师。天禧年间，皇帝赐"真济院"匾额。明代弘治年间被洪水冲毁。隆庆五年（1571年），莲池大师来到云栖。莲池大师名袾宏，字佛慧，俗家姓沈，杭州仁和人。出生于望族，师从学官，每次考试都名列前茅。性格爱好清净，于佛教、道教涉猎广泛，融会贯通。儿子早夭，妻子去世。一天，莲池大师读《慧灯集》，失手打碎了茶碗，有所醒悟，于是看破妻子之事，一笔尽勾这俗世烦恼，写诗寄托自己的心意，转而专攻佛法，即使主管学政的提学道屠公极力劝阻，也没有回头。在蜀师那里剃度出家，云游四方，到在今天河南西部的伏牛山，莲池大师打坐炼功，说起梦话，俗世的情景，一幕幕隐隐浮现。经过东昌府谢居士家，才更释然，写偈一首："二十年前事可疑，三千里外遇何奇。焚香执戟浑如梦，魔佛空争是与非。"这时，莲池大师似乎已经悟道，然而他没有意识到这些。来到古云栖的旧址，建起简陋的屋舍，默然静坐，支起锅煮粥，一天只吃一餐。他在胸前挂起一块铁牌，牌子上写着："铁若开花，方与人说。"时间久了，施主争相为他建造屋舍，渐渐打造成成片的寺院，弟子日渐多了起来。莲池大师主要弘扬佛教南山宗、净土宗，先后著《戒疏发隐》、《弥陀疏钞》来阐发佛理。一时间，江左的诸位儒生都前来请教。侍郎王宗沐问道："夜来老鼠唧唧，说尽一部《严华经》。"大师回："猫儿突然出现时，怎样？"随即自问自答："法师走了，留下讲案。"又写下颂文："老鼠唧唧，《华严》历历。奇哉王侍郎，却被畜生惑。猫儿突出画堂前，床头说法无消息。大方广佛《华严经》，世主妙严品第一。"大师立场严正，解释精深。按察使、知府下车与莲池大师交流，大师侃侃而谈，不卑不亢。全国的贤明人士，远远望见大师都心生佩服。孝定皇太后画师像，在宫中礼拜，赏赐师蟒袈裟，莲池大师没有穿过，一辈子身穿朴素的衣服，没有改变过。斋饭只有蔬菜。前来拜访的人，不论高官还是随从，一律平等对待，没有添过菜。仁和的樊令问："心里杂乱，何时才能平静下来？"莲池大师说："专注一个地方，没有什么事做不成。"在座的一个士人问道："专注于推究一件事物的原理，是专注一个地方，办得了什么事呢？"莲池大师说道："论推究事物原理，只当按照朱子的豁然贯通来看，什么事办不成呢？"有人问："为何不看重预知？"大师说："比如两人同时看《琵琶记》，一人事先不知道剧情，一人已经看过知道剧情，两人一起看终场，会对剧情有所影响么？"甬东屠隆在净慈寺迎莲池大师观看他写的《昙花传奇》，虞淳熙因大师是出家人而极力阻止。大师最终同地方上的体面人一起临场观赏，相处和谐。大师在寺内设戒，杜绝钗钏声，时而抚琴吹箫，以悦心神。晚年著有《禅关策进》。其所述，峭如高峰冷如冰，与师其人几乎很相似。莲池大师欣赏白居易的豁达，受他的诗影响很大。平日笑谈诙谐逗趣，洒脱随顺，有晋僧慧永的清散遗风，不是一味的槁木死灰，如宋旭所说的呆笨人，大师真是不可思议的人啊。出家五十年，都按修行人的要求行事。万历乙卯（1615年）六月晦日，莲池大师写信辞别诸位友人，回到山上摆设斋宴，将财物平分给众僧，像是要远行一般。七月初三，莲池大师突然昏仆不语，第二天又醒过来。弟子辈问他身后事，一一嘱咐。七月初四的下午，大师让人把他换个位置，面向西，顺着朝向睁开眼睛，仿佛没有生病，口中念着佛经，盘坐而逝。吴地有神李昙降于毗山，说莲池大师是古佛。而杨万春曾经见莲池大师现佛身，在吴中布施食物。一个信士看到一个空房间，四鬼持灯而来，忽见三个莲座，大师坐在其中，是一尊佛。占卜很灵的术士说张果在永明听莲池大师讲《心赋》。屯部郎中姓李，他的妻子素来不信佛，偏偏受大师影响，过了一年就信佛，说自己是梵僧阿那吉多。僧俗将坐化时，多请说戒、说法。然而大师自名凡夫，恐怕会大加斥责，不敢把诸事都告诉了。坐化前一天，大师说漏嘴，讲看到一个巨大的莲花状华盖，他能往生的奇迹便不再是秘密了。

袁宏道的《云栖小记》，大意如下：

云栖在五云山下，乘坐篮舆走在树丛竹林中，走上七八里才到，很是幽隐偏僻，莲池大师住在这里。大师戒律精严，对于佛道虽然没有大彻，但也颇有见地。单提念佛一门，尤其直截了当、简略扼要。"南无阿弥陀佛"六个字中，融合天地间一切理法，用不着捏造一些让人癫狂的神怪之说来欺骗大家相信，那么也可以说莲池大师一无所悟。一无所悟，是真阿弥，请急着眼。

李流芳的《云栖春雪图跋》，大意如下：

春夏秋的时候，我常在西湖，但没见过冬日的山就回去了。1604年，我同两位姓王的朋友参观了云栖。当时已是二月，大雪一尺有余。出了赤山步行，一路琼枝玉干，披拂照耀。遥望江南群山，白雪皑皑，如同漫步云端，尤其令人喜爱。1610年秋，我和白民约在两堤看雪。我已经回来了，白民独自留下，腊月快过完了雪也没有下，这年竟然没有下雪，白民失望而归。人世间的事各有因缘，本来就不是可以强求的。写于一六一三年的十月。

李流芳还写了《题雪山图》，大意如下：

一六二四年腊月初九这天，天降大雪，把船停在阊门，我画了这幅图。回忆起以前在西湖遇到下雪，雪后两山飘出云彩，天上地下白茫茫一片，分辨不出是云还是雪。我在画画时眼前有雪，心中有云，看的人说这是云山图，不知我画的其实是雪山图。放下笔一笑。

张岱写有《赠莲池大师柱对》：
说法平台，生公一语石一语。
栖真斗室，老僧半间云半间。

六和塔

月轮峰在龙山之南。月轮者，肖其形也。宋张君房为钱塘令，宿月轮山，夜见桂子下塔，雾旋穗散坠如牵牛子。峰旁有六和塔，宋开宝三年①，智觉禅师筑之以镇江潮。塔九级，高五十余丈，撑空突兀，跨陆府川。海船方泛者，以塔灯为之向导。宣和中，毁于方腊之乱②。绍兴二十三年③，僧智昙改造七级，明嘉靖十二年毁。中有汤思退等汇写《佛说四十二章》、李伯时石刻观音大士像④。塔下为渡鱼山，隔岸剡中诸山，历历可数也。

李流芳《题六和塔晓骑图》：
燕子矶上台，龙潭驿口路。
昔时并马行，梦中亦同趣。

后来五云山，遥对西兴渡。

绝壁瞰江立，恍与此境遇。

人生能几何，江山幸如故。

重来复相携，此乐不可喻。

置身画图中，那复言归去。

行当寻云栖，云栖渺何处。

此予甲辰与王淑士、平仲参云栖舟中为题画诗，今日展予所画《六和塔晓骑图》，此境恍然，重为题此。壬子十月六日，定香桥舟中⑤。

吴琚《六和塔应制》词：

玉虹遥挂，望青山，隐隐如一抹。忽觉天风吹海立，好似春雷初发。白马凌空⑥，琼鳌驾水，日夜朝天阙。飞龙舞凤，郁葱环拱吴越。

此景天下应无，东南形胜，伟观真奇绝。好似吴儿飞彩帜，蹴起一江秋雪。黄屋天临，水犀云拥，看击中流楫。晚来波静，海门飞上明月⑦。

（上调《酹江月》）

杨维桢《观潮》诗：

八月十八睡龙死，海龟夜食罗刹水⑧。

须臾海辟鼋鼍门，地卷银龙薄于纸。

艮山移来天子宫，宫前一箭随西风。

劫灰欲洗蛇鬼穴，婆留折铁犹争雄⑨。

望海楼头夸景好，断鳌已走金银岛。

天吴一夜海水移，马蹀沙田食沙草。

厓山楼船归不归⑩，七岁呱呱啼轵道⑪。

徐渭《映江楼看潮》诗：

鱼鳞金甲屯牙帐，翻身却指潮头上。

秋风吹雪下江门，万里琼花卷层浪。

传道吴王渡越时，三千强弩射潮低。

今朝筵上看传令，暂放胥涛掣水犀。

【注释】①开宝三年：即970年。②方腊：宋徽宗宣和二年即1120年率众起义，自号圣公，后失败。史称方腊之乱。③绍兴二十三年：即1153年。④汤思退：南宋宰相，字进之，号湘水。李伯时：即李公麟，字伯时，号龙眠闪人，北宋画家。⑤壬子：即万历四十年（1612）。⑥白马：喻指潮头。此处用伍子胥素车白马立潮头事。⑦海门：指钱塘江两岸有龛山、赭山相对，形状看上去就像海上之门。⑧罗刹水：指钱塘江。⑨婆留：钱镠小名。⑩崖山楼船：1279年，南宋与蒙元在崖山展开决战，宋军被元军击败，元军随后包围崖山，左丞相陆秀夫遂背时年8岁的幼主赵昺在崖山跳海而死，南宋在崖山的十万军民也相继投海殉国，宋王朝覆亡。⑪"七岁"句：指南宋恭帝向元朝投降一事。衔道，典出《史记》，"子婴即系颈以组，白马素车，奉天子玺符，降轵道旁。"后遂以"轵道"借指亡国投降。

【译文】月轮峰在龙山的南边。取名月轮峰，是因为山峰的形状像月轮。宋代张君房做钱塘县令的时候，在月轮山留宿，晚上见桂花飘落塔下，雾气缭绕，花穗像牵牛子一样打着旋儿往下坠。月轮峰旁边有六和塔，宋代开宝三年（970年），智觉禅师为镇江潮而建。六和塔有九级，高五十多丈，巍峨突起，依陆俯看钱塘。塔的顶层装有明灯，为夜晚航行的船只指路。北宋宣和年间，六和塔在方腊之乱中毁于兵火。绍兴二十三年（1153年），僧人智昙将其改造成七级，明代嘉靖十二年（1533年）遭毁。六合塔中有汤思退等人汇写的《佛说四十二章》、李伯时石刻的观音像。塔下是渡鱼山，隔岸剡县一带诸山，清晰可见，历历可数。

李流芳写有《题六和塔晓骑图》一诗：

燕子矶上台，龙潭驿口路。

昔时并马行，梦中亦同趣。

后来五云山，遥对西兴渡。

绝壁瞰江立，恍与此境遇。

人生能几何，江山幸如故。

重来复相携，此乐不可喻。

置身画图中，那复言归去。

行当寻云栖，云栖渺何处。

这是我一六零四年同好友王淑士、平仲去云栖游玩后在船上写的题画诗。今天展开我画的《六和晓骑图》，想起当年情景，恍如隔世。重新题写此诗。一六一二年的十月初六，写于定香桥的船中。

吴琚写《六和塔应制》词：

玉虹遥挂，望青山、隐隐如一抹。忽觉天风吹海立，好似春雷初发。白马凌空，琼鳌驾水，日夜朝天阙。飞龙舞凤，郁葱环拱吴越。

此景天下应无，东南形胜，伟观真奇绝。好似吴儿飞彩帜，蹴起一江秋雪。黄屋天临，水犀云拥，看击中流楫。晚来波静，海门飞上明月。

（右调《酹江月》）

杨维桢写有《观潮》诗：

八月十八睡龙死，海龟夜食罗刹水。

须臾海辟龛赭门，地卷银龙薄于纸。

艮山移来天子宫，宫前一箭随西风。

劫灰欲洗蛇鬼穴，婆留折铁犹争雄。

望海楼头夸景好，断鳌已走金银岛。

天吴一夜海水移，马蹀沙田食沙草。

崖山楼船归不归，七岁呱呱啼轵道。

徐渭写有《映江楼看潮》诗：

鱼鳞金甲屯牙帐，翻身却指潮头上。

秋风吹雪下江门，万里琼花卷层浪。

传道吴王渡越时，三千强弩射潮低。

今朝筵上看传令，暂放胥涛掣水犀。

镇海楼

镇海楼旧名朝天门，吴越王钱氏建。规石为门，上架危楼。楼基垒石高四丈四尺，东西五十六步，南北半之。左右石级登楼，楼连基高十有一丈。元至正中，改拱北楼。明洪武八年[①]，更名来远楼，后以字画不祥②，乃更名镇海。火于成化十年③，再造于嘉靖三十五年④，是年九月又火，总制胡宗宪重建。楼成，进幕士徐渭曰："是当记，子为我草。"草就以进，公赏之，曰："闻子久侨矣。"趣召掌计，廪银之两百二十为秀才庐。渭谢侈不敢，公曰："我愧晋公，子于是文，乃遂能愧湜，倘用福先寺事数字以责我酬，我其薄矣，何侈为！"渭感公语，乃拜赐持归。尽橐中卖文物如公数，买城东南地十亩，有屋二十有二间，小池二，以鱼以荷；木之类，果木材三种，凡数十株；长篱亘亩，护以枸杞，外有竹数十个，笋进云。客至，网鱼烧笋，佐以落果，醉而咏歌。始屋陈而无次，稍序新之，遂颜其堂曰"酬字"。

徐渭《镇海楼记》：

镇海楼相传为吴越钱氏所建，用以朝望汴京，表臣服之意。其基址、楼台、门户、栏楯，极高广壮丽，具载别志中。楼在钱氏时，名朝天门。元至正中，更名拱北楼。皇明洪武八年，更名来远。时有术者病其名之书画不祥，后果验，乃更今名。火于成化十年，再建于嘉靖三十五年，九月又火。予奉命总督直浙闽军务，开府于杭，而方移师治寇，驻嘉兴，比归，始与某官某等谋复之。人有以不急病者。予曰："镇海楼建当府城之中，跨通衢，截吴山麓，其四面有名山大海、江湖潮汐之胜，一望苍茫，可数百里。民庐舍百万户，其间村市官私之景，不可亿计，而可以指顾得者，惟此楼为杰特之观。至于岛屿浩渺，亦宛在吾掌股间。高甍长寯⑤，有俯压百蛮气。而东夷之以贡献过此者，亦往往瞻拜低回而始去。故四方来者，无不趋仰以为观游。如此者累数百年，而一旦废之，使民若失所归，非所以昭太平、悦远迩。非特如此已也，其所贮钟鼓刻漏之具，四时气候之榜，令民知昏晓，时作息，寒暑启闭，桑麻种植渔佃，诸如此类，是居者之指南也。而一旦废之，使民懵然迷所往，非所以示节序，全利用。且人传钱氏以臣服宋而建，此事昭著已久。至方国珍时⑥，求缓死于我高皇，犹知借镠事以请。诚使今海上群丑而亦得知钱氏事，其祈款如珍之初词，则有补于臣道不细，顾可使其迹湮没而不章耶？予职清海徼，视今日务，莫有急于此者。公等第营之，毋浚征于民，而务先以己。"于是予与某官某等，捐于公者计银凡若干，募于民者若干。遂集工材，始事于某年月日。计所构，甃石为门，上架楼，楼基垒石，高若干丈尺。东西若干步，南北半之。左右级曲而达于楼，楼之高又若干丈。凡七楹，础百。巨钟一，鼓大小九，时序榜各有差，贮其中，悉如成化时制。盖历几年月而成。始楼未成时，剧寇满海上，予移师往讨，日不暇至。于今五年，寇剧者禽、来者遁、居者慑不敢来，海始晏然，而楼适成，故从其旧名"镇海"。

张岱《镇海楼》诗：

钱氏称臣历数传，危楼突兀署朝天。
越山吴地方隅尽，大海长江指顾连。
使到百蛮皆礼拜，潮来九折自盘旋。
成嘉到此经三火，皆值王师靖海年。

都护当年筑废楼，文长作记此中游。
适逢困鳄来投辖，正值饥鹰自下韝⑦。

严武题诗属杜甫，曹瞒拆字忌杨修。

而今纵有青藤笔，更讨何人数字酬⑧!

【注释】①洪武八年：即1375年。②字画不祥：据说因"来""远"二字包含"哀""丧"等字形，故被称不祥。③成化十年：即1474年。④嘉靖三十五年：即1556年。⑤高矞长骞:形容建筑物的高耸壮丽。矞、骞，展翅的样子。⑥方国珍（1319—1374）：元末曾起事，后效法钱镠，归降朱元璋。⑦下鞲：鹰停在人的臂套上。喻指海上贼寇被迫归顺明朝。⑧"而今"二句：用胡宗宪重金酬赏徐渭一事，感慨自己怀才不遇。

【译文】镇海楼，旧名为"朝天门"，由吴越王钱氏兴建。规石作门，上边架构高楼。垒石为基，高有四丈四尺，东西有五十六步，南北有二十八步。从左右两边的石阶登楼，楼连上楼基高有十一丈。元代至正间，改名为"拱北楼"。明代洪武八年（1375年），更名为"来远楼"，后因"来远"二字字画不吉利便更名为"镇海"。成化十年（1474年）毁于大火，嘉靖三十五年（1556年）再次建造，这年九月又遇火灾，总制胡宗宪重新修建。待楼建成，胡宗宪对幕士徐渭讲："这应当记下来，你草拟一篇文章。"徐渭写就交给胡宗宪，胡宗宪很是欣赏："听说你租房住很久了。"催促着召来掌计，赏银二百二十两，让徐渭置办房产。徐渭以太过贵重为由谢绝，胡宗宪说道："当年皇甫湜为晋国公裴度作福先寺碑文，裴度厚谢他。倘若用裴度的酬谢标准来看我的酬劳，差远了，哪来的贵重！"胡公这么一讲，徐渭很是感喟，于是便接纳酬劳拜谢而回。倾尽自己的财物卖得二百二十两，加上胡公赏赐的二百二十两，在城东南买了十亩地，有房屋二十二间，两个小池塘，养鱼种荷。树木之类，三种果树，有数十棵。长长的篱笆绵延，种上枸杞加护，篱笆外有竹子数十丛，竹笋高高耸立。客人到来，网鱼烧笋，佐以水果，醉了就放声吟诵歌唱。起初屋子没有什么排序，后来稍微有了顺序又修葺一新，就给堂屋命名为"酬字"。

徐渭的《镇海楼记》，大意如下：

镇海楼，相传为吴越王钱氏所建，用来朝望汴京，表示臣服之意。其基址、楼台、门户、栏杆，极其高远广阔壮丽，在别志中都有所记载。镇海楼在钱氏时代名为"朝天门"，元代至中年间更名为"拱北楼"，明代洪武八年，即1375年，更名为"来远楼"，当时有术士责备此名书画不吉利，后来果然应验，于是更为今天的"镇海楼"。成化十年，即1474年毁于大火，嘉靖三十五年，即1556年再次兴建，九月又遭遇火灾。我奉命担任总督，直辖浙闽军务，在杭州成立府署。当时我正调动军队治理贼寇，驻扎嘉兴，等到回来，才与官员商议此事。有人责备我不急于处理此事。我说："镇海楼建在府城之中，道路四通八达、宽敞平坦，截住了吴山山麓，四面有名山大海、江湖潮汐，一眼望去，大地沧茫，绵延数百里。百万户民舍，其中村市官私的风景，数不胜数。而可以手指目视的，只有镇海楼最是卓异突出。浩渺的岛屿，也像在我的股掌之间。镇海楼建得高耸而壮丽，有俯瞰镇压百蛮的气魄。东夷来朝贡的，路过此处，看到镇海楼，也往往是到此瞻仰参拜后离开。所以四面八方前来的，都是趋仰着参观镇海楼。如此这般过了有数百年，一旦废掉，老百姓就像失去归属一样。这样的话，就不能昭示太平，让远近前来游玩的人尽兴。不仅如此，镇海楼里边放着钟鼓刻漏这些计时器具，公示四时气候的告示可以帮助人们知晓晨昏时令、按时作息寒暑更替，合理安排劳作休息、种植打渔与养蚕采麻，这简直是百姓生活起居的指南。一旦废弃，百姓便会变得迷茫，时节秩序无法得到很好的利用。而且镇海楼据传是钱氏为臣服于宋朝而建，此事众人皆知。到方国珍的时候，请求高皇宽赦死罪，也知道拿钱镠一事来说事。假使今天海上这些贼寇也知道钱镠的事，知道钱镠当时臣服于宋朝时上奏的表章，方如珍也拿来作为祈请高皇帝宽赦死罪的奏本的参照，这些奏章有助于让这些贼寇了解为人臣子的道理和本分，怎么能使钱镠的事迹湮没呢？我担当清缴海上贼寇的重任，如今没有比这事更急迫的了。各位只管筹划此事，不要压榨、搜刮百姓，先从自身做起。"于是我与某官某等，捐出银两若干，从民众处募捐若干。召集工匠，置办材料，某年某月某日开始动工。测量楼的结构，砌石为门，门上架楼，用数块大石垒成高几丈楼基。东西向有几百步，南北向则是东西向距离的一半。左右两边曲级到达楼上，楼高有好几丈。楼上有七楹房屋，上百块基石，一口巨大的钟，九个大大小小的鼓，放置有时序榜，一切都仿成化年间的样子建制。大概经历了某些年月建成。楼没有落成时，海上有很多贼寇，我带领军队前往征讨，忙得不可开交。如今过去五年，强悍的贼寇被擒拿，来犯者都远遁了，守在他们老巢的震于威慑不敢前来，海上开始安定下来，而楼刚好建成。所以沿用它的旧名"镇海"。

张岱写有《镇海楼》一诗：
钱氏称臣历数传，危楼突兀暑朝天。
越山吴地方隅尽，大海长江指顾连。
使到百蛮皆礼拜，潮来九折自盘旋。
成嘉到此经三火，皆值王师靖海年。

都护当年筑废楼，文长作记此中游。

适逢困鳄来投辖，正值饥鹰自下鞲。

严武题诗属杜甫，曹瞒拆字忌杨修。

而今纵有青藤笔，更讨何人数字酬！

伍公祠

吴王既赐子胥死，乃取其尸，盛以鸱夷之革①，浮之江中。子胥因流扬波，依潮来往，荡激堤岸，势不可御。或有见其银铠雪狮，素车白马②，立在潮头者，遂为之立庙。每岁仲秋既望③，潮水极大，杭人以旗鼓迎之，弄潮之戏，盖始于此。宋大中祥符间④，赐额曰"忠靖"，封英烈王。嘉、熙间⑤，海潮大溢，京兆赵与权祷于神⑥，水患顿息，乃奏建英卫阁于庙中。元末毁，明初重建。有唐卢元辅《胥山铭序》、宋王安石《庙碑铭》⑦。

高启《伍公祠》诗：

地大天荒霸业空，曾于青史叹遗功。

鞭尸楚墓生前孝⑧，抉眼吴门死后忠。

魂压怒涛翻白浪，剑埋冤血起腥风。

我来无限伤心事，尽在吴山烟雨中。

徐渭《伍公庙》诗：

吴山东畔伍公祠，野史评多无定词。

举族何辜同刈草，后人却苦论鞭尸。

退耕始觉投吴早⑨，雪恨终嫌入郢迟。

事到此公真不幸，镯镂依旧遇夫差⑩。

张岱《伍相国祠》诗：

突兀吴山云雾迷，潮来潮去大江西。

两山吞吐成婚嫁⑪，万马奔腾应鼓鼙。

清浊溷淆天覆地，玄黄错杂血连泥。

旌幢幡盖威灵远，檄到娥江取候齐⑫。

从来潮汐有神威，鬼气阴森白日微。

隔岸越山遗恨在，到江吴地故都非。

钱塘一臂鞭雷走，龛赭双颐噀雪飞。

灯火满江风雨急，素车白马相君归。

【注释】①鸱夷：革囊，皮口袋。②素车白马：古代凶、丧之事所用的白车白马。③仲秋：秋季的第二个月，即农历八月。既望：农历十六日。④大中祥符：宋真宗年号（1008—1016）。⑤嘉、熙：嘉佑与熙宁，分别为宋仁宗和宋神宗年号。⑥京兆：京兆尹，京城长官。⑦卢元辅：字子望，唐德宗时历任杭、常、绛三州刺史。王安石（1021—1086）：字介甫，宋神宗年间为相，推行变法。⑧"鞭尸"句：春秋时，伍子胥为了给父兄报仇，帮助吴国攻打楚国，占领楚国郢都后，挖开平王的坟墓，鞭尸三百。⑨"退耕"句：伍子胥刚开始投奔吴国的时候，知道公子光有大志，于是退而耕于野，待机而动。⑩镯镂：即属镂，剑名。泛指宝剑。⑪两山：指龟山与赭山。古时两山夹江对峙。现均处钱塘江南岸。⑫"檄到"句：相传伍子胥死后为潮神，曾经檄令曹娥江和钱塘江两江同涨同退。

【译文】吴王赐死伍子胥，把他的尸首装进皮口袋抛进江中。伍子胥的灵魂随着波浪、依着潮水，拍打着江岸，来势凶猛，不可抵挡。有人看到他穿着银色的铠甲，骑着雪狮站在潮头，身旁是办丧事时用的车马，于是就给他建立祠庙。每年农历的八月十六，潮水极大，杭州人扬旗击鼓迎接他，弄潮的习俗，大概始自于此。宋真宗大中祥符年间，赐写有"忠靖"二字的匾额给伍子胥，追封他为英烈王。嘉佑、熙宁年间，海潮大涨，溢出海岸，京兆尹赵与权向神明祈祷，水患立马就消停了，于是便上奏朝廷在庙中兴建英卫阁。元代末年，伍公祠遭毁坏，明朝初年重新修建。祠内有唐代卢元辅的《胥山铭序》、宋代王安石的《庙碑铭》。

高启写有《伍公祠》一诗：
地大天荒霸业空，曾于青史叹遗功。
鞭尸楚墓生前孝，抉眼吴门死后忠。
魂压怒涛翻白浪，剑埋冤血起腥风。
我来无限伤心事，尽在吴山烟雨中。

徐渭写有《伍公庙》一诗：

吴山东畔伍公祠，野史评多无定词。

举族何辜同刈草，后人却苦论鞭尸。

退耕始觉投吴早，雪恨终嫌入郢迟。

事到此公真不幸，镯镂依旧遇夫差。

张岱写有《伍相国祠》一诗：

突兀吴山云雾迷，潮来潮去大江西。

两山吞吐成婚嫁，万马奔腾应鼓鼙。

清浊湔淆天覆地，玄黄错杂血连泥。

旌幢幡盖威灵远，檄到娥江取候齐。

从来潮汐有神威，鬼气阴森白日微。

隔岸越山遗恨在，到江吴地故都非。

钱塘一臂鞭雷走，夔赭双颐噀雪飞。

灯火满江风雨急，素车白马相君归。

城隍庙

吴山城隍庙①，宋以前在皇山②，旧名永固，绍兴九年徙建于此③。宋初，封其神，姓孙名本。永乐时，封其神，为周新。新，南海人④，初名日新。文帝常呼"新"⑤，遂为名。以举人为大理寺评事⑥，有疑狱，辄一语决白之。永乐初，拜监察御史，弹劾敢言，人目为"冷面寒铁"。长安中以其名止儿啼。转云南按察使,改浙江。至界,见群蚋飞马首,尾之薮中⑦,得一暴尸,身余一钥、一小铁识。新曰:"布贾也。"收取之。既至,使人入市市中布,一一验其端,与识同者皆留之。鞫得盗,召尸家人与布,而置盗法,家人大惊。新坐堂,有旋风吹叶至,异之。左右曰:"此木城中所无,一寺去城差远,独有之。"新曰:"其寺僧杀人乎? 而冤也。"往树下,发得一妇人尸。他日,有商人自远方夜归,将抵舍,潜置金丛祠石罅中,旦取无有。商白新。新曰:"有同行者乎?"曰:"无有。""语人乎?"曰:"不也,仅语小人妻。"新立命械其妻,考之,得其盗则其私也。则客暴至,私者在伏匿听,取之者也。凡新为政,多类此。新行部⑧,微服视属县,县官触之,收系狱,遂尽知其县中疾苦。明日,县人闻按察使来,共迓不得。新出狱曰:"我是。"县官大惊。当是时,周廉使名闻天下。锦衣卫指挥纪纲者最用事⑨,使千户探事浙中⑩,千户作威福受赇。会新入京,遇诸涿⑪,即捕千户系涿狱。千户逸出,诉纲,纲更诬奏新。上怒,逮之,即至,抗严陛前曰:"按察使擒治奸恶,与在内都察院同,陛下所命也,臣奉诏书死,死不憾矣。"上愈怒,命戮之。临刑大呼曰:"生作直臣,死作直鬼!"是夕,太史奏文星坠,上不怿,问左右周新何许人。对曰:"南海。"上曰:"岭外乃有此人。"一日上见绯而立者,叱之,问为谁。对曰:"臣新也。上帝谓臣刚直,使臣城隍浙江⑫,为陛下治奸贪吏。"言已不见。遂封新为浙江都城隍,立庙吴山。

张岱《吴山城隍庙》诗：

宣室殷勤问贾生⑬，鬼神情状不能名。

见形白日天颜动，浴血黄泉御座惊。

革伴鸱夷犹有气，身殉豺虎岂无灵。

只愁地下龙逢笑⑭，笑尔奇冤遇圣明。

尚方特地出枫宸，反向西郊斩直臣。

思以鬼言回圣主，还将尸谏退金人。

血诚无藉丹为色，寒铁应教金铸身⑮。

坐对江潮多冷面，至今冤气未曾伸。

又《城隍庙柱铭》：

厉鬼张巡⑯，敢以血身污白日；

阎罗包老⑰，原将铁面比黄河。

【注释】①吴山：在杭州城南。②皇山：指凤凰岭。③绍兴九年：
即1139年。④南海：县名，在今广东。⑤文帝：指明成祖朱棣。⑥大理
寺：古代掌管刑狱的官署。评事：大理寺的官职。⑦蓁中：茂密的草丛
中。⑧行部：巡行所属部域，考核政绩。⑨锦衣卫：明朝专有军政搜
集情报机构。⑩千户：明朝兵制单位千户所的长官。⑪涿：今天河北涿
县。⑫城隍：守护城池和国家的神明。此处用作动词，指担任守护城池
的城隍神。⑬"宣室"句：指汉文帝曾经在宣室接见贾谊询问鬼神之事。
宣室在未央官前，贾生指贾谊。⑭龙逢：关龙逢，夏桀时大臣，因忠谏而
被桀所杀。⑮金铸身：相传越王曾用金子铸造范蠡像，放在座位旁边

与他讨论政事。⑯张巡（709—757）：邓州南阳（今属河南）人。安史之乱时，起兵守雍丘，抵抗叛军。城被攻陷，向西拜曰"臣虽为鬼，誓与贼为厉，以答明恩"而亡。⑰包老：指包拯（999—1062），字希仁，庐州合肥（今安徽合肥肥东）人，北宋名臣。廉洁公正、英明决断，敢于替百姓申不平，有"包青天"及"包公"之名，京师有"关节不到，有阎罗包老"之语。

【译文】吴山城隍庙，宋代以前在凤凰山，旧名为"永固"，绍兴九年（1139年）迁到吴山，在此创建。宋代初年的时候，封孙本为庙神。永乐年间，封的庙神是周新。周新，南海人，起初名叫日新，因明成祖朱棣常常喊他"新"，于是就得此名。以举人身份做大理寺评事，有疑难案件，他总是一句话就能梳理明白。永乐初年，周新做监察御史，铁面无私，敢于直言，人们看作"冷面寒铁"。长安城中有人用他的名字吓唬哭闹的小孩，一喊其名，小孩立即就不哭了。转任云南按察使，改作浙江按察使。到浙江地界，见一群蚊蝇绕着马头飞来飞去，尾随蚊蝇到茂密的草丛中，发现一具尸体，身上有一把钥匙，一个铁做的标识。周新说："这是个卖布的商人。"把尸身收下。到任后，让人们到集市买布，一一检验他们的布头，与铁标识相同的都留下来。审讯后抓到了盗贼，召集死者家人把布还给他们，而将盗贼绳之以法，家人很是惊异。有一次，周新坐在堂前，一阵风把一片树叶吹到他跟前，他很诧异，左右的随从告诉他："城中没有这种树，唯独一座寺庙里有，但这寺庙离城很远。"周新说："这是寺僧杀人么？有冤情。"前往寺中到树下，发掘出一具妇人尸体。有一天，一个商人从远方归家，已是夜里，快到家的时候，暗中把金子放在祠堂石缝中，第二天去取发现不见了。商人把此事告诉周新。周新问："有同行的人么？"商人说没有。"有告诉其他人么？"商人回道："没有，这事儿就只告诉了我的妻子。"周新立刻命令抓来了他的妻子，拷问她，盗贼原来是她的情夫。商人突然回来，情夫在藏身处听到了他说的话。凡是周新处理政事，大多像这样。周新巡行所属部域，到县里微服私访，触怒了县官，县官把他当成犯人关押起来，在狱中他了解到县中百姓疾苦。第二天，县里人听说按察使来了，都迎接不到，周新出狱说："我是。"县官大吃一惊。这个时候，周新因廉政而名闻天下。锦衣卫的指挥史纪纲掌权，让他手下的千户在浙中打探消息，千户作威作福接受贿赂。适逢周新进京，在涿州遇到他，立即把他抓捕关在涿州监狱。千户逃出来，告知纪纲，纪纲便连续上奏诬告周新。皇上大怒，下令抓捕周新，一下就抓到。周新在皇上面前义正言辞地说道："按察使抓捕惩治奸恶之人，与朝中的都察院相同，是陛下所命令。我奉诏而死，死了也不遗憾。"皇上一听更加愤怒，下令杀他。临刑前，周新大喊："活着做正直的人，死后做正直的鬼。"这天夜里，太史上奏天上的文星坠落，皇上不高兴，问左右待奏的人周新是哪里人。左右回答："南海人。"皇上说："岭外才有这样的人。"一天，皇上看见一个人穿着红衣服站在那里，呵斥他，问他是谁，他回答："我是周新。上帝说我为人耿直、刚正，让我担任守护城池的城隍神，镇守浙江，为陛下惩治奸佞和贪官污吏。"说完不见了。皇上于是封周新为浙江的城隍神，在吴山建庙祭祀他。

张岱写有《吴山城隍庙》一诗：

宣室殷勤问贾生，鬼神情状不能名。

见形白日天颜动，浴血黄泉御座惊。

革伴鸱夷犹有气，身殉豺虎岂无灵。

只愁地下龙逢笑，笑尔奇冤遇圣明。

尚方特地出枫宸，反向西郊斩直臣。

思以鬼言回圣主，还将尸谏退金人。

血诚无藉丹为色，寒铁应教金铸身。

坐对江潮多冷面，至今冤气未曾伸。

还有《城隍庙柱铭》：

厉鬼张巡，敢以血身污白日；

阎罗包老，原将铁面比黄河。

火德庙

火德祠在城隍庙右，内为道士精庐①。北眺西冷，湖中胜概②，尽作盆池小景。南北两峰如研山在案③、明圣二湖如水盂在几，窗棂门榍凡见湖者，皆为一幅图画。小则斗方④，长则单条，阔则横披⑤，纵则手卷⑥，移步换影。若遇韵人⑦，自当解衣盘礴⑧。画家所谓水墨丹青，淡描浓抹，无所不有。昔人言"一粒粟中藏世界，半升铛里煮山川"⑨，盖谓此也。火居道士能为阳羡书生，则六桥、三竺，皆是其鹅笼中物矣⑩。

张岱《火德祠》诗：

中郎评看湖，登高不如下。

千顷一湖光，缩为杯子大。

余爱眼界宽，大地收隙罅。

瓷墉与窗棂，到眼皆图画。

渐入亦渐佳，长康食甘蔗⑪。

数笔倪云林⑫，居然胜荆夏⑬。

刻画非不工，淡远长声价。

余爱道士庐，宁受中郎骂。

【注释】①道士：修佛道之士的略称。精庐：佛寺；僧舍。②胜概：美景，美好的境界。③研山：砚台的一种。利用山形之石，中凿为砚，砚附于山，故名。④斗方：一尺见方的书画。⑤横批：横幅的字画。⑥手卷：能卷舒的横幅书画长卷。⑦韵人：雅人。⑧解衣盘礴，中国画术语。解衣，即袒胸露臂；盘礴，即随便席地盘坐。意欲全神贯注于绘画。⑨昔人：指吕洞宾。⑩"火居道士"三句：火居道士，有家室的道士。阳羡，今天的江苏宜兴。相传东晋阳羡许彦外出，手里提着一只鹅笼。路上遇到一个书生卧在路边，说脚痛，想钻进鹅笼。许彦答应了。他竟安然在笼中与鹅并坐。许彦提着鹅笼也没觉得重。后来，书生从笼子里出来，口吐铜盘及其他器皿，陈放酒食答谢许彦。喝到一半，又吐出一女子，从女子口中又吐一男。离开时，书生将其吐出之物一一纳回口中。六桥，指苏堤六桥。三竺，上、中、下三天竺寺。⑪长康：顾恺之（346—407），字长康，东晋画家。⑫倪云林：倪瓒（1301—1374），字元镇，号云林子。元代画家。⑬荆夏：指五代画家荆浩及南宋画家夏圭。

【译文】火德祠在城隍庙的右边，祠内是僧舍。向北远眺西泠，西湖的美景，仿佛被装进盆池之中。南北两峰如同几案上的砚台，明圣二湖则像是水盂。火德祠的窗棂和门槛，凡是能看到西湖的，都像是一幅图画。小的是一尺见方的书画，长的是单幅长条书画，宽的是横幅字画，竖的则是能卷能舒的书画长卷。人走景移，随着观察点的变换，不断展现新画面。文人雅士来此，自当全神贯注于这书画意境。画家所说的水墨丹青，淡描浓抹，应有尽有。吕洞宾曾说"一粒粟中藏世界，半升铛里煮山川"，大概就是说的这个。相传东晋阳羡许彦外出，手里提着一只鹅笼。路上遇到一个书生卧在路边，说自己脚痛，想钻进鹅笼。许彦答应了。他竟安然在笼中与鹅并坐。许彦提着鹅笼也没觉得重。后来，书生从笼子里出来，口吐铜盘及其他器皿，陈放酒食答谢许彦。喝到一半，又吐出一女子，从女子口中又吐一男。离开时，书生将其吐出之物一一纳回口中。如果火德庙的僧人是阳羡书生，那么苏堤六桥和上天竺、中天竺、下天竺寺，都是他鹅笼中的物件。

张岱写有《火德祠》一诗：
中郎评看湖，登高不如下。
千顷一湖光，缩为杯子大。
余爱眼界宽，大地收隙罅。
瓮牖与窗棂，到眼皆图画。
渐入亦渐佳，长康食甘蔗。
数笔倪云林，居然胜荆夏。

刻画非不工，淡远长声价。

余爱道士庐，宁受中郎骂。

芙蓉石

芙蓉石今为新安吴氏书屋。山多怪石危峦，缀以松柏，大皆合抱。阶前一石，状若芙蓉，为风雨所坠，半入泥沙。较之寓林奔云，尤为茁壮。但恨主人深爱此石，置之怀抱，半步不离，楼榭逼之，反多阨塞。若得础柱相让，脱离丈许，松石间意，以淡远取之，则妙不可言矣。吴氏世居上山[1]，主人年十八，身无寸缕，人轻之，呼为吴正官[2]。一日早起，拾得银簪一枝，重二铢，即买牛血煮之以食破落户。自此经营五十余年，由徽抵燕，为吴氏之典铺八十有三。东坡曰："一簪之资，可以致富。"观之吴氏，信有然矣。盖此地为某氏花园，先大夫以三百金折其华屋[3]，徙造寄园，而吴氏以厚值售其弃地，在当时以为得计。而今至吴园，见此怪石奇峰，古松茂柏，在怀之璧，得而复失，真一回相见，一回懊悔也。

张岱《芙蓉石》诗：

吴山为石窟，是石必玲珑。

此石但浑朴，不复起奇峰。

花瓣几层摺，堕地一芙蓉。

痴然在草际，上覆以长松。

濯磨如结铁，苍翠有苔封。

主人过珍惜，周护以墙墉。

恨无舒展地，支鹤闭韬笼④。

仅堪留几席，聊为怪石供。

【注释】①上山：在安徽休宁。②正官：音同"精光"相近，为戏称。③先大夫：已故的父亲。④支鹤：支盾的鹤。支盾（314—366），字道林，东晋高僧，平生好鹤。

【译文】芙蓉石，在现在的新安吴氏书房。山峦险峻，岩石奇异，有松柏相间，松树和柏树都有合抱那么粗。台阶前有一块石头，形状很像风雨吹落的芙蓉花，一半埋入泥土。相比寓林奔云石，尤其显得茁壮。遗憾的是主人深爱这块石头，把它摆在这里，寸步不离，逼近亭台楼阁，反而显得狭小阻塞。若能离楼阁的石柱有一丈远，松石间的意趣，取其淡远，则妙不可言。吴氏世代居住在上山，主人在十八岁那年，穷困潦倒，身无寸缕，旁人看不起他，都喊他"吴正官"，听起来跟"吴精光"一样。一天早上起来，他捡到一只两铢重的银簪，随即把它卖了买来牛血烹煮，给破落户提供食物。从此以后，经营了五十多年，从徽地到燕地，有八十三家吴氏的当铺。苏东坡说："有一个簪子的资本，就可以发家致富。"看看吴氏，便信了这话。大概此地是某人的花园，我父亲花了三百金买下他的房屋，迁徙至此造寄园，而吴氏以高价卖了他的土地，在当时真是赚大了。而今我到吴园，看到这奇特的山峰和石头，古老茂密的松树和柏树，芙蓉石得而复失，真是见一回，懊悔一次啊。

张岱写有《芙蓉石》一诗：

吴山为石窟，是石必玲珑。

此石但浑朴，不复起奇峰。

花瓣几层摺，堕地一芙蓉。

痴然在草际，上覆以长松。

濯磨如结铁，苍翠有苔封。

主人过珍惜，周护以墙墉。

恨无舒展地，支鹤闭韬笼。

仅堪留几席，聊为怪石供。

云居庵

云居庵在吴山，居鄙①。宋元祐间，为佛印禅师所建。圣水寺，元元贞间②，为中峰禅师所建。中峰又号幻住，祝发时③，有故宋宫人杨妙锡者，以香盒贮发，而舍利丛生，遂建塔寺中，元末毁。明洪武二十四年并圣水于云居，赐额曰"云居圣水禅寺"。岁久殿圮，成化间僧文绅修复之。寺中有中峰自写小像，上有赞云："幻人无此相，此相非幻人。若唤作中峰，镜面添埃尘。"向言六桥有千树桃柳，其红绿为春事浅深，云居有千树枫柏，其红黄为秋事浅深，今且以薪以樏④，不可复问矣。曾见李长蘅题画曰：

"武林城中招提之胜⑤，当以云居为最。山门前后皆长松，参天蔽日，相传以为中峰手植，岁久浸淫，为寺僧剪伐，什不存一，见之辄有老成凋谢之感。去年五月，自小筑至清波，访友寺中，落日坐长廊，沽酒小饮已，裴回城上⑥，望凤凰、南屏诸山，沿月踏影而归。翌日，遂为孟旸画此，殊可思也。"

李流芳《云居山红叶记》：

余中秋看月于湖上者三，皆不及待红叶而归。前日舟过塘栖，见数树丹黄可爱，跃然思灵隐、莲峰之约，今日始得一践。及至湖上，霜气未遍，云居山头，千树枫柏尚未有酣意，岂余与红叶缘尚悭与？因忆往岁忍公有代红叶招余诗，余亦率尔有答，聊记于此："二十日西湖，领略犹未了。一朝别尔归，此游殊草草。当我欲别时，千山秋已老。更得少日留，霜酣变林杪。子常为我言，灵隐枫叶好。千红与万紫，乱插向晴昊。烂然列锦绣，森然建旌旄。一生未得见，何异说食饱。"

高启《宿幻住栖霞台》诗：
窗白鸟声晓，残钟渡溪水。
此生幽梦回，独在空山里。
松岩留佛灯，叶地响僧履。
予心方湛寂，闲卧白云起。

夏原吉《云居庵》诗⑦：

谁辟云居境，峨峨瞰古城。

两湖晴送碧，三竺晓分青。

经锁千函妙，钟鸣万户惊。

此中真可乐，何必访蓬瀛。

徐渭《云居庵松下眺城南》诗：

夕照不曾残，城头月正团。

霞光翻鸟堕，江色上松寒。

市客屠俱集，高空醉屡看。

何妨高渐离⑧，抱却筑来弹。

（城下有瞽目者善弹词⑨。）

【注释】①鄙：边远的地方。②元贞：元成宗年号（1295—1296）。③祝发：削发出家为僧尼。④樵：积聚木柴以备燃烧。⑤招提：寺院的别称。⑥裴回：彷徨，徘徊不进貌。⑦夏元吉：明代户部尚书。⑧高渐离：战国时燕人，荆轲好友。荆轲刺秦王时，高渐离与太子丹送荆轲到易水河畔，后来也试图刺杀秦王，不中被诛。⑨瞽目者：盲人。

【译文】云居庵坐落在吴山边远之处。宋代元祐年间，由佛印禅师创建。圣水寺，元代元贞年间，由中峰禅师兴建。中峰禅师又号幻住，削发出家为僧的时候，旧时宋代宫中人杨妙锡用香盒存放他的头发，后来盆中舍利繁密，于是便在寺中建塔，元代末年圣水寺遭毁。明代洪武二十四年（1391年），圣水寺并入云居庵，皇帝赐匾额为其命名为"云居圣水禅寺"。年岁久了，殿宇坍塌。成化年间僧人文绅将其修复。寺中有中峰禅师的自画小像，上有赞语："幻人无此相，此相非幻人。若唤作中峰，镜面添埃尘。"我曾经说过六桥种有很多桃树柳树，红红绿绿，深深浅浅，演绎着春天的变化。云居寺则种有很多枫柏，红黄相间，层层叠叠，展现着秋季的变幻。现如今都被人拿去当了柴火，不能再问。我曾经见过李长蘅的题画，大意是说："武林城中的寺院，最好的当属云居寺。山门前后都种有松树，参天蔽日，相传是由中峰禅师亲自栽种。时间久了，寺中僧人大肆砍伐，现在基本丧失殆尽，偶尔见到也让人顿感老态凋零。去年五月，我从小筑出发，坐船到寺中拜访友人，夕阳西下，伴着落日坐在长廊，买来酒小饮，回城时仍留恋不舍。望着凤凰南屏诸山，伴着月光沿着月影而回。第二天，就为孟旸画了这幅画，尚可有份念想。"

　　李流芳写有《云居山红叶记》，大意如下：

　　中秋到西湖赏月，我去过三次，但都没来得及看到红叶就回了。前天，船过钱塘停下来休息，见树的颜色变成赤黄，很是讨人喜爱，我突然就想去游灵隐寺、爬莲峰了，今天，终于付诸行动。等到了西湖，霜气还没浸遍，云居寺的山头，枫柏树叶子还没变红，难道我与红叶这么没有缘分？想想往年忍公有代红叶托我写诗，我往往欣然应允，姑且在此记下来，诗的意思如下：在西湖玩上二十天，也依然意犹未尽。一旦要离开归家，便觉得此次出游很是匆忙仓促。我想要深秋的时候离开，再停留数日，霜气就能把山中的树林都浸染一遍。你常对我说，灵隐的枫叶最好。千红万紫，直插向晴空。光明如团团锦绣，繁密如面面旌旗。一生没能见得上此景，跟说着美食吃饱肚子有什么两样呢。

高启写有《宿幻住栖霞台》一诗：

窗白鸟声晓，残钟渡溪水。

此生幽梦回，独在空山里。

松岩留佛灯，叶地响僧履。

予心方湛寂，闲卧白云起。

夏原吉写有《云居庵》一诗：

谁辟云居境，峨峨瞰古城。

两湖晴送碧，三竺晓分青。

经锁千函妙，钟鸣万户惊。

此中真可乐，何必访蓬瀛。

徐渭写有《云居庵松下眺城南》一诗：

夕照不曾残，城头月正团。

霞光翻鸟堕，江色上松寒。

市客屠俱集，高空醉屡看。

何妨高渐离，抱却筑来弹。

（城下有盲人善弹词。）

施公庙

施公庙在石乌龟巷，其神为施全，宋殿前小校也[1]。绍兴二十年二月朔②，秦桧入朝，乘肩舆过望仙桥③，全挟长刃遮道刺之④，透革不中，桧斩之于市，观者如堵墙，中有一人大言曰："此不了汉，不斩何为！"⑤此语甚快。秦桧奸恶，天下万世人皆欲杀之，施全刺之，亦天下万世中一人也。其心其事，原不为岳鄂王起见，今传奇以全为鄂王部将，而岳坟以全入之翊忠祠，则施全此举，反不公不大矣。后人祀公于此，而不配享岳坟，深得施公之心矣。

张岱《施公庙》诗：

施殿司，不了汉，刺虎不伤蛇不断。

受其反噬齿利剑，杀人媚人报可汗⑥。

厉鬼街头白昼现，老奸至此掩其面。

邀呼簇拥遮车幔，弃尸漂泊钱塘岸。

怒卷胥涛走雷电⑦，雪巘移来天地变。

【注释】①殿前：宋代的禁军机构。②朔：农历的每月初一。③肩舆：轿子。④遮道：拦路。⑤"此不"二句：暗指秦桧，秦桧曾声言"某但欲了天下事耳"。⑥"杀人"句：金兀术曾对秦桧讲"必杀飞，始可和"。⑦胥涛：钱塘江潮。据传伍子胥死后作钱塘江涛神，故名。

【译文】施公庙在石乌龟巷，庙里供奉的是宋代禁军小校施全。绍兴二十年，即1150年，这年二月初一，秦桧进宫，乘坐轿子过望仙桥的时候，施全拿长刀拦路行刺，刺透衣服却没击中要害，秦桧将其斩首示众，围观的人多得像一堵墙。人群中有人大声高喊："怎么不斩了这不了汉（秦桧）！"此话很是大快人心。秦桧奸诈邪恶，天下万世的人都想杀了他，行刺的施全也是天下万世中的一人。施全的所想与所为，原本不是因岳鄂王岳飞而起，如今传奇故事中都认为施全是岳飞部将，而岳坟也将施全列入翊忠祠，施全此举反而没得到公正评判与重视。后人在此专门建施公庙祭祀，而不是配祭在岳坟，这才是施公的知音。

张岱写有《施公庙》一诗：

施殿司，不了汉，刺虎不伤蛇不断。

受其反噬齿利剑，杀人媚人报可汗。

厉鬼街头白昼现，老奸至此揎其面。

邀呼簇拥遮车幔，弃尸漂泊钱塘岸。

怒卷胥涛走雷电，雪巇移来天地变。

三茅观

三茅观在吴山西南。三茅者，兄弟三人，长曰盈，次曰固，季曰衷，秦初咸阳人也。得道成仙，自汉以来，即崇祀之①。第观中三像，一立、一坐、一卧，不知何说。以意度之，或以行立坐卧，皆是修炼功夫，教人不可蹉过耳②。宋绍兴二十年，因东京旧名，赐额曰宁寿观。元至元间毁，明洪武初重建。成化十年建昊天阁。嘉靖三十五年，总制胡宗宪以平岛夷功③，奏建真武殿。万历二十一年，司礼孙隆重修，并建钟翠亭、三义阁。相传观中有褚遂良小楷《阴符经》墨迹④。景定庚申⑤，宋理宗以贾似道有江汉功⑥，赐金帛巨万⑦，不受，诏就本观取《阴符经》，以酬其功。此事殊韵，第不应于贾似道当之耳。余尝谓曹操、贾似道千古奸雄，乃诗文中之有曹孟德，书画中之有贾秋壑，觉其罪业滔天，减却一半，方晓诗文书画，乃能忏悔恶人如此。凡人一窍尚通，可不加意诗文，留心书画哉？

徐渭《三茅观观潮》诗：

黄幡绣字金铃重，仙人夜语骑青凤。

宝树攒攒摇绿波，海门数点潮头动。

海神罢舞回腰窄，天地有身存不得。

谁将练带括秋空？谁将古概量春雪？

黑鳌载地几万年，昼夜一身神血干。

升沉不守瞬息事，人间白浪今如此。

白日高高惨不光，冷虹随身萦城隍。

城中那得知城外，却疑寒色来何方。

鹿苑草长文殊死，狮子随人吼祇树⑧。

吴山石头坐秋风，带着高冠拂云雾。

又《三茅观眺雪》诗：

高会集黄冠，琳宫夜坐阑。

梅芳成蕊易，雪谢作花难。

檐月沉杯暖，江峰入坐寒。

暮鸦惊炬火，飞去破烟岚。

【注释】①崇祀：崇拜祭祀。②蹉过：错失，错过。③岛夷：倭寇。④褚遂良（596—658）：字登善，钱塘人。唐初著名书法家。《阴符经》：道家典籍，成书于汉代。⑤景定：宋理宗年号（1260—1264）。庚申：1260年。⑥贾似道有江汉功：蒙古南侵，宋理宗派贾似道督师江汉，领兵出战。贾似道与蒙古私下议和，趁蒙军撤退时进攻，杀伤区区外敌便向理宗夸大自己的战功，连奉"捷报"。理宗受贾似道蒙蔽，对其大力赞扬。⑦金帛：黄金和丝绸，泛指财物。巨万：极言数目之多。⑧"狮子"句：形容佛说法声音洪亮。

【译文】三茅观在吴山的西南。三茅，指秦朝初年咸阳茅氏三兄弟，大茅君茅盈，二茅君茅固，三茅君茅衷。兄弟三人得道成仙，自汉代以来，人们就崇拜祭祀他们。观中立有三座塑像，一个立着、一个坐着、一个卧着，不知有何说法。仔细思考其中的意思，可能是告诉人们行立坐卧都是修炼工夫，不可错过任何一个机会。宋绍兴二十年（1151年），因沿用原都城汴京的旧名，皇帝赐匾额"宁寿观"。元代至元年间遭毁，明代洪武初年重新兴建。成化十年，即1474年建造昊天阁。嘉靖三十五年（1556年），总督胡宗宪因平定倭寇有功，上奏建真武殿。万历二十一年（1593年），司礼孙隆重新修建，并且又新建了钟翠亭、三义阁。相传观中有唐代书法家褚遂良小楷《阴符经》的真迹。景定庚申年（1260年），宋理宗认为贾似道立了大功，赏赐他巨额钱物，贾似道没有接受，皇帝就下诏从本观取出《阴符经》

以赏其功劳。这件文人韵事特别有意味，不应全归罪于贾似道。我曾说过像曹操、贾似道这样的千古奸雄，由于在诗文书画方面才能卓异，竟使人觉得其罪业仿佛也会因此而消减过半。于是便觉得诗文书画能够消解罪业。普通人如果开窍了，难道不应该注重才艺修养么？

徐渭写有《三茅观观潮》一诗：

黄幡绣字金铃重，仙人夜语骑青凤。

宝树攒攒摇绿波，海门数点潮头动。

海神罢舞回腰窄，天地有身存不得。

谁将练带括秋空？谁将古概量春雪？

黑鳌载地几万年，昼夜一身神血干。

升沉不守瞬息事，人间白浪今如此。

白日高高惨不光，冷虹随身萦城隍。

城中那得知城外，却疑寒色来何方。

鹿苑草长文殊死，狮子随人吼祇树。

吴山石头坐秋风，带着高冠拂云雾。

还写过《三茅观眺雪》一诗：

高会集黄冠，琳宫夜坐阑。

梅芳成蕊易，雪谢作花难。

檐月沉杯暖，江峰入坐寒。

暮鸦惊炬火，飞去破烟岚。

紫阳庵

　　紫阳庵在瑞石山，其山秀石玲珑，岩窦窈窕①。宋嘉定间，邑人胡杰居此②。元至元间，道士徐洞阳得之，改为紫阳庵，其徒丁野鹤修炼于此。一日，召其妻王守素入山，付偈云："懒散六十年，妙用无人识。顺逆俱两忘，虚空镇长寂。"遂抱膝而逝。守素乃奉尸而漆之，端坐如生。妻亦束发为女冠③，不下山者二十年。今野鹤真身在殿亭之右。亭中名贤留题甚众。其庵久废，明正统甲子④，道士范应虚重建，聂大年为记⑤。万历三十一年⑥，布政史继辰、范涞构空翠亭，撰《紫阳仙迹记》，绘其图景，并名公诗，并勒石亭中⑦。

　　李流芳《题紫阳庵画》：

　　南山自南高峰逦迤而至城中之吴山，石皆奇秀一色，如龙井、烟霞、南屏、万松、慈云、胜果、紫阳，一岩一壁，皆可累日盘桓。而紫阳精巧，俯仰位置，一一如人意中，尤奇也。余己亥岁与淑士同游⑧，后数至湖上，以畏入城市，多放浪两山间⑨，独与紫阳隔阔⑩。辛亥偕方回访友云居⑪，乃复一至，盖不见十余年，所往来于胸中者，竟失之矣。山水绝胜处，每恍惚不自持，强欲捉之，纵之旋去，此味不可与不知痛痒者道也。余画紫阳时，又失紫阳矣。岂独紫阳哉，凡山水皆不可画，然不可不画也，存其恍惚而已矣。书之以发孟旸一笑。

袁宏道《紫阳宫小记》：

余最怕入城。吴山在城内，以是不得遍观，仅匆匆一过紫阳宫耳。紫阳宫石，玲珑窈窕，变态横出，湖石不足方比，梅花道人一一幅活水墨也⑫。奈何辱之郡郭之内，使山林懒僻之人亲近不得，可叹哉。

王稚登《紫阳庵丁真人祠》诗：

丹壑断人行，琪花洞里生⑬。

乱崖兼地破，群象逐峰成。

一石一云气，无松无水声。

丁生化鹤处⑭，蜕骨不胜情。

董其昌《题紫阳庵》诗：

初邻尘市点灵峰，径转幽深绀殿重。

古洞经春犹闷雪，危厓百尺有欹松。

清猿静叫空坛月，归鹤愁闻故国钟。

石髓年来成汗漫，登临须愧羽人踪。

【注释】①岩窦：岩穴。窈窕：山水深邃幽美。②邑人：同乡的人。③女冠：女道士。④正统甲子：即正统九年（1444）。⑤聂大年（1402—1455）：字寿卿，号东轩，江西临川人。明代官员、文学家。⑥布政：即布政使。史继辰：字应之，号念桥，江苏溧阳人，曾任浙江布政使。范涞：字原易，号啼阳，屯溪人，曾任浙江布政使。⑦勒石：刻字于石。亦指立碑。⑧己亥：指万历二十七年（1599）。⑨放浪：浪游，浪迹。⑩隔阔：

阻隔阔别。⑪辛亥：即1611年。⑫梅花道人：元代画家吴镇，号梅花道人。⑬琪花：传说中的玉树之花。⑭丁生化鹤：丁生即丁令威，传说他学道后化鹤归乡。

【译文】紫阳庵在瑞石山上，瑞石山景色秀丽山石玲珑，岩穴深邃而优美。宋代嘉定年间，同乡人胡杰在此居住。元代至元年间，道士徐洞阳得此处，改为紫阳庵，他的徒弟丁野鹤在这里修炼。一天，丁野鹤让他的妻子王守素进山，并附偈一首："懒散六十年，妙用无人识。顺逆俱两忘，虚空镇长寂。"然后就抱膝而逝。王守素恭敬地把丁野鹤的尸身涂上漆，丁野鹤端正地坐着仿佛跟活着一样。王守素也束扎发髻做了女道士，在山上修炼二十年不下山。今天丁野鹤的真身在殿亭的右边。亭中有很多名人贤士题字留念。紫阳庵年久被废弃，明代正统甲子（1444年），道士范应虚重新修建，聂大年写文记录了此事。万历三十一年（1603年），布政使史继辰、范涞建了空翠亭，撰写《紫阳仙迹记》，并将当时的情景画下来，连同一些名家题写的诗文，刻在亭中石碑上为念。

李流芳写有《题紫阳庵画》，大意如下：

南山自南高峰曲折绵延至城中吴山，山石都奇绝秀丽，自成一色，像龙井、烟霞、南屏、万松、慈云、胜果、紫阳，一岩一壁，都让人流连忘返，惹人连日停驻徘徊。而紫阳精灵巧妙，俯仰位置，都尽如人意，令人称奇。1599年，我和淑士一同游玩，多次到西湖，因不喜欢进城，基本是浪迹在两山之间，唯独没到紫阳。1611年，我同方回游访友云居，又到了此处，十多年没来，先前熟记于胸的景色竟然都不见了。每次遇到绝佳的山水风景，常常恍惚间会情不自禁地想去强行捕捉下来，放开就会倏忽不见。这种滋味与不知痛痒的人说是没有用的。我在画紫阳时，就意味着失去了紫阳。岂是就紫阳这样呢！凡是山水佳景都不可画，然而又不可不画，绝胜的风景存在于恍惚的意识间。写下来给孟旸，博他一笑。

袁宏道写有《紫阳宫小记》，大意如下：

我最害怕进城。吴山在城内，因此没办法游览一遍，只是匆匆经过紫阳宫。紫阳宫的石头，玲珑、深邃而优美，充分表露出多变的姿态，简直是梅花道人画的一幅活水墨画，湖中石没法与之相比。奈何被困在城中遭辱没，我等山林懒散之人没法亲近这绝佳美景，真是可叹！

王稚登写有《紫阳庵丁真人祠》一诗：
丹壑断人行，琪花洞里生。
乱崖兼地破，群象逐峰成。
一石一云气，无松无水声。
丁生化鹤处，蜕骨不胜情。

董其昌写有《题紫阳庵》一诗：
初邻尘市点灵峰，径转幽深绀殿重。
古洞经春犹闷雪，危厓百尺有欹松。
清猿静叫空坛月，归鹤愁闻故国钟。
石髓年来成汗漫，登临须愧羽人踪。

谦德国学文库丛书

（已出书目）

茶经·续茶经	虞初新志
唐诗三百首	迪吉录
宋词三百首	浮生六记
元曲三百首	文心雕龙
小窗幽记	幽梦影
菜根谭	东京梦华录
围炉夜话	阅微草堂笔记
呻吟语	说苑
人间词话	竹窗随笔
古文观止	国语
黄帝内经	日知录
五种遗规	帝京景物略
一梦漫言	子不语
楚辞	水经注
说文解字	徐霞客游记
资治通鉴	聊斋志异
智囊全集	清代三大尺牍: 小仓山房尺牍
酉阳杂俎	清代三大尺牍: 秋水轩尺牍
商君书	清代三大尺牍: 雪鸿轩尺牍
读书录	孔子家语
战国策	贤母录
吕氏春秋	张岱文集: 陶庵梦忆
淮南子	张岱文集: 西湖梦寻
营造法式	张岱文集: 快园道古
韩诗外传	群书类编故事
长短经	管子